HARUKI MURAKAMI
GEFÄHRLICHE GELIEBTE

ROMAN DUMONT

AUS DEM ENGLISCHEN VON
GIOVANNI BANDINI UND DITTE BANDINI

DIE ORIGINALAUSGABE ERSCHIEN 1992 UNTER DEM TITEL KOKKYO NO MINAMI, TAIYO NO NISHI BEI KODANSHA LTD., TOKYO UND 1998 IN DER ENGLISCHEN ÜBERSETZUNG BEI ALFRED A. KNOPF, INC., NEW YORK

UNGEKÜRZTE SONDERAUSGABE 2005

GESETZT AUS DER ELZEVIR UND DER ANTIQUE OLIVE
GEDRUCKT AUF SÄUREFREIEM UND CHLORFREI GEBLEICHTEM PAPIER
SATZ: GREINER & REICHEL, KÖLN
DRUCK UND VERARBEITUNG: FGB • FREIBURGER GRAPHISCHE BETRIEBE • WWW.FGB.DE
PRINTED IN GERMANY

ISBN 3-8321-7951-8

VORWORT

»Ich weiß nicht, was soll es bedeuten« Haruki Murakami über die Geheimnisse des Lebens

»Ich weiß nicht, was soll es bedeuten, daß ich so traurig bin; ein Märchen aus alten Zeiten, das kommt mir nicht aus dem Sinn.« So beginnt Heinrich Heines Gedicht über die Loreley. Der Text ist weltbekannt, nicht zuletzt, weil er vertont wurde. Vermutlich hat jeder schon einmal das Lied gesummt, vielleicht sogar beim Anblick des Felsens am Rhein, an dem so viele Schiffe zerschellten, weil die Schiffer den Blick von der »schönsten Jungfrau«, die ihr »goldenes Haar« kämmt, nicht abwenden konnten. Aber was hat es mit dem Vers auf sich: »Ich weiß nicht, was soll es bedeuten, daß ich so traurig bin?« Wonach sehnt sich das melancholische Ich, worum trauert es? Daß das Menschenleben angesichts der »Märchen aus alten Zeiten« so schnell vergänglich wirkt? Daß die Liebe mit dem Tod verbunden ist? Eine Antwort gibt das Gedicht nicht. Die Fragen sind wohl zu groß, zu umfassend – und müssen immer wieder neu gestellt werden.

Haruki Murakamis »Gefährliche Geliebte« ist die modernste und schönste Formulierung dieser Fragen – nicht zuletzt deshalb haben es der Kölner Stadt-Anzeiger und das Literaturhaus Köln als »Buch für die Stadt 2005« ausgewählt. Dies ist eine Aktion, die zum dritten Mal alle Literaturfreunde der Region zwischen Gummersbach und Euskirchen und zwischen Leverkusen und St. Augustin einlädt, sich mit einem Buch besonders intensiv zu befassen. In Lesungen, Vorträgen, Inszenierungen und von der Vorlage inspirierten neuen Texten, also in immer neuen Formen und an immer neuen Orten wird die »Gefährliche Geliebte« zum literarischen Stadtgespräch.

Das Buch ist dazu aus vielerlei Gründen hervorragend geeignet. Es handelt vom Älterwerden, vom Verlust der Jugendträume, von Desillusionierung. Hajime, die Hauptfigur, ist am Anfang des Buches zwölf Jahre alt, ein schüchternes Einzelkind. In der Schule lernt er die gehbehinderte Shimamoto kennen, hört mit ihr zusammen Schallplatten, spürt die Liebe und die Lust erwachen. Doch bald schon verliert er Shimamoto aus den Augen – und das Leben geht weiter. Als er Yukiko heiratet und der Schwiegervater ihm ein Darlehen gewährt, kann Hajime seinen Traum erfüllen: Er kauft sich eine Jazzbar und läßt dort »seine« Musik spielen. Hajime ist zufrieden – bis eines Tages Shimamoto in der Bar erscheint. Sie ist zu einer atemberaubend schönen Frau gereift und wie eine Sphinx von einem Geheimnis umgeben: Eine Versuchung vom ersten Augenblick an! Auch so eine Frage: Soll er seine Ehe aufgeben, um mit seiner Jugendliebe zu leben?

So klingen hier viele vertraute Motive der Literatur an: »Identitätssuche«, »Einsamkeit«, »Erziehung des Herzens«, »Verlorene Träume«, »Femme Fatale«, »Gefährdung des bürgerlichen Lebens durch die Phantasie«. Diese selbstverständlich unvollständige Liste zeigt, wie leichthändig der 1949 in Kyoto geborene Haruki Murakami – der weltweit erfolgreichste und bekannteste japanische Autor – an Traditionen insbesondere der europäischen und amerikanischen Literatur anknüpft. Murakami, der selbst eine Jazzbar betrieb, bevor er Schriftsteller wurde, vermag es meisterhaft, seine Geschichten in einem unverwechselbaren Ton zu erzählen. Oft entsteht das wunderbare Lesegefühl, man säße mit Hajime in dessen Bar und bekäme von ihm bei einem guten Drink sein Leben erzählt. Ab und zu nickt man ihm zu, weil es einem selbst so ähnlich ergangen ist, oder hört auf die Musik, die im Hintergrund gespielt wird. Lieder aus alten Zeiten. Dann aber lauscht man wieder gespannt auf Hajimes Erzählung: Ein Märchen aus modernen Zeiten, das dem Leser nicht so schnell aus dem Sinn kommt.

Thomas Böhm/Literaturhaus Köln
Martin Oehlen/Kölner Stadt-Anzeiger

1

Ich bin am vierten Januar 1951 geboren, in der ersten Woche des ersten Monats des ersten Jahres der zweiten Hälfte des zwanzigsten Jahrhunderts. Eine denkwürdige Konstellation, nehme ich an, und darum gaben meine Eltern mir den Namen Hajime – japanisch für »Beginn«. Ansonsten war es eine hundertprozentig durchschnittliche Geburt. Mein Vater arbeitete in einer großen Investment-Firma, meine Mutter war eine typische Hausfrau. Während des Krieges war mein Vater vom College weg eingezogen worden und nach Singapur an die Front gekommen; nach der Kapitulation verbrachte er einige Zeit in Kriegsgefangenschaft. Das Haus meiner Mutter brannte im letzten Kriegsjahr während eines Bombenangriffs nieder. Ihre Generation litt unter dem langen Krieg am meisten.

Als ich geboren wurde, hätte man jedoch nie vermutet, daß es einen Krieg gegeben hatte. Keine ausgebrannten Ruinen mehr, keine Besatzungsarmee. Wir wohnten in einem ruhigen Städtchen, in einem Haus, das der Firma meines Vaters gehörte, noch aus der Vorkriegszeit; es war nicht mehr das neuste, aber recht geräumig. Im Garten wuchsen Kiefern, und wir hatten sogar einen kleinen Teich und ein paar steinerne Laternen.

Der Ort, in dem ich aufwuchs, war eine typische, gutbürgerliche Vorortsiedlung. Die Kinder aus meiner Klasse, mit denen ich befreundet war, wohnten durchweg in netten kleinen Reihenhäusern; ein paar davon mögen ein bißchen größer gewesen sein als unseres, aber sie hatten garantiert alle eine ähnliche Einfahrt, Kiefern im Garten und so weiter. Die Väter meiner Freunde waren entweder mittlere Angestellte, oder sie übten irgendeinen freien Beruf aus. Kaum eine Mutter ging arbeiten. Und praktisch jeder hatte eine

Katze oder einen Hund. Niemand, den ich kannte, wohnte in einer Miet- oder Eigentumswohnung. Später zogen wir in ein anderes Viertel, aber dort sah es praktisch genauso aus. Das führte dazu, daß ich bis zum Beginn meines College-Studiums in Tokio davon überzeugt war, jedermann auf der Welt wohne in einem Einfamilienhaus mit einem Garten und einem Haustier und fahre täglich, in Anzug und Krawatte, mit dem Vorortzug zur Arbeit. Ich konnte mir beim besten Willen keine andere Lebensweise vorstellen.

In der Welt, in der ich aufwuchs, hatte eine typische Familie zwei bis drei Kinder. Die Freunde meiner Kindheit gehörten samt und sonders zu solchen Musterfamilien. Wenn's keine zwei Kinder waren, dann drei; wenn nicht drei, dann zwei. Familien mit sechs oder sieben Kindern waren die Ausnahme, aber noch seltener waren Familien mit nur einem Kind.

Wie es der Zufall wollte, war ich eine dieser Ausnahmen, denn ich war ein Einzelkind. Ich hatte deswegen einen Minderwertigkeitskomplex, als sei irgend etwas an mir abnorm, da mir etwas fehlte, was alle anderen hatten und als selbstverständlich betrachteten.

Ich verabscheute das Wort *Einzelkind.* Jedesmal, wenn ich es hörte, hatte ich das Gefühl, mir fehle etwas – als sei ich kein ganz vollständiger Mensch. Das Wort Einzelkind pflanzte sich vor mir auf und deutete vorwurfsvoll auf mich. »Da hapert's, Junge«, sagte es zu mir.

In der Welt, in der ich lebte, war man allgemein der Überzeugung, Einzelkinder seien verzogen, schwach und egozentrisch. Daran war nicht zu rütteln – so wenig wie an der Tatsache, daß das Barometer fällt, je höher man steigt, und daß Kühe Milch geben. Darum konnte ich es nicht ausstehen, gefragt zu werden, wie viele Geschwister ich hätte. Die Leute brauchten nur zu hören, daß ich gar keine hatte, und schon dachten sie unwillkürlich: Hm, ein Einzelkind – verzogen, schwach und egozentrisch, möcht ich wetten. Diese spontane Reaktion deprimierte und verletzte mich. Aber im Grunde deprimierte und verletzte mich etwas anderes: daß alles, was die Leute von mir dachten, stimmte. Ich war tatsächlich verzogen, schwach und egozentrisch.

Während der ganzen sechs Grundschuljahre lernte ich nur ein anderes Einzelkind kennen. Deswegen erinnere ich mich noch sehr gut an sie (ja, es war ein Mädchen). Ich freundete mich mit ihr an, und wir unterhielten uns über alle möglichen Dinge. Wir verstanden uns. Man könnte sogar sagen, daß ich sie liebte.

Sie hieß Shimamoto. Kurz nach ihrer Geburt hatte sie Kinderlähmung gehabt, und daher zog sie das linke Bein nach. Zudem noch war sie erst am Ende der fünften Klasse in unsere Schule gekommen. Im Vergleich zu mir hatte sie also ein wirklich schweres Bündel zu tragen, doch diese psychische Belastung machte sie nur zu einem zäheren, gelasseneren Einzelkind, als ich es je hätte werden können. Nie jammerte oder klagte sie, nie ließ sie auch nur durchblicken, wie ärgerlich oder entnervt sie manchmal gewesen sein muß. Was auch passierte, immer brachte sie ein Lächeln zustande. Ja, je schlimmer die Sache wurde, desto strahlender wurde ihr Lächeln. Ich liebte ihr Lächeln. Es beruhigte mich, machte mir Mut. *Es wird schon werden*, sagte mir ihr Lächeln. *Halt einfach durch, und alles wird gut*. Wenn ich Jahre später an sie zurückdachte, war ihr Lächeln immer das erste, woran ich mich erinnerte.

Shimamoto bekam immer gute Noten und war zu allen freundlich. Man respektierte sie. Wir waren beide Einzelkinder, aber in dieser Hinsicht waren sie und ich verschieden. Das soll allerdings nicht heißen, daß alle unsere Klassenkameraden sie mochten. Niemand ärgerte sie oder machte sich über sie lustig, aber außer mir hatte sie keine richtigen Freunde.

Wahrscheinlich war sie zu besonnen, zu beherrscht. Manche unserer Klassenkameraden müssen sie für kalt und hochmütig gehalten haben. Aber ich spürte da etwas anderes – etwas Warmes und Zerbrechliches gleich unter der Oberfläche. Etwas, das sich wie ein Kind, das Verstecken spielt, tief in ihrem Inneren verbarg und doch hoffte, entdeckt zu werden.

Da Shimamotos Vater häufig versetzt wurde, hatte sie schon eine ganze Reihe von Schulen besucht. Was ihr Vater von Beruf war, weiß ich nicht mehr. Einmal hat sie es mir ausführlich erzählt, aber wie das bei Kindern so ist, ging das bei mir durch ein Ohr rein und durch das andere wieder hinaus. Ich meine mich zu erinnern, daß es mit einer Bank oder Steuerbehörde zu tun hatte. Auch das Haus, in dem sie wohnte, war vom Arbeitgeber des Vaters gestellt, aber es war größer als sonst üblich: ein Haus im westlichen Stil, mit einer niedrigen, massiven Steinmauer um das Grundstück. Über die Mauer ragte eine immergrüne Hecke, und durch deren lichte Stellen konnte man in einen Garten mit einem Rasen spähen.

Shimamoto war ein großes Mädchen – ungefähr so groß wie ich – mit ausdrucksvollen Gesichtszügen. Ich war mir sicher, daß sie in ein paar Jahren eine Schönheit sein würde. Aber als ich sie kennenlernte, entsprach ihr Äußeres noch nicht ganz ihren inneren Qualitäten. Sie hatte etwas Unausgewogenes an sich, und die meisten fanden sie nicht sonderlich attraktiv. Ein Teil von ihr war erwachsen, ein Teil noch kindlich – und das erzeugte eine gewisse Dissonanz. Und diese Dissonanz verunsicherte die Leute.

Wahrscheinlich weil wir so nah beieinander wohnten – buchstäblich einen Steinwurf voneinander entfernt –, wurde sie, als sie an unsere Schule kam, neben mich gesetzt. Ich erklärte ihr, was für Bücher sie brauchen würde, wie die wöchentlichen Klassenarbeiten abliefen, wieviel wir in den einzelnen Fächern schon durchgenommen hatten, wie der Putzdienst und die Arbeit in der Essensausgabe geregelt waren. In unserer Schule hielt man es so, daß das Kind, das einem Neuzugang am nächsten wohnte, sich in der Anfangszeit um diesen zu kümmern hatte; mein Lehrer nahm mich beiseite und teilte mir mit, er erwarte, daß ich mich der gehbehinderten Shimamoto ganz besonders annehmen würde.

Wie bei allen Elf- oder Zwölfjährigen, die zum erstenmal mit einer Person des anderen Geschlechts reden, waren unsere Gespräche während der ersten paar Tage recht verkrampft. Als wir aber herausfanden, daß wir beide Einzelkinder waren, wurden wir lockerer. Beide lernten wir zum erstenmal ein anderes Einzelkind kennen, und es gab so viel über unser jeweiliges Einzelkinddasein zu erzählen, was wir bis dahin für uns behalten hatten. Oft gingen wir von der Schule zusammen nach Hause. Langsam, wegen ihres Beins, gingen wir den einen Kilometer und unterhielten uns dabei über vielerlei. Je mehr wir redeten, desto mehr Gemeinsamkeiten entdeckten wir: unsere Liebe zu Büchern und Musik; von Katzen ganz zu schweigen. Es fiel uns beiden schwer, anderen unsere Gefühle begreiflich zu machen. Beide hatten wir eine lange Liste von Gerichten, die uns nicht schmeckten. Bei den Schulfächern kannten wir nur zwei Kategorien: solche, die uns Spaß machten, auf die wir uns mühelos konzentrieren konnten – und solche, die wir auf den Tod nicht ausstehen konnten. *Ein* wichtiger Unterschied bestand allerdings zwischen uns: in weit stärkerem Maße als ich umgab sich Shimamoto bewußt mit einem schützenden Panzer. Im Gegensatz zu mir strengte sie sich in den Fächern, die sie haßte, besonders an und bekam darin gute Noten. Wenn es in der Schule mittags etwas gab, das sie nicht ausstehen konnte, aß sie es trotzdem. Mit anderen Worten: Sie errichtete eine weit höhere Schutzmauer um sich, als es mir je gelungen war. Was jedoch hinter dieser Mauer lag, unterschied sich kaum von dem, was hinter meiner lag.

Bei Shimamoto konnte ich mich entspannen; in Gesellschaft anderer Mädchen nicht. Es gefiel mir sehr, zusammen mit ihr nach Hause zu gehen. Beim Gehen hinkte sie leicht. Manchmal hielten wir auf halbem Weg bei einer Parkbank an, aber das störte mich nicht. Im Gegenteil, ich war dankbar für die zusätzliche gemeinsame Zeit.

Bald sah man uns immer häufiger zusammen, aber ich kann mich nicht erinnern, daß sich jemand deswegen über uns lustig gemacht hätte. Damals fiel mir das nicht weiter auf, aber jetzt finde ich es schon merkwürdig. Schließlich neigen Kinder in diesem Alter dazu, über solche angehenden Pärchen zu spotten und zu witzeln. Es könnte an Shimamotos Art gelegen haben; etwas an ihr schüchterte andere ein, ließ sie denken: Mann – vor *dem* Mädchen sagst du besser keine Dummheiten! Selbst unsere Lehrer wirkten im Umgang mit ihr leicht nervös; es mag auch an ihrem gelähmten Bein gelegen haben. Jedenfalls fanden die meisten, Shimamoto sei nicht von der Sorte, die man hänselt, und mir konnte das nur recht sein.

Während des Sportunterrichts saß sie am Rand, und wenn unsere Klasse eine Wanderung oder eine Bergtour unternahm, blieb sie zu Hause. Genauso, wenn wir im Sommer ins Schwimmlager fuhren. Bei unserem jährlichen Sportfest wirkte sie zwar nicht besonders glücklich, aber sonst führte sie in der Schule ein ganz normales Leben. Von ihrem Bein sprach sie fast nie. Ja, wenn ich mich recht erinnere, überhaupt nie. Niemals entschuldigte sie sich auf dem Nachhauseweg dafür, daß ich ihretwegen langsamer gehen mußte, oder ließ auch nur zu, daß dieser Gedanke sich in ihrem Gesicht abzeichnete. Ich wußte jedoch, daß sie ihr gelähmtes Bein nie erwähnte, gerade weil es ihr sehr zu schaffen machte. Sie ging nicht gern zu anderen nach Hause, weil sie dann gezwungen gewesen wäre, wie in Japan üblich, ihre Schuhe in der Diele auszuziehen. Sie hatte unterschiedlich hohe Absätze, und auch die zwei Schuhe waren unterschiedlich geformt – was sie unter allen Umständen zu verbergen versuchte. Es waren bestimmt Maßanfertigungen. Wenn wir bei ihr zu Hause ankamen, warf sie als erstes ihre Schuhe so schnell wie möglich in den Schrank.

Im Wohnzimmer von Shimamotos Haus stand eine brandneue Stereoanlage, und ich kam oft zu ihr, um Musik zu hören. Die Anlage war wirklich gut, die dazugehörige Plattensammlung nahm sich dagegen eher bescheiden aus. Shimamotos Vater besaß, wenn's hoch kam, fünfzehn LPs, hauptsächlich mit leichterer klassischer Musik. Wir müssen uns diese fünfzehn Platten tausendmal angehört haben, und noch heute kann ich mich an alle Stücke erinnern – Note für Note.

Für die Schallplatten war Shimamoto verantwortlich. Sie nahm eine aus der Hülle, legte sie behutsam auf den Plattenteller, ohne die Rillen mit den Fingern zu berühren, und nachdem sie die Nadel mit einer winzigen Bürste von jeglichem Staub befreit hatte, setzte sie mit allergrößter Vorsicht den Tonarm auf. Wenn die Platte zu Ende war, besprühte sie sie mit einem Spray, wischte sie mit einem Reinigungstuch ab, steckte sie in ihre Hülle zurück und stellte sie an ihren Platz im Regal. Ihr Vater hatte ihr dieses Vorgehen beigebracht, und sie befolgte seine Anweisungen mit beängstigend ernstem Gesicht, leicht zusammengekniffenen Augen, und fast ohne zu atmen. Währenddessen saß ich auf dem Sofa und beobachtete jede ihrer Bewegungen. Erst wenn die Schallplatte wieder sicher im Regal stand, wandte sie sich mir zu und schenkte mir ein kleines Lächeln. Und jedesmal durchzuckte mich der Gedanke: Es war keine Schallplatte, womit sie da hantierte. Es war eine zarte Seele in einer Glasflasche.

Bei uns zu Hause gab es weder Schallplatten noch Plattenspieler. Meine Eltern machten sich nicht viel aus Musik. Also hörte ich immer die Musik aus einem kleinen Plastikradio, das nur Mittelwelle empfing. Am liebsten mochte ich Rock 'n' Roll, aber es dauerte nicht lange, bis ich auf den Geschmack der Art von Klassik kam, die ich bei Shimamoto hörte. Dies war Musik aus einer anderen Welt, was schon an sich seinen Reiz hatte, aber mehr noch als deswegen liebte ich sie, weil Shimamoto zu dieser Welt gehörte. Ein-, zweimal die Woche setzten wir uns nebeneinander auf das Sofa, tranken den Tee, den ihre Mutter uns zubereitete, und verbrachten den ganzen Nachmittag mit Ouvertüren von Rossini, Beethovens Pastorale und der Peer-Gynt-Suite. Ihre Mutter war froh über meine Besuche. Es freute sie, daß ihre Tochter so schnell einen Freund in der neuen Schule gefunden hatte; und daß ich immer ordentlich angezogen war, dürfte auch eine gewisse Rolle gespielt haben. Ehrlich gesagt, habe ich es nie fertiggebracht, Shimamotos Mutter sonderlich zu mögen. Es gab dafür keinen bestimmten Grund; sie war immer nett zu mir. Aber ich hörte immer einen Anflug von Gereiztheit aus ihrer Stimme heraus, und das machte mich nervös.

Von allen Schallplatten ihres Vaters mochte ich am liebsten die mit Liszts Klavierkonzerten: auf jeder Seite eines. Ich mochte diese Platte aus zwei Gründen. Erstens hatte sie ein schönes Cover. Zweitens war ich der einzige, den ich kannte – Shimamoto natürlich ausgenommen –, der sich Klavierkonzerte von Liszt anhörte. Das war eine erregende Vorstellung. Ich hatte eine Welt entdeckt, von der niemand in meiner Umgebung etwas ahnte – einen geheimen Garten, den nur ich betreten durfte. Ich fühlte mich hervorgehoben, auf eine höhere Daseinsebene versetzt.

Und dann war die Musik selbst wundervoll. Anfangs kam sie

mir übertrieben vor, gekünstelt, ja, unverständlich. Nach und nach aber, nach mehrmaligem Anhören, entstand ein undeutliches Bild in meinem Kopf – ein Bild, das etwas bedeutete. Wenn ich die Augen schloß und mich konzentrierte, erreichte mich die Musik als eine Folge von Strudeln. Zuerst bildete sich ein Strudel, dann entstand daraus ein zweiter. Und an den zweiten Strudel schloß sich ein dritter an. Heute weiß ich, daß diese Strudel eine ideelle, abstrakte Qualität besaßen. Wie gern hätte ich Shimamoto von ihnen erzählt! Aber sie waren mit der alltäglichen Sprache nicht zu erfassen. Ein völlig neues Vokabular wäre dazu erforderlich gewesen, aber ich hatte nicht die leiseste Ahnung, wie es hätte aussehen können. Hinzu kam, daß ich nicht wußte, ob das, was in mir vorging, überhaupt wert war, in Worte gefaßt zu werden. Leider kann ich mich an den Namen des Pianisten nicht mehr erinnern. Nur das farbenprächtige Plattencover ist mir in Erinnerung geblieben und das Gewicht der Platte selbst. Sie war unerklärlich dick und schwer.

Die Sammlung von Shimamotos Vaters enthielt auch je eine LP von Nat King Cole und Bing Crosby. Diese beiden hörten wir uns sehr häufig an. Crosby sang Weihnachtslieder, die wir immer wieder gern abspielten, ungeachtet der Jahreszeit. Es ist schon komisch, wie oft wir uns so etwas mit Genuß anhören konnten.

Eines Dezembertags, kurz vor Weihnachten, saßen Shimamoto und ich wieder einmal in ihrem Wohnzimmer, wie gewöhnlich auf dem Sofa, und hörten uns Schallplatten an. Ihre Mutter war wegen irgendwelcher Besorgungen aus dem Haus gegangen, und wir waren allein. Es war ein bewölkter, dunkler Winternachmittag. Die staubschraffierten Strahlen der Sonne schafften es kaum, durch die schwere Wolkendecke zu dringen; alles sah trüb und reglos aus. Es ging auf den Abend zu, und im Zimmer war es dunkel wie in der Nacht. Ich weiß noch, daß das Licht ausgeschaltet war. Ein Kerosin-

Heizgerät verströmte einen mattroten Schimmer. Nat King Cole sang gerade »Pretend«. Natürlich verstanden wir damals kein Wort des englischen Textes; für uns war er eher ein liturgischer Singsang. Aber ich mochte das Lied sehr, und ich hatte es so oft gehört, daß ich den Anfang irgendwie nachsingen konnte:

Pretend you're happy when you're blue
It isn't very hard to do

Das Lied und das reizende Lächeln, das Shimamotos Gesicht stets erhellte, waren für mich ein und dasselbe. Der Text schien eine bestimmte Lebenseinstellung zum Ausdruck zu bringen – auch wenn es mir bisweilen schwerfiel, das Leben so zu sehen.

Shimamoto trug einen blauen Pullover mit rundem Ausschnitt. Sie besaß eine ganze Reihe von blauen Pullovern; Blau muß ihre Lieblingsfarbe gewesen sein. Vielleicht trug sie die Pullover aber auch nur, weil sie gut zu dem marineblauen Mantel paßten, in dem sie immer in die Schule kam. Aus dem Ausschnitt lugte der weiße Kragen ihrer Bluse. Ein karierter Rock und weiße Baumwollstrümpfe vervollständigten ihre Kleidung. Ihr weicher, eng anliegender Pullover zeichnete die leichte Schwellung ihrer Brüste nach. Mit untergeschlagenen Beinen saß sie auf dem Sofa. Einen Ellbogen auf die Rückenlehne gestützt, starrte sie auf irgendeine ferne imaginäre Landschaft, während sie der Musik lauschte.

»Glaubst du, es stimmt, was die Leute sagen – daß Eltern von Einzelkindern sich nicht besonders gut verstehen?« fragte sie.

Ich ließ mir das durch den Kopf gehen. Aber ich konnte keinen ursächlichen Zusammenhang zwischen den beiden Sachverhalten erkennen.

»Wo hast du denn das gehört?« fragte ich.

»Hat mir mal jemand gesagt. Ist schon lange her. Ehepaare,

die sich nicht besonders gut verstehen, bekommen meist nur ein einziges Kind. Ich fand das sehr traurig, als ich das gehört habe.«

»Hmm ...« machte ich.

»Verstehen sich dein Vater und deine Mutter gut?«

Darauf wußte ich erst mal nichts zu antworten. Ich hatte noch nie darüber nachgedacht.

»Meine Mutter ist nicht besonders kräftig«, sagte ich. »Ich weiß es nicht genau, aber wahrscheinlich wäre es eine zu große Belastung für sie gewesen, nach mir noch ein weiteres Kind zu bekommen.«

»Hast du dich noch nie gefragt, wie es wäre, einen Bruder oder eine Schwester zu haben?«

»Nein.«

»Warum nicht?«

Ich hob die Plattenhülle vom Tisch auf. Es war zu dunkel, um lesen zu können, was darauf geschrieben stand. Ich legte sie wieder hin und rieb mir ein paarmal mit dem Handgelenk über die Augen. Meine Mutter hatte mich das auch schon einmal gefragt. Die Antwort, die ich ihr damals gegeben hatte, hatte sie weder gefreut noch traurig gemacht; sie hatte sie einfach nur verdutzt. Aber von meiner Warte aus war es eine absolut ehrliche, absolut aufrichtige Antwort gewesen.

Sobald ich sie aussprach, gerieten die Dinge, die ich sagen wollte, heillos durcheinander, und meine Erklärung fand und fand kein Ende. Aber was ich zu sagen versuchte, war schlicht und einfach das: Der Hajime, der jetzt hier existiert, ist ohne Geschwister aufgewachsen. Wenn ich Geschwister gehabt hätte, wäre ich nicht der, der ich bin. Also ist es für den Hajime, der jetzt vor dir sitzt, gar nicht möglich, darüber nachzudenken, wie es wäre, Geschwister zu haben ... Mit anderen Worten, ich fand die Frage meiner Mutter sinnlos.

Ich gab Shimamoto dieselbe Anwort. Während ich sprach, fixierte sie mich mit einem ruhigen Blick. Sie hatte eine Art, einen anzusehen, die einen buchstäblich fesselte. Es war, als ob sie ihrem Gegenüber – das habe ich mir natürlich erst viel später in dieser Form bewußt gemacht – behutsam eine Hülle nach der anderen vom Herzen streifte: ein ausgesprochen sinnliches Gefühl. Mit jeder Veränderung ihres Gesichts veränderte sich auch, kaum merklich, die Form ihrer Lippen, und tief in ihren Augen konnte ich für einen Moment ein schwaches Licht ausmachen, wie eine winzige Kerzenflamme, die in einem dunklen, engen Raum flakkerte.

»Ich glaube, ich verstehe, was du meinst«, sagte sie in einem erwachsenen, leisen Ton.

»Wirklich?«

»Mhm«, antwortete sie. »In dieser Welt gibt es Dinge, die man ein zweitesmal, anders, machen kann, und Dinge, bei denen das nicht geht. Und die Vergangenheit ist eines dieser Dinge, die man nicht ungeschehen und dann anders machen kann. Glaubst du nicht auch?«

Ich nickte.

»Wenn erst einmal eine gewisse Zeit vergangen ist, verhärten sich die Dinge. Wie Zement, der in einem Eimer hart wird. Und wir können dann nicht mehr zurück. Was du sagen willst, ist, daß der Zement, aus dem du bestehst, inzwischen hart geworden ist, so daß das Du, das du jetzt bist, niemand anders mehr sein kann.«

»Ich glaube, so habe ich's gemeint«, sagte ich unsicher.

Shimamoto sah eine Zeitlang auf ihre Hände.

»Manchmal, weißt du, mache ich mir so Gedanken. Darüber, wie es sein wird, wenn ich erwachsen bin und heirate. Ich denke darüber nach, in was für einem Haus ich wohl wohnen werde, was ich tun werde. Und ich denke darüber nach, wie viele Kinder ich haben werde.«

»Wirklich?« sagte ich.

»Hast du noch nie darüber nachgedacht?«

Ich schüttelte den Kopf. Wie konnte man von einem zwölfjährigen Jungen auch erwarten, daß er sich über derlei Dinge Gedanken machte? »Und? Wie viele Kinder möchtest du haben?«

Ihre Hand, die bis dahin auf der Rückenlehne des Sofas gelegen hatte, glitt jetzt auf ihr Knie hinunter. Ich starrte gebannt auf ihre Finger, die das Karomuster ihres Rocks nachzeichneten. Ihre Bewegungen hatten etwas Geheimnisvolles, als gingen von ihren Fingerspitzen unsichtbare Fäden aus, die einen völlig neuen Zeitbegriff webten. Ich schloß die Augen, und in der Dunkelheit blitzten Strudel vor mir auf. Zahllose Strudel entstanden und verschwanden dann wieder ohne einen Laut. Irgendwo weit weg sang Nat King Cole »South of the Border«. Das Lied handelte von Mexiko, aber damals wußte ich das noch nicht. Die Worte »south of the border« erweckten eine seltsame Sehnsucht in mir. Ich war mir absolut sicher, daß »südlich der Grenze« etwas ganz Wunderbares lag. Als ich die Augen öffnete, bewegte Shimamoto noch immer ihre Finger über ihren Rock. Irgendwo tief in meinem Körper verspürte ich einen unsagbar süßen Schmerz.

»Es ist komisch«, sagte sie, »aber wenn ich an Kinder denke, kann ich mir nur vorstellen, ein einziges zu haben. Ich kann mich schon irgendwie mit Kindern sehen: Ich bin eine Mutter, und ich habe ein Kind. Das macht mir keine Schwierigkeiten. Aber mit Geschwistern kann ich mir dieses Kind nicht vorstellen. Es ist ein Einzelkind.«

Sie war ganz ohne Frage ein frühreifes Mädchen. Ich bin mir sicher, daß sie sich zu mir als einem Angehörigen des anderen Geschlechts hingezogen fühlte – ein Gefühl, das ich durchaus erwiderte. Aber ich hatte keine Ahnung, wie ich mit solchen Gefühlen umgehen sollte. Und ich habe den Verdacht, daß Shimamoto es ebensowenig wußte. Wir hielten uns nur ein einziges Mal bei der Hand. Sie führte mich gerade irgendwohin und ergriff meine Hand, wie um zu sagen: Hier lang – beeil dich! Unsere Hände waren, wenn's hoch kommt, zehn Sekunden lang umeinander geschlossen, aber mir kam es eher wie dreißig Minuten vor. Als sie mich losließ, fühlte ich mich plötzlich verloren. Es hatte völlig natürlich gewirkt, wie sie nach meiner Hand gefaßt hatte, aber ich wußte, daß sie darauf gebrannt hatte, es zu tun.

Das Gefühl, ihre Hand zu halten, hat mich nie wieder verlassen. Es war anders als bei jeder anderen Hand, die ich je gehalten hatte, anders als bei jeder Berührung, die ich je erlebt habe. Es war lediglich die kleine, warme Hand eines zwölfjährigen Mädchens, aber diese fünf Finger, diese Handfläche waren wie eine Vitrine, die absolut alles enthielt, was ich wissen wollte – und was ich wissen *mußte*. Indem sie meine Hand nahm, zeigte sie mir, was dieses »alles« war. Zeigte mir, daß es hier, in der realen Welt, einen solchen Ort gab. Während dieser zehn Sekunden wurde ich zu einem kleinen Vögelchen, das in die Luft aufflatterte, in den rauschenden Wind. Vom Himmel aus, von hoch oben, konnte ich ein fernes Bild sehen. Es war so weit entfernt, daß ich es nicht deutlich erkennen konnte, aber irgend etwas war da, und ich wußte, daß ich eines Tages dorthin reisen würde. Diese Offenbarung raubte mir den Atem und ließ mein Zwerchfell beben.

Ich kehrte nach Hause zurück, setzte mich an meinen Schreibtisch und starrte lange auf diese Finger, die Shimamoto umfaßt hatte. Es erfüllte mich mit Seligkeit, daß sie meine Hand gehalten hatte. Ihre sanfte Berührung wärmte mir noch tagelang das Herz. Zugleich verwirrte mich dieses Gefühl, machte mich ratlos, in gewisser Weise sogar traurig. Wie würde ich nur je mit dieser Wärme fertig werden können?

Nach der Grundschule kamen Shimamoto und ich auf verschiedene Mittelschulen. Ich verließ die Umgebung, in der ich bis dahin gelebt hatte, und zog in eine andere Stadt. Ich sage »eine andere Stadt«, aber ich wohnte nur zwei Haltestellen von dort entfernt, wo ich aufgewachsen war, und während der ersten drei Monate nach meinem Umzug besuchte ich Shimamoto noch drei-, viermal. Aber das war es dann auch. Schließlich hörte ich ganz auf, hinzugehen. Wir waren beide in einem empfindlichen Alter, in dem die Tatsache, daß wir verschiedene Schulen besuchten und zwei Haltestellen voneinander entfernt wohnten, völlig ausreichte, um mir das Gefühl zu geben, daß wir jetzt in grundverschiedenen Welten lebten. Wir hatten nicht mehr die gleichen Freunde, nicht mehr die gleichen Schuluniformen und Schulbücher. Mein Körper, meine Stimme, meine Denkweise machten abrupte Veränderungen durch, und eine ungewohnte Befangenheit bedrohte auf einmal die intime Welt, die wir uns geschaffen hatten. Shimamoto machte natürlich sogar noch einschneidendere physische und psychische Veränderungen durch. Und das alles bereitete mir Unbehagen. Ihre Mutter begann, mich merkwürdig anzusehen. *Warum kommt dieser Junge immer noch hierher?* schien sie sich zu fragen. *Er wohnt doch gar nicht mehr in der Nähe, und er geht auf eine andere Schule.* Vielleicht war ich aber auch nur überempfindlich.

Und so lebten Shimamoto und ich uns auseinander, und ich traf sie schließlich überhaupt nicht mehr. Und das war wahrscheinlich (*wahrscheinlich* ist das einzige Wort, das ich in diesem Zusammenhang verwenden kann; ich sehe es nicht als meine Aufgabe an, den Erinnerungsraum, den man die Vergangenheit nennt, zu erforschen und zu entscheiden, was richtig war und was falsch) ein Fehler. Ich hätte ihr so nah wie irgend möglich bleiben sollen. Ich brauchte sie, und sie brauchte mich. Aber ich war zu gehemmt, und meine Angst, verletzt zu werden, war zu groß. Ich sah sie nie wieder. Erst viele Jahre später wieder, meine ich.

Auch nachdem wir aufgehört hatten, uns zu treffen, dachte ich weiter mit großer Zuneigung an sie. Die Erinnerung an sie machte mir Mut, linderte mir die Verwirrungen und Schmerzen des Heranwachsens. Lange Zeit nahm sie einen besonderen Platz in meinem Herzen ein. Ich hielt diesen besonderen Platz nur für sie frei, wie einen ruhigen Ecktisch in einem Restaurant, mit einem »Reserviert«-Schildchen darauf. Und das, obwohl ich mir sicher war, daß ich sie nie wiedersehen würde.

Zur Zeit unserer Bekanntschaft war ich erst zwölf Jahre alt gewesen und hatte noch keine echten sexuellen Gefühle oder Wünsche. Obwohl ich ein gewisses, unbestimmtes Interesse an der Schwellung ihrer Brust und dem, was sich unter ihrem Rock verbarg, nicht bestreiten will. Aber ich hatte keine Ahnung, was dieses Interesse bedeutete oder wohin es hätte führen können.

Mit gespitzten Ohren und geschlossenen Augen stellte ich mir die Existenz eines gewissen Ortes vor. Dieser Ort meiner Vorstellung war noch unfertig. Er war nebelhaft, unbestimmt, verschwommen. Dennoch war ich mir sicher, daß dort etwas absolut Lebensnotwendiges auf mich wartete. Und ich wußte eines: daß Shimamoto im selben Augenblick auf genau dasselbe Bild starrte.

Wir waren, sie ebenso wie ich, noch fragmentarische Geschöpfe, die gerade erst begannen, die Existenz einer unerwarteten Wirklichkeit zu erahnen, die wir uns noch würden aneignen müssen, die uns ausfüllen und vervollständigen würde. Wir standen vor einer Tür, die wir noch nie zuvor gesehen hatten. Wir beiden allein, unter einem schwach flackernden Licht, unsere Hände fest umeinander geschlossen, für flüchtige zehn Sekunden.

2

Auf der Oberschule war ich ein typischer Teenager. Dies war die zweite Phase meines Lebens, ein Schritt nach vorn in meiner persönlichen Evolution – die Vorstellung, ich sei anders, aufzugeben und mich für die Normalität zu entscheiden. Nicht, daß ich nicht mein Bündel von Problemen gehabt hätte; aber welcher Sechzehnjährige hat das nicht? Nach und nach rückte ich näher an die Welt heran, und die Welt rückte näher an mich heran.

Mit sechzehn war ich kein mickriges kleines Einzelkind mehr. In der Mittelschule hatte ich angefangen, in einem Hallenbad nicht weit von unserem Haus Schwimmunterricht zu nehmen. Ich lernte kraulen und ging von da an zweimal die Woche meine Bahnen schwimmen. Meine Schultern und meine Brust verbreiterten sich, und meine Muskeln wurden kräftig und straff. Ich war nicht mehr das schwächliche Kind, das alle naselang Fieber bekam und das Bett hüten mußte. Oft stellte ich mich nackt vor den Badezimmerspiegel und musterte jeden Quadratzentimeter meines Körpers.

Fast konnte ich mit ansehen, wie ich mich körperlich veränderte. Und ich freute mich über diese Veränderungen. Ich meine damit nicht, daß mich die Vorstellung, erwachsen zu werden, besonders fasziniert hätte. Mehr als die innere Reifung freute mich meine sichtbare Verwandlung. Ich konnte also vielleicht doch zu einem neuen Hajime werden.

Ich las gern und hörte gern Musik. Schon immer hatte ich eine Schwäche für Bücher und das Lesen gehabt, und die Freundschaft mit Shimamoto hatte diese Neigung noch vertieft. Ich begann, in die Bibliothek zu gehen, und verschlang jedes Buch, das ich in die Finger bekam. Hatte ich ein Buch erst angefangen, konnte ich es nicht wieder aus der Hand legen. Es war wie eine Sucht; ich las während des Essens, im Zug, im Bett bis tief in die Nacht und, heimlich, in der Schule, während des Unterrichts. Bald kaufte ich mir eine kleine Stereoanlage und hörte mir, in meinem Zimmer verschanzt, stundenlang Jazzplatten an. Aber das Bedürfnis, mit jemandem über das zu reden, was mir die Bücher und die Musik gaben, hatte ich eigentlich nicht. Ich war vollauf damit zufrieden, ich zu sein und niemand sonst. In diesem Sinne konnte man mich als überzeugten Einzelgänger bezeichnen. Ich hatte eine starke Abneigung gegen Mannschaftssport gleich welcher Art. Jede Form von Wettkampf, bei der man gegen einen oder mehrere Konkurrenten Punkte sammeln mußte, war mir zuwider. Am liebsten schwamm ich allein vor mich hin, Bahn um Bahn.

Nicht, daß ich ein absoluter Einzelgänger gewesen wäre. Mit der Zeit fand ich auf der Schule schon Freunde, wenigstens ein paar. Die Schule selbst konnte ich nicht ausstehen. Und bei den Freunden hatte ich immer das Gefühl, sie versuchten mich zu erdrücken und ich müßte ständig in Verteidigungsbereitschaft sein. Das härtete mich ab. Wären diese Freunde nicht gewesen, hätte ich aus diesen tückischen Teenagerjahren noch mehr Narben davongetragen.

Seit ich regelmäßig schwimmen ging, war ich längst nicht mehr so heikel, was das Essen betraf, und ich konnte mich mit Mädchen unterhalten, ohne rot zu werden. Daß ich ein Einzelkind war, kümmerte nun niemanden mehr. Wenigstens nach außen hatte ich mich anscheinend vom Fluch des Einzelkinds befreit.

Und ich fand eine Freundin.

Sie war nicht besonders hübsch – nicht der Typ, der jeder Mutter auf dem Jahrgangsfoto sofort als das hübscheste Mädchen der Schule ins Auge gesprungen wäre, aber als ich sie zum erstenmal sah, fand ich sie ziemlich niedlich. Auf einem Foto konnte man das nicht erkennen, aber sie strahlte eine freimütige Wärme aus, die sehr anziehend wirkte. Sie war keine Schönheit, mit der ich hätte angeben können, aber ich war schließlich auch kein so toller Fang.

Im vorletzten Schuljahr waren sie und ich in derselben Klasse, und wir gingen oft miteinander aus. Anfangs zusammen mit dem einen oder anderen Pärchen, später nur wir zwei. Ich weiß nicht genau, warum, aber ich war in ihrer Gesellschaft immer entspannt. Ich konnte sagen, was ich wollte, und sie hörte aufmerksam zu. Ich konnte irgend etwas daherschwafeln, aber aus ihrem Gesicht hätte man schließen können, ich sei im Begriff, eine großartige Entdekkung zu offenbaren, die den Gang der Geschichte verändern würde. Seit Shimamoto war es das erste Mal, daß ein Mädchen sich von allem, was ich zu erzählen hatte, so gefesselt zeigte; und ich wiederum war begierig, alles zu erfahren, was es über sie nur zu wissen gab. Was sie jeden Tag aß, wie sie ihr Zimmer eingerichtet hatte. Was sie von ihrem Fenster aus sah.

Sie hieß Izumi. Toller Name, sagte ich zu ihr, als wir das erste Mal miteinander sprachen. Er bedeutet auf japanisch »Bergquelle«. Wirf eine Axt hinein, und schwupp! kommt eine Fee heraus, sagte ich in Anspielung auf das Märchen. Izumi lachte. Sie hatte eine Schwester, die drei Jahre jünger war als sie, und einen fünf Jahre jüngeren Bruder. Ihr Vater war Zahnarzt, sie wohnten – wo auch sonst – in einem Einfamilienhaus und hatten einen Hund. Der Hund war ein deutscher Schäferhund namens Karl, nach Karl Marx, so unglaublich das auch klingt. Ihr Vater war Mitglied der Japanischen Kommunistischen Partei. Zweifellos wird es auf der Welt auch kommunistische Zahnärzte geben, aber alle zusammen dürften sich wahrscheinlich in vier, fünf Bussen unterbringen lassen. Darum fand ich es schon ganz schön komisch, daß ausgerechnet der Vater *meiner* Freundin dieser seltenen Spezies angehörte. Izumis Eltern waren Tennisfanatiker, und Sonntag für Sonntag pilgerten sie, den Schläger in der Hand, zum Tennisplatz. Ein kommunistischer, tennisversessener Zahnarzt – schon eine komische Kombination! Izumi interessierte sich nicht für Politik, aber sie liebte ihre Eltern, und gelegentlich schloß sie sich ihnen zu einem Match an. Sie versuchte, mich für das Spiel zu gewinnen, aber Tennis war nicht mein Ding.

Sie beneidete mich, weil ich ein Einzelkind war. Sie kam mit ihren Geschwistern nicht gut aus. Wenn man sie hörte, waren das zwei herzlose Idioten, die sie lieber heute als morgen losgeworden wäre. Ich habe mir immer gewünscht, ein Einzelkind zu sein, sagte sie, und tun und lassen zu können, was mir paßt, ohne auf Schritt und Tritt genervt zu werden.

Bei unserer dritten Verabredung küßte ich sie. An dem Tag war sie bei mir. Meine Mutter war einkaufen gegangen, und wir hatten das ganze Haus für uns. Als ich mein Gesicht vorbeugte und ihre Lippen mit meinen berührte, schloß sie einfach die Augen und sagte kein Wort. Ich hatte mir für den Fall, daß sie sauer werden oder das Gesicht abwenden würde, ein ganzes Dutzend Entschuldigungen zurechtgelegt, aber ich brauchte keine einzige davon. Meine Lippen auf ihren, legte ich die Arme um sie und drückte sie an mich. Es war Spätsommer, und sie trug ein Kleid aus Leinenkrepp. Es war an der Taille mit Bändern gerafft, und die Schleife hing ihr hinten wie ein Schweif locker herab. Meine Hand berührte durch den Stoff den Verschluß ihres Büstenhalters. Ich spürte ihren Atem an meinem Hals. Ich war so erregt, daß ich das Gefühl hatte, mein Herz würde mir gleich aus dem Leib springen. Mein Penis war zum Bersten stramm; er drückte gegen ihren Oberschenkel, und sie rückte ein Stückchen zur Seite, aber das war auch alles. Sie wirkte nicht schockiert.

Wir blieben eine Weile auf dem Sofa sitzen und hielten uns eng umfaßt. Auf dem Sessel uns gegenüber saß eine Katze. Sie öffnete die Augen, sah in unsere Richtung, streckte sich und schlief wieder ein. Ich streichelte Izumis Haar und legte die Lippen an eines ihrer zierlichen Ohren, dann an das andere. Ich meinte, ich müßte nun eigentlich etwas sagen, aber ich brachte nichts heraus. Ich konnte kaum atmen, geschweige denn sprechen. Ich nahm wieder ihre Hand und küßte sie noch einmal. Lange sprachen wir beide kein Wort.

Auch nachdem ich sie zum Zug gebracht hatte, konnte ich mich nicht wieder beruhigen. Ich ging nach Hause zurück, legte mich auf das Sofa und starrte an die Decke. Mir schwirrte der Kopf. Schließlich kam meine Mutter nach Hause und sagte, sie werde gleich Abendessen machen. Aber Essen war das letzte, woran ich jetzt denken konnte. Ohne ein Wort ging ich aus dem Haus und lief gut zwei Stunden ziellos durch die Stadt. Es war ein seltsames Gefühl. Ich war nicht mehr allein, und dennoch empfand ich zugleich eine so tiefe Einsamkeit wie noch nie zuvor. Meine Perspektive hatte sich schlagartig verändert – wie wenn man zum erstenmal eine Brille trägt. Ich konnte die fernsten Dinge berühren, und Gegenstände, die mir eigentlich hätten verschwommen erscheinen müssen, waren jetzt gestochen scharf.

Als Izumi sich an dem Tag von mir verabschiedet hatte, hatte sie mir gedankt und gesagt, sie sei sehr glücklich. Da war sie nicht die einzige. Ich konnte es kaum glauben, daß sich ein Mädchen wirklich und wahrhaftig von mir hatte küssen lassen. Wie hätte ich da nicht selig sein sollen? Und dennoch gelang es mir nicht, vorbehaltlos glücklich zu sein. Ich glich einem Turm, der sein Fundament verloren hatte. Ich schwebte hoch oben, und je weiter ich in die Ferne blickte, desto schwindliger wurde mir. Warum sie? fragte ich mich. Was weiß ich überhaupt von ihr? Ich hatte mich ein paarmal mit ihr getroffen, ein bißchen mit ihr geredet, und das war's auch. Ich war nervös und fahrig, und ich kam nicht dagegen an.

Wäre es um Shimamoto gegangen, hätte es keine Verwirrung gegeben. Stillschweigend hätten wir einander vorbehaltlos akzeptiert. Ohne Befangenheit, ohne Unbehagen. Aber Shimamoto war nicht mehr da. Sie lebte in einer neuen, eigenen Welt, und ich ebenso. Es hatte keinen Sinn, Izumi mit Shimamoto zu vergleichen. Die Tür, die in Shimamotos Welt führte, war hinter mir zugeschlagen: Jetzt mußte ich mich in einer neuen, anderen Welt zu orientieren versuchen.

Ich blieb auf, bis der Himmel im Osten zaghaft heller wurde. Ich schlief zwei Stunden, duschte und fuhr zur Schule. Ich mußte Izumi finden und mit ihr über das reden, was zwischen uns geschehen war. Ich wollte aus ihrem Mund hören, daß ihre Gefühle unverändert waren. Als letztes hatte sie gesagt, sie sei sehr glücklich, aber im kalten Licht des Morgengrauens kam mir das mehr wie eine Einbildung vor, wie etwas, das ich geträumt hatte. Der Schultag endete, ohne daß ich eine Gelegenheit gefunden hätte, mit ihr zu reden. In der Pause war sie mit ihren Freundinnen zusammen, und bei Unterrichtsschluß fuhr sie sofort nach Hause. Nur einmal, im Korridor, auf dem Weg in ein anderes Klassenzimmer, gelang es uns, einen Blick zu tauschen. Als sie mich sah, strahlte sie, und ich lächelte zurück. Das war alles, aber in ihrem Lächeln fand ich eine Bestätigung der Ereignisse vom Tag zuvor. *Es ist alles in Ordnung*, schien ihr Lächeln zu sagen, *das gestern ist wirklich passiert*. Als ich dann mit dem Zug heimfuhr, war meine Verwirrung verflogen. Ich wollte Izumi, und mein Verlangen setzte sich gegen alle Zweifel durch.

Was ich wollte, war völlig klar: eine nackte Izumi, die mit mir Sex hatte. Aber bis zu diesem Ziel war es noch ein weiter Weg. Man hatte sich in seinem Vorgehen an einen ganz bestimmten Ablauf zu halten. Um beim Sex anzukommen, mußte man zuerst das Kleid des Mädchens aufhaken. Und zwischen Häkchen und Sex lag ein Prozeß, in dessen Verlauf zwanzig – vielleicht gar dreißig – heikle Entschlüsse und Entscheidungen getroffen werden mußten.

Zunächst einmal mußte ich mir irgendwie Kondome beschaffen. Genaugenommen stellte das zwar erst ein späteres Element der vorgeschriebenen Ereigniskette dar, aber auftreiben mußte ich welche. Man konnte schließlich nie wissen, wann ich sie brauchen würde. Aber ich konnte nicht einfach in die Apotheke schlendern, einen Schein hinblättern und mit einer Schachtel Kondome hinausspazieren. Ich würde nie für etwas anderes durchgehen als für das, was ich war: ein Oberschüler – ganz zu schweigen davon, daß ich viel zu feige war, um auch nur den Versuch zu wagen. Ich hätte es mit einem der Automaten probieren können, die es bei uns in der Siedlung gab, aber wenn mich jemand dabei ertappt hätte, wäre die Kacke ganz schön am Dampfen gewesen. Drei, vier Tage lang rang ich mit diesem Dilemma.

Am Ende war die Lösung viel einfacher als erwartet. Ich wandte mich an einen frühreifen Freund, der bei uns als Experte in solchen Dingen galt. Die Sache ist nämlich die, sagte ich, ich bräuchte ein paar Kondome, wo krieg ich die her? Kein Problem, Mann, meinte er cool. Ich kann dir eine ganze Schachtel besorgen. Mein Bruder hat eine ganze Wagenladung davon aus dem Katalog bestellt. Keine Ahnung, wozu er so viele gekauft hat, aber sein Schrank ist voll mit den Dingern. Eine Schachtel weniger bringt ihn nicht um. Stark, jubelte ich. Am nächsten Tag brachte er die Kondome in einer Papiertüte mit in die Schule. Ich spendierte ihm das Mittagessen und bat ihn, die Angelegenheit für sich zu behalten. Kein Problem, sagte er. Natürlich konnte er sich dann doch nicht beherrschen und erzählte ein paar Leuten, ich sei ins Kondomgeschäft eingestiegen. Die erzählten es ein paar anderen weiter, und die Sache machte in der Schule die Runde, bis schließlich auch Izumi davon erfuhr. Nach dem Unterricht bat sie mich, mit ihr auf die Dachterrasse der Schule zu gehen.

»Hajime, stimmt das, was ich gehört habe, daß du von Nishida Kondome bekommen hast?« fragte sie. Das Wort Kondome ging ihr nicht gerade glatt von der Zunge. Aus ihrem Munde klang es wie der Name einer ansteckenden Krankheit.

»Äh … schon.« Ich suchte krampfhaft nach den richtigen Worten.

»Aber das hat eigentlich gar nichts zu bedeuten. Ich hab mir einfach nur gedacht … also, daß es vielleicht besser wäre, welche zu haben.«

»Hast du sie dir meinetwegen besorgt?«

»Nein, nicht direkt«, sagte ich. »Ich war einfach neugierig, wie die Dinger wohl aussehen. Aber wenn's dich stört, geb ich sie ihm zurück oder schmeiß sie weg.«

Wir saßen auf einer kleinen steinernen Bank in einer Ecke der Dachterrasse. Es sah so aus, als könnte es jeden Augenblick anfangen zu regnen. Wir waren ganz allein. Es war vollkommen still. Ich hatte diese Dachterrasse noch nie so still erlebt.

Unsere Schule stand auf einem Hügel, und wir blickten ungehindert auf die Stadt und das Meer. Einmal hatten meine Freunde und ich ein paar Schallplatten aus dem Schüler-Rundfunk-Studio mitgehen lassen und sie von der Dachterrasse aus fortgeschleudert. Wie Frisbees waren sie in einem schönen Bogen davongeschwirrt. Sie flogen vergnügt auf die Bucht zu, als sei ihnen für einen flüchtigen Augenblick Leben eingehaucht worden. Zuletzt aber hatte eine von ihnen keinen Auftrieb mehr bekommen und war, unbeholfen trudelnd, wie ein Stein auf den Tennisplatz gefallen, wo ein paar schreckhafte Mädchen aus der zehnten Klasse gerade ihre Aufschläge übten. Für uns hatte das Nachsitzen bedeutet. Über ein Jahr war das her, und jetzt saß ich wieder an derselben Stelle und wurde von meiner Freundin wegen dieser Kondome ausgequetscht. Ich hob die Augen und sah einen Vogel, der einen langsamen Kreis in den Himmel ritzte. Ein Vogel zu sein, dachte ich, muß herrlich sein. Vögel haben nichts anderes zu tun, als am Himmel zu fliegen. Mit Empfängnisverhütung brauchen sie sich nicht zu befassen.

»Magst du mich wirklich?« fragte mich Izumi mit leiser Stimme.

»Sicher doch«, erwiderte ich. »Natürlich mag ich dich.«

Sie schürzte die Lippen und sah mir ins Gesicht. Sie sah mich so lange an, daß ich allmählich verlegen wurde.

»Ich mag dich auch, weißt du«, sagte sie nach einer Weile.

Aber, dachte ich.

»Aber«, sagte sie denn auch prompt, »wir brauchen nichts zu überstürzen.«

Ich nickte.

»Sei nicht zu ungeduldig. Das geht bei mir nicht so schnell. Ich bin nicht so gescheit. Ich brauche eine Menge Zeit, um mich auf alles Neue vorzubereiten. Kannst du warten?«

Wieder nickte ich stumm.

»Versprochen?« fragte sie.

»Versprochen.«

»Du wirst mir nicht weh tun?«

»Ich werde dir nicht weh tun.«

Für eine Weile blickte sie auf ihre Schuhe. Schlichte schwarze Mokassins. Neben meinen sahen sie so klein aus wie Puppenschuhe.

»Ich hab Angst«, sagte sie. »In letzter Zeit fühle ich mich wie eine Schnecke ohne Haus.«

»Ich hab auch Angst«, sagte ich. »Ich fühle mich wie ein Frosch ohne Schwimmhäute.«

Sie sah zu mir auf und lächelte.

Wortlos gingen wir an eine andere, schattige Stelle der Terrasse und umarmten und küßten uns: eine Schnecke ohne Haus und ein Frosch ohne Schwimmhäute. Ich hielt sie fest an mich gedrückt. Unsere Zungen berührten sich sacht. Ich streichelte ihre Brüste durch die Bluse. Sie sträubte sich nicht. Sie schloß einfach nur die Augen und seufzte. Ihre Brüste waren klein und paßten bequem in meine hohlen Hände, als seien sie ausschließlich hierfür gemacht. Sie legte ihre Hand flach auf mein Herz, und die Berührung ihrer Hand und das Pochen meines Herzens wurden eins. Sie ist nicht Shimamoto, sagte ich mir. Sie kann mir nicht geben, was Shimamoto mir gegeben hat. Aber sie ist hier, ganz mein, und bemüht sich nach Kräften, mir alles zu geben, was sie mir geben kann. Wie könnte ich ihr jemals weh tun?

Aber es war mir damals nicht klar. Daß ich jemanden so schwer verletzen konnte, daß er – sie – sich nie wieder davon erholen würde. Daß man einem anderen Menschen nur dadurch, daß man lebt, irreparablen Schaden zufügen kann.

3

Izumi und ich gingen über ein Jahr lang miteinander. Wir trafen uns einmal in der Woche, gingen ins Kino, arbeiteten zusammen in der Bibliothek oder unternahmen einfach lange, ziellose Spaziergänge. Was allerdings den Sex anbelangt, so hielten wir immer irgendwo auf halbem Wege an. Etwa zweimal im Monat kam sie zu mir, wenn meine Eltern nicht da waren, und dann legten wir uns auf mein Bett und hielten uns in den Armen. Aber sie zog sich nie ganz aus. Man wisse nie, ob nicht jemand zurückkomme, sagte sie. »Übervorsichtig« wäre wahrscheinlich die richtige Bezeichnung für sie gewesen. Sie hatte keine Angst; es paßte ihr nur nicht, in eine möglicherweise peinliche Situation gedrängt zu werden.

Und so mußte ich mich damit begnügen, sie vollständig angezogen in den Armen zu halten und, so gut es ging, unter ihrer Unterwäsche herumzufummeln.

»Hab Geduld«, sagte sie jedesmal, wenn ich meine Enttäuschung nicht verbergen konnte. »Ich brauche mehr Zeit. Bitte.«

Im Grunde hatte ich es selbst nicht besonders eilig; ich war nur verwirrt und in mancherlei Hinsicht enttäuscht. Natürlich mochte ich sie und war dankbar dafür, daß sie meine Freundin war. Ohne sie wären meine Teenagerjahre völlig öde und farblos gewesen. Sie war ein ehrliches, freundliches Mädchen, das alle mochten; aber unsere Interessen gingen diametral auseinander. Mit den Büchern, die ich las, oder der Musik, die ich hörte, konnte sie nichts anfangen, und so waren Gespräche darüber, von gleich zu gleich, nicht möglich. Darin unterschied sich meine Beziehung zu ihr drastisch von der zu Shimamoto.

Doch wenn ich neben ihr saß und ihre Hand berührte, wallte eine natürliche Wärme in mir auf. Ich konnte ihr alles sagen. Ich küßte sie gern auf die Lider und auf die Stelle gleich über dem Mund. Schön fand ich es auch, ihr das Haar hochzustreichen und ihre winzigen Öhrchen zu küssen, was sie unweigerlich zum Kichern brachte. Noch heute schwebt mir, wenn ich an sie denke, ein friedlicher Sonntagmorgen vor: ein milder, heiterer Tag, der eben erst beginnt. Keine Hausaufgaben, die auf einen warten, schlicht ein Sonntag, an dem man tun kann, was man möchte. Immer gab sie mir dieses entspannte, sorglose Sonntagmorgengefühl.

Gewiß, sie hatte auch ihre Fehler. Sie war ganz schön dickköpfig, und ein bißchen mehr Phantasie hätte ihr nicht geschadet. Es kam ihr gar nicht in den Sinn, auch nur einen Schritt über die Grenze der behaglichen Welt zu wagen, in der sie aufgewachsen war. Nichts konnte sie so sehr fesseln, daß sie darüber Hunger oder Müdigkeit vergessen hätte. Und sie liebte und achtete ihre Eltern. Die wenigen Ansichten, die sie überhaupt vertrat – die Standard-Ansichten einer Sechzehn-, Siebzehnjährigen –, waren denn auch reichlich unbedarft. Positiv wiederum war an ihr, daß ich sie nie, nicht ein einziges Mal, über jemanden lästern hörte. Und sie langweilte mich nie mit hochnäsigem Geplapper. Sie hatte mich lieb und war gut zu mir. Sie hörte sich aufmerksam an, was ich zu sagen hatte, und munterte mich auf. Ich redete ziemlich viel über mich und meine Zukunft; was ich werden wollte, was für ein Mensch ich zu werden hoffte – die narzißtischen Gedankenspiele eines Halbwüchsigen. Aber sie hörte mir gebannt zu. »Aus dir wird einmal ein wunderbarer Mensch, das weiß ich«, sagte Izumi zu mir. »In dir steckt etwas Besonderes.« Und sie meinte das wirklich. So etwas hatte mir bis dahin noch niemand gesagt.

Und sie in den Armen zu halten – selbst vollständig angezogen –, war märchenhaft. Nur eines verwirrte und enttäuschte mich: daß es mir nie gelang, in ihr ein besonderes Etwas zu entdecken, das eigens für mich dagewesen wäre. Die Liste ihrer guten Eigenschaften überwog die ihrer Fehler bei weitem – und stellte meine paar Vorzüge mit Sicherheit in den Schatten –, aber dennoch vermißte ich etwas, etwas sehr Wesentliches, Entscheidendes. Wenn es mir nur gelungen wäre, dieses Etwas zu identifizieren, dann hätten wir früher oder später doch miteinander geschlafen, das weiß ich. Ich hätte mich nicht ewig weiter vertrösten lassen. Auch wenn es vielleicht lange gedauert hätte, wäre es mir gelungen, sie von der absoluten Notwendigkeit zu überzeugen, daß sie mit mir schlief. Aber mir fehlte das nötige Selbstvertrauen, um dies durchzusetzen. Ich war nur ein unbesonnener Siebzehnjähriger, den Kopf voller Begehren und Neugier. Aber selbst mit diesem Kopf wußte ich, daß es falsch wäre, sie zum Sex zu drängen, wenn sie nicht wollte. Ich mußte Geduld haben und auf den richtigen Moment warten.

Einmal jedoch hielt ich Izumi nackt in den Armen. Ich find's furchtbar, dich immer nur angezogen zu berühren, flehte ich. Wenn du keinen Sex willst, in Ordnung. Aber ich will deinen Körper sehen, ich will dich mit nichts an umarmen, ich *muß*. Und ich ertrag's nicht länger.

Izumi überlegte eine Weile und sagte dann, wenn das wirklich mein Wunsch sei, dann habe sie nichts dagegen. »Aber eines versprichst du mir, ja?« Sie sah mir ernst in die Augen. »Mehr tust du nicht. Tu nichts, was ich nicht will.«

Sie besuchte mich an einem schönen klaren Sonntag Anfang November. Schön, aber ein bißchen kühl. Meine Eltern waren zu einer Gedächtnisfeier für jemanden aus der Familie meines Vaters gefahren, und eigentlich hätte auch ich daran teilnehmen sollen. Ich erzählte ihnen, ich müsse mich auf eine Klassenarbeit vorbereiten, und blieb allein zu Hause. Sie würden erst sehr spät abends wieder zurücksein. Izumi kam am frühen Nachmittag vorbei. Wir hielten uns auf meinem Bett in den Armen, und dann zog ich sie aus. Sie schloß die Augen und ließ mich machen. Es war nicht einfach. Zunächst einmal habe ich zwei linke Hände, und dann sind Mädchenkleider eine knifflige Angelegenheit. Ich war noch nicht halb durch, als Izumi die Augen öffnete und die Sache selbst in die Hand nahm. Sie hatte ein hellblaues Höschen und einen passenden BH an, wahrscheinlich eigens für diesen Anlaß gekauft; bis dahin war ihre Unterwäsche immer von der Art gewesen, wie Mütter sie für ihre halbwüchsigen Töchter kaufen. Schließlich zog ich mich selbst aus.

Ich hielt ihren nackten Körper in den Armen und küßte ihren Hals und ihre Brüste. Ich streichelte ihre glatte Haut und sog ihren Duft ein. Sich so in den Armen zu halten, ganz nackt, war der reine Wahnsinn. Ich hatte das Gefühl, wenn ich ihn nicht in sie hineinsteckte, würde ich verrückt. Aber sie stieß mich entschieden zurück.

»Tut mir leid«, sagte sie.

Statt dessen nahm sie meinen Penis in den Mund und leckte ihn von oben bis unten ab. Das hatte sie noch nie getan. Immer und immer wieder fuhr sie mit der Zunge über die Eichel, bis ich nicht mehr gerade gucken konnte – und kam.

Hinterher hielt ich sie an mich gedrückt und liebkoste jeden Quadratzentimeter ihres Körpers. Ihr in Herbstlicht getauchter Körper war wunderschön, und ich bedeckte sie mit Küssen. Es war ein wundervoller Nachmittag. Wir schmiegten uns immer wieder fest aneinander, und ich hatte ich weiß nicht wie viele Ergüsse. Jedesmal, wenn ich gekommen war, ging sie ins Bad, um sich den Mund auszuspülen.

»Was für ein komisches Gefühl!« Sie lachte.

Ich ging nun mit Izumi seit gut einem Jahr, aber dieser Nachmittag war ohne Zweifel der glücklichste, den wir überhaupt zusammen verbrachten. So nackt hatten wir nichts voreinander zu verbergen. Ich hatte das Gefühl, mehr denn je über sie zu wissen, und sie muß genauso empfunden haben. Wir brauchten keine Worte und Versprechen; es mußte sich nur stetig eine kleine Wirklichkeit zur anderen gesellen.

Lange blieb Izumi reglos liegen, den Kopf an meine Brust geschmiegt, als lausche sie meinem Herzschlag. Ich streichelte ihr Haar. Ich war siebzehn, gesund, an der Schwelle zum Mannsein. Wundervoll ist das einzige Wort für meine Empfindungen.

Gegen vier – Izumi wollte sich gerade wieder anziehen – klingelte es an der Tür. Anfangs kümmerte ich mich nicht darum. Ich hatte keine Ahnung, wer das sein konnte; wenn ich nicht aufmachte, würde der Betreffende sicher bald die Lust verlieren und gehen. Aber es klingelte beharrlich immer weiter. Verdammt, dachte ich.

»Sind deine Eltern zurück?« fragte Izumi und erblaßte. Hastig raffte sie ihre Sachen zusammen.

»Keine Angst. Sie können unmöglich schon so früh zurücksein. Und sie haben einen Schlüssel, da würden sie doch nicht klingeln.«

»Meine Schuhe!« sagte sie.

»Schuhe?«

»Meine Schuhe stehen unten in der Diele.«

Ich streifte mir rasch meine Sachen über, stürzte hinunter und warf ihre Schuhe in das Schränkchen. Als ich die Haustür öffnete, stand da meine Tante. Die jüngere Schwester meiner Mutter, die ungefähr eine Zugstunde entfernt wohnte und uns von Zeit zu Zeit besuchte.

»Was in aller Welt treibst du eigentlich? Ich klingle seit einer Ewigkeit«, sagte sie.

»Ich hatte Kopfhörer auf, darum habe ich dich nicht gehört«, erwiderte ich. »Vater und Mutter sind nicht da – sie sind zu einer

Gedächtnisfeier gefahren. Vor heute nacht sind sie bestimmt nicht zurück. Aber das weißt du doch, oder?«

»Sie haben's mir gesagt. Ich hatte in der Gegend etwas zu erledigen, und ich wußte, daß du zu Hause bist und lernst, und da habe ich mir gedacht, ich könnte dir was zu essen kochen. Ich habe schon eingekauft.«

»Ich kann mir selbst Essen kochen. Ich bin schließlich kein kleines Kind mehr«, sagte ich.

»Aber ich habe alles gekauft. Und du hast zu arbeiten, nicht wahr? Ich koche dir einfach etwas, während du lernst.«

O Gott, dachte ich. Ich wäre am liebsten auf der Stelle tot umgefallen. Wie sollte Izumi jetzt nach Hause kommen? Bei uns führte der einzige Weg zur Haustür durchs Wohnzimmer; und danach mußte man draußen am Küchenfenster vorbei, um zum Gartentor zu kommen. Natürlich konnte ich Izumi als eine Bekannte vorstellen, die kurz vorbeigeschaut hatte, aber offiziell mußte ich für eine schriftliche Prüfung büffeln. Wenn herauskäme, daß ich ein Mädchen bei mir gehabt hatte, dann wäre der Teufel los. Und ich konnte meine Tante schlecht bitten, meinen Eltern nichts davon zu erzählen. Meine Tante war zwar nicht bösartig, aber Geheimnisse für sich zu behalten gehörte entschieden nicht zu ihren Stärken.

Während meine Tante in der Küche stand und ihre Einkäufe aus den Tüten holte, brachte ich Izumi ihre Schuhe nach oben. Sie war vollständig angezogen. Ich erklärte ihr die Situation.

Sie wurde kreidebleich. »Und was in aller Welt soll ich jetzt tun? Wenn ich hier nicht wieder rauskomme? Du weißt doch, daß ich jeden Abend zum Essen zu Hause sein muß. Sonst kann ich mich auf was gefaßt machen!«

»Keine Angst. Das kriegen wir schon hin. Wir denken uns

schon etwas aus«, sagte ich, um sie zu beruhigen. In Wirklichkeit aber war ich so ratlos wie sie.

»Und ich kann die eine Strumpfhalterschließe nicht finden. Ich hab schon überall gesucht.«

»Deine Strumpfhalterschließe?« fragte ich.

»Ein kleines Ding aus Metall, ungefähr so groß.«

Ich durchsuchte das ganze Zimmer, vom Fußboden bis zum Kopfende meines Bettes, aber ich konnte das Ding nirgends finden.

»Tut mir leid. Könntest du nicht, nur dieses eine Mal, ohne Strümpfe gehen?« fragte ich.

Ich ging in die Küche, wo meine Tante gerade dabei war, Gemüse zu schnippeln. Wir brauchen Salatöl, sagte sie und bat mich, rasch loszugehen und welches zu kaufen. Ich konnte mich schlecht weigern, also nahm ich mein Rad und fuhr zum nächsten Geschäft. Draußen wurde es schon langsam dunkel. Wenn das so weiterging, konnte Izumi noch ewig bei mir festsitzen. Ich mußte etwas unternehmen, bevor meine Eltern wieder nach Hause kamen.

»Ich glaube, unsere einzige Chance ist, daß du dich rausschleichst, während meine Tante auf dem Klo ist«, erklärte ich Izumi.

»Glaubst du wirklich, das klappt?«

»Versuchen wir's. Wir können nicht weiter nur rumsitzen und Däumchen drehen.«

Ich würde unten warten, bis meine Tante aufs Klo ging, und dann zweimal laut klatschen. Izumi würde herunterkommen, sich die Schuhe anziehen und gehen. Wenn ihre Flucht gelang, würde sie mich von einer Telefonzelle in der Nähe anrufen.

Meine Tante sang vergnügt vor sich hin, während sie Gemüse in Scheibchen schnitt, Miso-Suppe kochte und ein paar Eier briet. Die Zeit verging, und sie legte und legte keine Toilettenpause ein.

Was wußte denn ich, am Ende stand sie im Guinness-Buch der Rekorde, unter »Dehnbarste Blase der Welt«? Ich wollte schon aufgeben, da nahm sie die Schürze ab und ging aus der Küche. Kaum hatte sie die Badezimmertür hinter sich abgeschlossen, stürzte ich ins Wohnzimmer und klatschte zweimal laut. Izumi kam auf Zehenspitzen die Treppe herunter, schlüpfte rasch in ihre Schuhe und schlich, so leise sie konnte, aus dem Haus. Ich ging in die Küche, um mich zu vergewissern, daß sie es ohne Zwischenfälle bis zum Törchen und auf die Straße schaffte. Eine Sekunde später kam meine Tante aus dem Bad. Ich seufzte erleichtert auf.

Fünf Minuten später rief Izumi an. Ich sagte meiner Tante, ich wäre in einer Viertelstunde wieder zurück, und ging aus dem Haus. Izumi stand vor der Telefonzelle.

»Ich find das unmöglich«, sagte sie, noch ehe ich ein Wort herausbringen konnte. »Das war das letzte Mal, daß ich so etwas mitmache!«

Daß sie wütend und aufgeregt war, konnte ich ihr nicht verdenken. Ich führte sie in den Park am Bahnhof und setzte mich mit ihr auf eine Bank. Und faßte sie sanft bei der Hand. Unter ihrem beigefarbenen Mantel trug sie einen roten Pullover. Zärtlich dachte ich an das zurück, was sich darunter verbarg.

»Aber es war schön heute – ich meine, bis meine Tante aufgekreuzt ist. Findest du nicht auch?« fragte ich.

»Natürlich hat es mir gefallen. Ich finde es jedesmal toll, wenn wir zusammen sind. Aber hinterher bin ich immer durcheinander und mache mir Gedanken.«

»Weswegen denn?«

»Wegen der Zukunft. Wenn wir mit der Oberschule fertig sind, gehst du nach Tokio aufs College, und ich bleibe hier. Was wird dann aus uns beiden?«

Ich hatte bereits beschlossen, nach der Schule in Tokio zu studieren. Ich konnte es kaum erwarten, meine provinzielle Heimatstadt und mein Elternhaus zu verlassen und allein zu leben. Mein Notendurchschnitt war nicht berühmt, aber in den Fächern, die mich interessierten, erreichte ich ziemlich gute Ergebnisse, ohne auch nur ein Buch aufzuschlagen, und so würde es kein Problem sein, auf ein Privatcollege zu kommen, wo nur in ein paar wenigen Fächern geprüft wurde. Aber daß Izumi ebenfalls nach Tokio kommen würde, konnte ich mir aus dem Kopf schlagen. Ihre Eltern wollten sie in ihrer Nähe behalten, und sie gehörte nicht gerade zum aufsässigen Typ. Also hätte sie sich gewünscht, daß auch ich dabliebe. Es gibt doch ein gutes College hier, argumentierte sie. Wozu mußt du unbedingt nach Tokio? Wenn ich ihr versprochen hätte, nicht nach Tokio zu ziehen, hätte sie bestimmt mit mir geschlafen.

»Ach, komm schon«, sagte ich. »Schließlich ziehe ich ja nicht ans andere Ende der Welt. Es ist nur eine Fahrt von drei Stunden. Und die College-Ferien sind lang, also bin ich drei, vier Monate im Jahr sowieso hier.« Ich hatte es ihr schon ein dutzendmal erklärt.

»Aber wenn du von hier wegziehst, dann vergißt du mich früher oder später. Und du findest eine neue Freundin«, sagte sie. Auch diese Argumente hatte ich schon wenigstens ein dutzendmal gehört.

Ich erklärte ihr, daß das nicht passieren würde. Ich hab dich sehr lieb, sagte ich, wie könnte ich dich da so leicht vergessen? Aber ich war mir keineswegs so sicher. Ein einfacher Szenenwechsel kann zu einschneidenden Veränderungen im Fluß der Zeit und der Empfindungen führen: genau das, was mit Shimamoto und mir passiert war. Wir mochten uns noch so nah gestanden haben, eine Entfernung von gerade eben mal ein paar Kilometern hatte völlig ausgereicht, damit wir getrennte Wege einschlugen. Ich hatte sie sehr gemocht, und sie hatte mich jedesmal aufgefordert wiederzukommen. Aber am Ende hatte ich aufgehört, sie zu besuchen.

»Ich begreife da etwas einfach nicht«, sagte Izumi. »Du sagst, daß du mich lieb hast. Und daß du für mich dasein willst. Aber manchmal weiß ich beim besten Willen nicht, was in deinem Kopf vorgeht.«

Izumi zog ein Taschentuch aus ihrer Manteltasche und wischte sich die Tränen aus dem Gesicht. Erschrocken bemerkte ich, daß sie schon seit einer Weile weinte. Ich wußte nicht, was ich hätte sagen können, also wartete ich einfach stumm darauf, daß sie weiterredete.

»Du machst am liebsten alles mit dir selbst ab, und du kannst es nicht leiden, wenn dir Leute in den Kopf hineinzugucken versuchen. Vielleicht liegt das daran, daß du ein Einzelkind bist. Du bist daran gewöhnt, allein zu denken und zu handeln. Du meinst, wenn *du* etwas verstehst, dann reicht das.« Sie schüttelte den Kopf. »Und das macht mir angst. Ich fühle mich alleingelassen.«

Einzelkind. Ich hatte dieses Wort schon eine halbe Ewigkeit nicht mehr gehört. Auf der Grundschule hatte es mich verletzt, so genannt zu werden. Aber Izumi verwendete es in einem anderen Sinn. Ihr »Einzelkind« meinte kein verwöhntes, verzogenes Bübchen, sondern richtete sich an mein isoliertes Ich, das die Welt nicht an sich heranließ. Sie machte mir daraus keinen Vorwurf; die Situation machte sie einfach nur sehr traurig.

»Ich kann dir gar nicht sagen, wie glücklich ich war, als wir uns in den Armen gehalten haben«, sagte sie, als wir uns voneinander verabschiedeten. »Es hat mir Mut gemacht, und ich habe gedacht, wer weiß, vielleicht wird *doch* noch alles gut. Aber so einfach ist das Leben leider nicht.«

Auf dem Rückweg vom Bahnhof ließ ich mir das, was sie gesagt hatte, noch einmal durch den Kopf gehen. Es stimmte schon. Ich war nicht daran gewöhnt, mich anderen Menschen zu öffnen. Sie öffnete sich mir mehr und mehr, aber ich war dazu nicht imstande. Ich mochte sie wirklich gern, aber trotzdem hielt mich irgend etwas zurück.

Ich war den Weg vom Bahnhof nach Hause schon tausendmal gegangen, aber jetzt erschien mir alles wie neu und fremd. Ich schaffte es nicht, das Bild von Izumis nacktem Körper abzuschütteln: ihre festen Brustwarzen, ihr Büschelchen Schamhaar, ihre weichen Oberschenkel. Und schließlich hielt ich es nicht mehr aus. Ich holte mir Zigaretten aus einem Automaten, ging zurück zu dem Park, wo wir uns unterhalten hatten, und steckte mir eine an, um mich zu beruhigen.

Wenn meine Tante nicht so hereingeplatzt wäre, wäre die Sache vielleicht besser ausgegangen. Wären wir nicht gestört worden, hätte sich unser Abschied erfreulicher gestalten können. Wir wären noch glücklicher gewesen. Aber auch wenn meine Tante nicht vorbeigekommen wäre, früher oder später wäre eben etwas anderes dieser Art passiert. Wenn nicht heute, dann morgen. Das Hauptproblem bestand darin, daß ich Izumi nicht davon überzeugen konnte, daß es unvermeidlich war. Weil ich es mir selbst nicht so recht abnahm.

Als die Sonne unterging, wehte ein kühler Wind. Es wurde jetzt schnell Winter. Und das neue Jahr würde die College-Aufnahmeprüfungen bringen und dann den Beginn eines völlig neuen Lebens. So unsicher ich mich auch fühlte, ich sehnte mich nach Veränderung. Mein Herz und mein Körper lechzten nach diesem unbekannten Land, nach einem Schwall frischer Luft. Das war das Jahr, in dem die japanischen Studenten die Universitäten besetzten und eine Flut von Demonstrationen Tokio überrollte. Die Welt veränderte sich unmittelbar vor meinen Augen, und ich fieberte danach, mich von diesem Rausch mitreißen zu lassen. Auch wenn Izumi wollte, daß ich dablieb, und wahrscheinlich bereit gewesen wäre, mit mir zu schlafen, nur um mich zu halten, wußte ich, daß meine Tage in der Schlafstadt gezählt waren. Wenn dies das Ende unserer Beziehung bedeutete, dann sollte es das eben bedeuten. Wenn ich dabliebe, ginge etwas in mir für immer verloren – etwas, was zu verlieren ich mir nicht leisten konnte. Es war wie ein undeutlicher Traum, ein brennendes, ungestilltes Verlangen. Ein Traum, wie man ihn nur mit siebzehn hat.

Izumi würde meinen Traum nie verstehen. Sie hatte ihre eigenen Träume, die Vision von einem völlig anderen Ort, einer Welt, die mit meiner kaum etwas gemein hatte.

Aber noch bevor mein neues Leben beginnen konnte, trat eine Krise ein, die unsere Beziehung zerstörte.

4

Das erste Mädchen, mit dem ich in meinem Leben schlief, war ein Einzelkind. Wie Izumi, war sie nicht gerade jemand, nach dem sich die Leute auf der Straße umdrehten; den meisten wäre sie wahrscheinlich gar nicht aufgefallen. Doch als ich sie zum ersten Mal sah, war es so, als sei ich, nichts Böses ahnend, eine Straße entlangspaziert und hinterrücks von einem lautlosen Blitz getroffen worden. Ohne jedes Wenn und Aber, es hatte mich erwischt.

Von sehr wenigen Ausnahmen abgesehen, machen mich sogenannte »schöne Frauen« nicht sonderlich an. Es kommt vor, daß ich mit einem Freund die Straße entlanggehe, und er stupst mich an und sagt: »Mann! Hast du die gesehen?« So seltsam es auch klingt, ich kann mich an dieses angebliche Wunder von Weiblichkeit dann nicht einmal erinnern; und die makellosen Gesichter von Schauspielerinnen und Models sagen mir schon gar nichts. Ich weiß auch nicht, woran das liegt, aber so ist es nun mal. Für mich war die Grenze zwischen der realen Welt und der Welt der Träume schon immer sehr unbestimmt, und wann immer die Verliebtheit ihr allmächtiges Haupt erhob, reichte ein schönes Gesicht nie aus, um mich in Fahrt zu bringen, selbst in meinen frühen Teenagerjahren nicht.

Was mich von jeher anzog, war keine meßbare äußere Schönheit, sondern etwas Inneres, Tiefes, etwas Absolutes. Wie manche Leute eine heimliche Schwäche für Gewitter, Erdbeben oder Stromausfälle haben, liebte ich dieses gewisse undefinierbare Etwas, das von manchen Angehörigen des anderen Geschlechts ausgeht. Nennen wir es, in Ermangelung eines besseren Wortes, Magnetismus. Jedenfalls ist es eine Kraft, von der man gepackt und eingeholt wird wie ein Fisch am Haken.

Am ehesten ließe es sich noch mit der Wirkung eines Parfüms vergleichen. Vielleicht kann nicht einmal der Parfümeur selbst erklären, wie ein Duft, der eine besondere Anziehungskraft ausübt, entsteht. Die Naturwissenschaften können es mit Sicherheit nicht erklären. Dennoch bleibt es eine Tatsache, daß eine bestimmte Kombination von Duftstoffen das andere Geschlecht ebenso fesseln kann wie die Witterung eines brünstigen Weibchens ein männliches Tier. Ein bestimmter Duft wirkt vielleicht auf fünfzig von hundert Personen anziehend; ein anderer Duft zieht vielleicht die anderen fünfzig an. Doch es gibt auch Düfte, die nur ein, zwei Menschen zutiefst erregend finden werden. Und ich habe die Begabung, diese besonderen Düfte schon von weitem zu wittern. Jedesmal, wenn es passiert, verspüre ich den plötzlichen Drang, auf das Mädchen, das diese Aura ausstrahlt, zuzugehen und ihr zu sagen: *Wissen Sie, ich hab's gewittert. Niemand sonst nimmt es wahr, aber ich ja.*

Vom ersten Augenblick an wußte ich, daß ich mit diesem Mädchen schlafen wollte. Genauer gesagt: Ich wußte, daß ich mit ihr schlafen *mußte.* Und instinktiv wußte ich, daß sie genauso empfand. Wenn ich in ihrer Nähe war, zitterte ich buchstäblich am ganzen Leib, und mein Penis wurde so hart, daß ich kaum noch gehen konnte. Wahrscheinlich hatte ich bei Shimamoto die gleiche magnetische Anziehung – in einer Vorform – verspürt, aber ich war noch zu jung gewesen, um sie als solche zu erkennen oder auch nur benennen zu können. Als ich dieses andere Mädchen kennenlernte, war ich siebzehn, ein Oberschüler kurz vor seinem Abschluß, und sie war zwanzig, eine Studentin im zweiten College-Jahr. Zu allem Überfluß war sie auch noch Izumis Cousine. Sie hatte bereits einen Freund, doch das war nebensächlich für uns beide. Sie hätte zweiundvierzig sein, drei Kinder und am Hinterteil zwei Ringelschwänze haben können – es wäre mir egal gewesen. So stark war die magnetische Anziehung. Ich konnte dieses Mädchen einfach nicht vorbeiziehen lassen. Täte ich das, würde ich es mein Leben lang bereuen.

So kam es also, daß die Frau, bei der ich meine Unschuld verlor, die Cousine meiner Freundin war. Und auch nicht bloß irgendeine Cousine, sondern ausgerechnet diejenige, die ihr am nächsten stand. Von Kindheit an hatten sie einander oft besucht. Die Cousine ging in Kyoto aufs College und wohnte in einem Apartment in der Nähe des Westtors des Gosho, des alten Kaiserpalasts. Izumi und ich fuhren einmal nach Kyoto, riefen sie an und trafen uns mit ihr zum Essen. Das war zwei Wochen nach dem kleinen Zwischenfall mit meiner Tante.

Kaum war Izumi für ein paar Minuten nicht am Tisch, bat ich ihre Cousine um ihre Telefonnummer und sagte zur Erklärung, ich wolle sie ein paar Dinge über ihr College fragen. Zwei Tage später rief ich sie an und fragte, ob wir uns am folgenden Sonntag sehen könnten. Nach einer kaum merklichen Pause sagte sie: *In Ordnung.* Etwas an ihrem Ton machte mich zuversichtlich, daß auch sie den Wunsch hatte, mit mir zu schlafen. Am folgenden Sonntag fuhr ich allein nach Kyoto, und schon am Nachmittag lagen wir zusammen im Bett.

Zwei Monate lang trieben wir es so leidenschaftlich miteinander, daß ich befürchtete, uns würde das Hirn zerschmelzen. Keine Kinobesuche, keine Spaziergänge, kein Smalltalk über Romane, Musik, den Krieg, die Revolution. Vögeln war das einzige, was wir taten. Ein paar Worte müssen wir wohl gewechselt haben, aber worüber, weiß ich beim besten Willen nicht mehr. Ich habe nur Bilder in Erinnerung, detaillierte, konkrete Bilder: der Wecker neben ihrem Kissen, das schwarze Telefon auf dem Tisch, die Fotos auf dem Kalender und ihre auf dem Boden verstreuten Kleider. Und den Geruch ihrer Haut, und ihre Stimme. Ich stellte ihr nie eine Frage, und sie mir ebensowenig. Nur einmal, als wir nebeneinander im Bett lagen, sprach ich laut aus, was ich mich plötzlich gefragt hatte: ob sie vielleicht ein Einzelkind sei.

»Ja«, sagte sie mit einem leicht verwunderten Blick. »Aber woran hast du das gemerkt?«

»An nichts Bestimmtem. War nur so ein Gefühl.«

Sie sah mich eine Zeitlang an. »Dann bist du vielleicht auch ein Einzelkind?«

»Erraten«, sagte ich.

Das ist alles, was ich von unseren Gesprächen noch weiß.

Nur selten gönnten wir uns eine Pause, um etwas zu essen oder zu trinken. Kaum sahen wir uns, rissen wir uns wortlos die Kleider vom Leib, hüpften ins Bett und legten los. Wir stürzten uns einfach ins Getümmel. Ich gierte nach dem, was da vor meinen Augen lag, und sie nicht minder. Bei jeder Begegnung liebten wir uns vier-, fünfmal hintereinander, bis mir buchstäblich der Saft ausging und meine Eichel anschwoll und brannte. Trotz aller Leidenschaft und der Heftigkeit, mit der wir uns zueinander hingezogen fühlten, kam weder mir noch ihr jemals in den Sinn, daß wir auf längere Sicht ein Liebespaar werden könnten. Wir befanden uns im Zentrum eines Wirbelsturms, der irgendwann weiterziehen würde. Und dieses Wissen – das Bewußtsein, daß jede Begegnung sehr wohl die letzte sein konnte – entfachte die Flammen unseres Verlangens nur um so mehr.

Ich war nicht in sie verliebt. Und sie liebte mich nicht. Liebe war für mich überhaupt kein Thema. Was ich suchte, war das Gefühl, von einer wütenden, ungezähmten Gewalt umhergeschleudert zu werden, in deren Zentrum etwas absolut Elementares lauerte. Ich hatte keine Ahnung, was es war. Aber ich hätte ihr am liebsten die Hand tief in den Leib gestoßen und dieses Etwas berührt – was immer es sein mochte.

Ich hatte Izumi sehr gern, aber nicht ein Mal hatte ich bei ihr diese irrationale Kraft gespürt. Von diesem anderen Mädchen wußte ich so gut wie nichts, doch die Wirkung, die sie auf mich hatte, war überwältigend. Wir führten nicht ein einziges ernsthaftes Gespräch, weil wir keinen Sinn darin sahen. Wäre uns noch genügend Energie zum Reden geblieben, hätten wir sie zu einer weiteren Runde auf der Matratze genutzt.

Hätten die Dinge ihren natürlichen Lauf genommen, wären wir ein paar Monate lang in unserer Beziehung aufgegangen, ohne auch nur daraus aufzutauchen, um nach Luft zu schnappen, und dann hätte sich einer von uns beiden zurückgezogen. Denn was wir taten, war ein notwendiger, natürlicher Akt, der keinen Raum für Zweifel ließ. Vom ersten Augenblick an war ausgeschlossen gewesen, daß sich Liebe, Schuldgefühle oder Gedanken an die Zukunft einschleichen könnten.

Wäre die Sache nicht aufgeflogen (die Hoffnung, niemals ertappt zu werden, kommt mir im nachhinein arg unrealistisch vor, so besessen, wie ich davon war, es mit dieser Frau zu treiben), dann hätten Izumi und ich durchaus noch eine Weile befreundet bleiben können wie bislang. Jeden Sommer hätten wir uns wiedergesehen und wären zusammen ausgegangen. Wer weiß, wie lange eine solche Ferien-Freundschaft gehalten hätte; doch in ein paar Jahren hätte sich einer von uns beiden vom anderen entfernt. Wir waren einfach zu verschieden, und die Zeit hätte die Unterschiede nur noch vertieft. Wenn ich jetzt zurückblicke, erscheint mir das alles so offensichtlich. Doch selbst wenn wir letztlich nicht anders konnten, als jeder seinen eigenen Weg zu gehen – hätte ich nicht mit ihrer Cousine geschlafen, dann wäre es uns vielleicht gelungen, uns als Freunde zu trennen und die nächste Lebensphase unversehrt zu beginnen.

Wie sich herausstellte, sollte es nicht sein.

Tatsächlich habe ich Izumi einen irreparablen Schaden zugefügt. Es gehörte nicht viel dazu, zu erkennen, wie verletzt sie war. Mit ihren Noten hätte sie es eigentlich spielend auf eine der besten Universitäten schaffen müssen, aber sie fiel durch die Aufnahmeprüfung und landete schließlich in einem kleinen, drittklassigen Mädchen-College. Nachdem mein Verhältnis mit ihrer Cousine ans Licht gekommen war, sah ich Izumi nur noch ein einziges Mal. Wir trafen uns in einem Café, in dem wir früher oft zusammen gewesen waren, und redeten lange. Ich versuchte, ihr die Sache so ehrlich wie möglich zu erklären, bemühte mich, die richtigen Worte zu finden, ihr meine Gefühle begreiflich zu machen. Diese Sache mit mir und deiner Cousine ist nicht geplant gewesen, sagte ich; es war wie eine Naturgewalt, es hat uns umgehauen. Ich hatte nicht einmal Schuldgefühle, hatte überhaupt nicht das Gefühl, dich zu betrügen. Mit *uns* hat das nichts zu tun.

Natürlich konnte Izumi nicht verstehen, was ich meinte. Und sie nannte mich einen dreckigen Lügner. Womit sie völlig recht hatte. Ohne ein Wort zu sagen, hatte ich hinter ihrem Rücken mit ihrer Cousine geschlafen. Und nicht nur ein- oder zweimal, sondern zehnmal, zwanzigmal. Ich hatte sie vom ersten Augenblick an betrogen. Denn wozu schließlich das Versteckspiel, wenn das, was ich getan hatte, so harmlos gewesen war? Am liebsten hätte ich Izumi das Folgende gesagt: Ich wollte mit deiner Cousine schlafen; ich wollte sie bis zur Hirnerweichung vögeln – tausendmal, in jeder erdenklichen Stellung. Es hat nichts mit dir zu tun, ich hätte das von Anfang an klarstellen müssen. Aber ich war nicht imstande, so etwas zu sagen. Deswegen hatte ich gelogen – immer wieder. Ich hatte irgendeine Ausrede erfunden, warum ich eine Verabredung mit Izumi nicht einhalten könne, und dann war ich nach Kyoto geflitzt, um ihre Cousine zu nageln. Es ließ sich einfach nicht leugnen, schuld war ich und niemand sonst.

Izumi erfuhr von unserem Verhältnis Ende Januar, kurz nach meinem achtzehnten Geburtstag. Im Februar brachte ich spielend sämtliche Aufnahmeprüfungen hinter mich, und Ende März würde ich nach Tokio umziehen. Vor meiner Abreise rief ich sie an, immer und immer wieder. Aber sie weigerte sich, ans Telefon zu kommen. Ich schrieb ihr lange Briefe und wartete vergeblich auf eine Antwort. Ich kann nicht einfach so fortgehen, dachte ich. Ich kann sie nicht einfach hier allein zurücklassen. Aber ich konnte nichts tun. Izumi wollte nichts mehr mit mir zu tun haben.

Im Hochgeschwindigkeitszug nach Tokio starrte ich teilnahmslos auf die vorüberziehende Landschaft und dachte über mich nach. Wer war ich? Ich sah auf meine Hände hinunter und auf das Spiegelbild meines Gesichts in der Fensterscheibe. Wer zum Teufel bin ich, fragte ich mich. Zum erstenmal in meinem Leben wallte erbitterter Selbsthaß in mir auf. Wie hatte ich so etwas nur tun können? Aber ich wußte, wie. Wäre ich noch einmal in die gleiche Situation gekommen, ich hätte wieder genauso gehandelt. Und wenn ich Izumi dafür hätte belügen müssen, ich wäre auch diesmal wieder mit ihrer Cousine ins Bett gegangen. Wie sehr es Izumi auch verletzen würde. Mir das einzugestehen, tat weh. Aber es war die Wahrheit.

Aber nicht nur Izumi war verletzt worden. Auch mir selbst hatte ich eine tiefe Wunde zugefügt, wenngleich ich damals noch nicht wußte, wie tief. Ich hätte aus dieser Erfahrung vieles lernen müssen, aber wenn ich zurückblicke, habe ich daraus nur eine einzige, unumstößliche Erkenntnis gezogen: daß ich im Grunde ein Mensch bin, der fähig ist, Böses zu tun. Ich hatte noch nie bewußt versucht, jemandem weh zu tun, doch ungeachtet aller guten Absichten konnte ich, wenn die Umstände es erforderten, ganz und gar egoistisch, ja, sogar grausam werden. Ich war ein Mensch, der nur eine plausible Ausrede brauchte, um selbst einer geliebten Person bedenkenlos eine Wunde zufügen zu können, die nie mehr heilen würde.

Das Studium versetzte mich in eine neue Umgebung, in der ich wieder einmal versuchte, mich neu zu entwerfen. Indem ich ein neuer Mensch würde, dachte ich, könnte ich die Fehler meiner Vergangenheit korrigieren. Anfangs war ich optimistisch; ich konnte es schaffen. Aber am Ende zeigte sich: wohin ich auch ging, immer blieb ich derselbe. Immer wieder beging ich den gleichen Fehler: verletzte andere und dabei auch mich.

Kurz nach meinem zwanzigsten Geburtstag kam mir plötzlich der Gedanke: Vielleicht habe ich die letzte Chance vertan, je ein anständiger Mensch zu werden. Die Fehler, die ich begangen hatte, vielleicht waren sie Teil meines Charakters, ein Aspekt meines Wesens, unausweichlich. Ich hatte den absoluten Tiefpunkt erreicht, und ich wußte es.

5

Meine vier Jahre auf dem College waren mehr oder weniger eine vergeudete Zeit.

Im ersten Jahr nahm ich an ein paar Demonstrationen teil, sogar an Straßenschlachten gegen die Polizei. Ich ging mit den streikenden Studenten auf die Straße und besuchte politische Versammlungen. So lernte ich ein paar verrückte Typen kennen, aber mit dem Herzen war ich nie dabei. Mich auf Demos bei wildfremden Leuten einzuhaken war mir unangenehm, und wenn wir die Bullen mit Steinen bewerfen mußten, fragte ich mich, ob das wirklich ich war, der da warf. Wollte ich das wirklich? Es gelang mir nicht, für meine Mitdemonstranten die erforderlichen Solidaritätsgefühle aufzubringen. Der Geruch von Gewalt, der über den Straßen hing, die täglich wechselnden Sprechchöre und Parolen verloren bald jeden Sinn. Und die gemeinsame Zeit mit Izumi gewann in meiner Erinnerung an Wert. Aber es gab kein Zurück. Von dieser Welt hatte ich mich endgültig verabschiedet.

Die meisten meiner Kurse ödeten mich an. Nichts fesselte mich. Nach einer Weile beanspruchte mich mein Teilzeitjob so sehr, daß ich mich so gut wie gar nicht mehr im College blicken ließ; daß ich nach vier Jahren den Abschluß schaffte, war reines Glück. Im vorletzten College-Jahr zog ich mit einem Mädchen zusammen; aber es klappte nicht mit uns, und nach sechs Monaten trennten wir uns wieder. Ich hatte nicht die leiseste Ahnung, was ich mir vom Leben erhoffte.

Und ehe ich es recht mitbekam, war die Zeit der politischen Kämpfe vorbei. Die gewaltigen Wellen des Protests, die eben noch die Gesellschaft erschüttert hatten, verebbten, ohne eine Spur zu hinterlassen, im farblosen, werktäglichen Einerlei.

Nach dem College fand ich mit Hilfe eines Freundes eine Stelle im Lektorat eines Schulbuchverlags. Ich ließ mir die Haare schneiden, putzte mir die Schuhe und kaufte mir einen Anzug. Es war ein ziemlich popeliger Verlag, aber in dem Jahr waren die Stellen für College-Absolventen mit Hauptfach Literatur dünn gesät, und bei meinen mehr als bescheidenen Noten und meinen nicht vorhandenen Beziehungen mußte ich mich eben mit dem begnügen, was ich bekam.

Der Job war die pure Langeweile. Das Arbeitsklima war gar nicht einmal so schlecht, aber tagein, tagaus Schulbücher zu redigieren ödete mich an. Anfangs sagte ich mir: Also gut, ich werde tun, was ich kann, und der Sache einen Reiz abzugewinnen versuchen; und ein halbes Jahr lang arbeitete ich mich dumm und dämlich. Wenn man sich nur lang genug strebend bemüht, muß doch irgendwann die Erlösung kommen, richtig? Aber schließlich gab ich es auf. Man konnte es drehen und wenden, wie man wollte – der Job war nichts für mich. Ich hatte das Gefühl, mein Lebensende starre mir ins Gesicht. Die Monate und Jahre würden vertröpfeln wie Wasser aus einem undichten Hahn, und ich würde immer mehr abstumpfen. Ich hatte bis zur Rente noch dreiunddreißig Jahre abzusitzen: dreiunddreißig Jahre an einem Schreibtisch, angefüllt mit nichts als Korrekturfahnenlesen und Zeilenzählerei. Ich würde ein nettes Mädchen heiraten, ein paar Kinder bekommen und zweimal im Jahr – einziger Lichtblick in einem ansonsten faden Dasein – der üblichen Bonuszahlung entgegensehen. Ich erinnerte mich an das, was Izumi einmal gesagt hatte: »Aus dir wird einmal ein wunderbarer Mensch, das weiß ich. In dir steckt etwas Besonderes.« Jedesmal, wenn es mir wieder einfiel, versetzte es mir einen Stich. *Was Besonderes – in mir, Izumi? Vergiß es. Aber dahinter bist du inzwischen sicher selbst gekommen. Was soll's – jeder kann sich mal irren.*

Mechanisch erledigte ich die Arbeit, die man mir auftrug, und verbrachte meine freie Zeit mit Lesen oder Musikhören. Die Arbeit ist nur eine öde Notwendigkeit, hatte ich beschlossen, und wenn ich nicht arbeite, werde ich die Zeit auf die für mich beste und unterhaltsamste Weise nutzen. Deswegen ging ich nie mit, wenn die Leute vom Verlag einen trinken gingen. Nicht, daß ich ein Einzelgänger gewesen und mit den anderen nicht ausgekommen wäre; ich bemühte mich nur nicht, meine Kollegen auch privat kennenzulernen. Meine Freizeit sollte nur *mir* gehören, das stand für mich fest.

Vier, fünf Jahre vergingen wie im Flug. Ich hatte mehrere Freundinnen, aber nichts von Dauer. Ich ging ein paar Monate lang mit einer aus, und dann wurde mir klar: Das ist nicht das, was ich will. Nie fand ich in diesen Frauen etwas, das nur auf mich gewartet hätte. Ich ging mit einigen von ihnen ins Bett, aber es war nichts Aufregendes. Ich betrachte diese Zeit als den dritten Abschnitt meines Lebens – die zwölf Jahre zwischen meinem Eintritt ins College und meinem dreißigsten Geburtstag. Jahre der Enttäuschung und der Einsamkeit. Und des Schweigens. Eine zwölfjährige Eiszeit, in der meine Gefühle tief in mir eingeschlossen blieben.

Ich zog mich in mich zurück. Ich aß allein, ging allein spazieren, ging allein schwimmen und allein in Konzerte oder ins Kino. Es war nicht so, daß ich traurig gewesen wäre oder gelitten hätte. Aber ich dachte oft an Shimamoto und an Izumi und fragte mich, wo sie gerade sein, was sie tun mochten. Sie konnten mittlerweile verheiratet sein, sogar schon Kinder haben. Ich hätte alles dafür gegeben, sie wiederzusehen, mit ihnen zu reden, und wenn auch nur für eine Stunde. Shimamoto und Izumi gegenüber hätte ich aufrichtig sein können. Ich zermarterte mir das Hirn nach einer Möglichkeit, wieder mit Izumi zusammenzukommen, Shimamoto wiederzusehen. Ich stellte es mir wunderschön vor. Irgendwelche

Schritte, um diesen Traum zu verwirklichen, unternahm ich allerdings nicht. Die beiden waren für mich endgültig verloren. Die Zeiger der Uhr bewegen sich nur in einer Richtung. Ich fing an, Selbstgespräche zu führen, nachts allein zu trinken. Ich war mir sicher, daß ich niemals heiraten würde.

Zwei Jahre, nachdem ich im Verlag angefangen hatte, ging ich mit einem Mädchen aus, das ein krankes Bein hatte. Einer meiner Kollegen schlug mir eine Doppelverabredung vor.

»Irgendwas stimmt mit ihrem Bein nicht«, sagte er zögernd zu mir. »Aber sie ist hübsch und sehr sympathisch. Du wirst sie sicher mögen. Und das mit dem Bein fällt eigentlich kaum auf. Sie zieht's einfach nur ein bißchen nach.«

»Schon gut, kein Problem«, erwiderte ich. Um ehrlich zu sein – wenn er ihr krankes Bein nicht erwähnt hätte, dann hätte ich seinen Vorschlag abgelehnt. Ich hatte vom Ausgehen zu viert und von Blind Dates die Nase voll. Aber als ich von ihrem Bein erfuhr, konnte ich irgendwie nicht nein sagen.

Das mit dem Bein fällt eigentlich kaum auf. Sie zieht's einfach nur ein bißchen nach.

Das Mädchen war eine Freundin der Freundin meines Kollegen; auf der Oberschule waren sie in derselben Klasse gewesen. Sie war nicht besonders groß und sah ganz nett aus. Auf eine unscheinbare Weise war sie schön, und sie erinnerte mich an ein kleines Tier, das tief im Wald lebt und sich nur selten blicken läßt. Eines Sonntagvormittags sahen wir uns also zu viert einen Film an und gingen dann zusammen essen. Sie sagte die ganze Zeit kaum ein Wort. Ich gab mir alle Mühe, sie zum Reden zu bringen, aber ohne Erfolg. Sie lächelte immer nur. Nach dem Essen trennten wir uns von den beiden anderen; wir machten einen Spaziergang durch den Hibiya-

Park und tranken dann einen Kaffee zusammen. Sie zog das rechte Bein nach, nicht wie Shimamoto das linke. Auch die Art, wie sie es dabei verdrehte, war anders. Während Shimamoto das Bein mit einem leichten bogenförmigen Schwung nach vorn bewegt hatte, setzte dieses Mädchen die Fußspitze ein wenig nach außen und zog das Bein dann ausgestreckt nach. Trotzdem war ihre Art zu gehen der von Shimamoto recht ähnlich.

Sie trug einen roten Rollkragenpullover, Jeans und Desert-Boots. Geschminkt war sie fast gar nicht, und ihr Haar war zu einem Pferdeschwanz gebunden. Sie sagte, sie sei im vierten College-Jahr, sah aber jünger aus. Ich konnte nicht entscheiden, ob sie schlicht von Natur aus wenig sprach oder ob sie befangen war, weil wir uns noch kaum kannten; vielleicht hatte sie auch einfach nichts zu sagen. Jedenfalls würde ich das, was anfangs zwischen uns ablief, nicht gerade als Gespräch bezeichnen. Die einzige Information, die ich ihr entlocken konnte, war, daß sie ein Privat-College besuchte und Pharmazie studierte.

»Ach, Pharmazie? Ist das denn interessant?« fragte ich. Wir saßen nun im Park im Café.

Sie errötete.

»Macht nichts«, sagte ich. »Schulbücher zu produzieren ist auch nicht gerade die aufregendste Betätigung, die man sich vorstellen kann. Die Welt ist voll langweiliger Dinge. Machen Sie sich nichts draus.«

Sie dachte eine Weile nach und machte dann endlich den Mund auf. »Es ist nicht besonders interessant. Aber meine Eltern haben eine Apotheke.«

»Können Sie mir nicht ein bißchen davon erzählen? Ich habe nicht die geringste Ahnung von Pharmazie. Ich glaube, in den letzten sechs Jahren habe ich keine einzige Pille geschluckt.«

»Dann sind Sie also sehr gesund.«

»Ich bekomme nicht einmal einen Kater«, sagte ich. »Als Kind war ich allerdings recht kränklich. Mußte ständig irgendwelche Medikamente schlucken. Ich war ein Einzelkind, darum waren meine Eltern übertrieben fürsorglich.«

Sie nickte und starrte in ihre Kaffeetasse. Es dauerte eine ganze Weile, bis sie wieder etwas sagte.

»Pharmazie ist nicht gerade das spannendste Fach«, begann sie. »Es muß unzählige Dinge geben, die mehr Spaß machen, als die Bestandteile verschiedener Arzneien auswendig zu lernen. Es ist weder romantisch, wie zum Beispiel die Astronomie, noch dramatisch, wie Arzt zu sein. Aber es hat irgendwie etwas Vertrautes, etwas, womit ich mich anfreunden kann. Etwas Realistisches.«

»Ich verstehe«, sagte ich. Sie konnte also doch reden. Sie brauchte nur etwas länger als die meisten, um die richtigen Worte zu finden.

»Haben Sie Geschwister?« fragte ich.

»Zwei ältere Brüder. Der eine ist schon verheiratet.«

»Dann studieren Sie also Pharmazie, weil Sie später den Familienbetrieb übernehmen werden?«

Sie errötete wieder. Und blieb eine ganze Weile lang stumm. »Ich weiß es nicht. Meine Brüder haben beide eine Stelle, also wird's vielleicht wirklich darauf hinauslaufen, daß ich das Geschäft weiterführe. Aber es ist noch nichts entschieden. Mein Vater hat gesagt, wenn ich nicht möchte, ist es auch in Ordnung. Er macht so lange weiter, wie es geht, und dann verkauft er die Apotheke.«

So unterhielten wir uns und verbrachten zusammen den Nachmittag. Mit vielen langen Pausen, während denen ich darauf wartete, daß sie weiterredete. Jedesmal, wenn ich ihr eine Frage stellte, errötete sie. Ich genoß unsere Unterhaltung sogar – für mich damals eine beachtliche Leistung. Wie ich so mit diesem Mädchen im Café zusammensaß, fühlte ich so etwas wie Heimweh in mir aufsteigen. Allmählich empfand ich sie wie jemanden, den ich schon mein ganzes Leben lang kannte.

Nicht, daß ich mich zu ihr hingezogen gefühlt hätte. Nicht im geringsten. Sicher, sie war nett, und ich genoß die Zeit, die wir zusammen verbrachten. Sie war ein hübsches, angenehmes Mädchen, ganz wie mein Bekannter gesagt hatte. Aber als ich mich fragte, ob sie über diese Vorzüge hinaus etwas besaß, was mich umgehauen hätte, mir mitten ins Herz gegangen wäre, lautete die Antwort nein. Nada.

Nur Shimamoto hatte das bei mir je fertiggebracht. Da saß ich nun, hörte diesem Mädchen zu und dachte dabei unentwegt an Shimamoto. Ich wußte, daß es nicht richtig von mir war, aber ich konnte es nicht ändern. Nach all den Jahren ließ mich der bloße Gedanke an Shimamoto noch immer am ganzen Leib erschaudern. Eine leicht fieberhafte Erregung, als stieße ich, irgendwo tief in mir, behutsam eine Tür auf.

Von dieser Erregung, diesem allumfassenden Fieberfrösteln, war jedoch nichts zu spüren, als ich neben diesem Mädchen mit dem lahmen Bein durch den Hibiya-Park schlenderte. Was ich für sie empfand, war ein gewisses Mitleid und gleichmütige Sympathie.

Sie wohnte in Kobinata, bei ihren Eltern. Ich begleitete sie im Bus nach Hause. Wir saßen nebeneinander, und sie sagte während der Fahrt kaum ein Wort.

Ein paar Tage später kam mein Kollege an meinen Schreibtisch und erzählte mir, das Mädchen scheine mich wirklich zu mögen. Warum fahren wir, sagte er, wenn wir wieder ein paar Tage frei haben, nicht zu viert irgendwohin? Ich wimmelte ihn mit irgendeiner Ausrede ab. Nicht, daß ich irgend etwas dagegen gehabt hätte, sie wiederzusehen und mich mit ihr zu unterhalten. Im Gegenteil, ich wünschte mir sogar eine Gelegenheit, wieder mit ihr zu reden. Unter anderen Umständen hätten wir vielleicht sogar gute Freunde werden können. Aber die Geschichte hatte mit einer Doppelverabredung angefangen, und der Zweck solcher Verabredungen ist schließlich, daß man einen Partner findet. Hätte ich mich jetzt also noch einmal mit ihr verabredet, dann wäre ich damit eine gewisse Verpflichtung eingegangen. Und ihr weh tun war das letzte, was ich wollte. Mir blieb keine andere Wahl als abzulehnen.

Ich habe sie nie wiedergesehen.

6

Während dieser Periode trat eine weitere Frau mit einem gelähmten Bein vorübergehend in mein Leben und verwickelte mich in eine seltsame Episode, deren Bedeutung ich selbst heute noch nicht ganz begreife. Ich war achtundzwanzig, als es geschah.

Am letzten Tag des Jahres schlenderte ich durch die belebten Straßen von Shibuya, als ich im Gedränge eine Frau erspähte, die ein Bein genauso nachzog wie einst Shimamoto. Sie trug einen langen roten Mantel und hielt eine Handtasche aus schwarzem Lackleder unter dem Arm. Am linken Handgelenk trug sie eine Silberuhr, mehr ein Armband eigentlich. Ihre gesamte Erscheinung zeugte von Geld. Ich ging auf der anderen Straßenseite, aber als ich diese Frau sah, rannte ich an der nächsten Ampel hinüber. Die Straßen waren so überfüllt, daß ich mich fragte, wo all die Leute herkommen mochten, aber ich brauchte dennoch nicht lange, um die Frau einzuholen. Mit ihrem gelähmten Bein ging sie recht langsam, genau wie einst Shimamoto, und zog dabei den linken Fuß mit einem leichten Auswärtsschwung nach. Ich konnte den Blick nicht von der eleganten Bogenlinie ihrer schönen Beine abwenden – eine Eleganz, wie sie nur durch langjährige Übung entstehen kann.

Lange folgte ich ihr, immer ein kleines Stück hinter ihr. Inmitten der hastenden Passanten war es nicht leicht, in diesem gemächlichen Tempo mit ihr Schritt zu halten; immer wieder mußte ich den Abstand wiederherstellen, indem ich meinen Schritt verlangsamte oder stehenblieb und in ein Schaufenster starrte oder so tat, als suchte ich etwas in meinen Taschen. Sie trug schwarze Lederhandschuhe und hatte eine rote Kaufhaustüte bei sich. Trotz des trüben Winterhimmels trug sie eine Sonnenbrille. Von hinten sah ich von ihr lediglich ihr schönes, makellos frisiertes Haar, das sich auf Schulterhöhe modisch nach außen rollte, und diesen flauschig-warm aussehenden roten Mantel, der ihren Rücken weich umfloß. Wenn ich mich wirklich hätte vergewissern wollen, ob sie Shimamoto war, hätte ich natürlich nur einen Bogen um sie zu machen und sie mir von vorn anzusehen brauchen. Was aber, wenn sie es tatsächlich war? Was sollte ich zu ihr sagen – und wie mich verhalten? Womöglich erinnerte sie sich ja gar nicht mehr an mich. Ich brauchte noch Zeit, um mich zu sammeln. Ein paarmal atmete ich tief durch.

Lange ging ich ihr nach, immer darauf bedacht, sie nicht einzuholen. Nicht ein einziges Mal wandte sie sich um oder blieb stehen; sie sah kaum nach links oder rechts. Sie wirkte, als habe sie ein bestimmtes Ziel und sei entschlossen, es so schnell wie möglich zu erreichen. Wie Shimamoto hielt sie sich beim Gehen sehr aufrecht und trug den Kopf hoch erhoben. Wenn man sie nur von der Taille aufwärts betrachtete, wäre man nie auf die Idee gekommen, daß mit ihrem Bein etwas nicht stimmte; sie ging nur langsamer als die meisten Leute. Je länger ich sie betrachtete, desto mehr erinnerte sie mich an Shimamoto. Wenn diese Frau nicht Shimamoto war, dann konnte sie nur ihre Zwillingsschwester sein.

Die Frau durchquerte den überfüllten Vorplatz des Shibuya-Bahnhofs und ging dann die Anhöhe in Richtung Aoyama hinauf. Die ansteigende Straße verlangsamte ihren Gang noch mehr. Dennoch legte sie insgesamt eine beträchtliche Strecke zurück – so beträchtlich, daß man sich fragte, warum sie nicht längst ein Taxi genommen hatte. Selbst für jemanden mit zwei gesunden Beinen war dies ein anstrengender Weg. Aber unbeirrt ging sie weiter, ihr Bein nachziehend, während ich ihr in diskretem Abstand folgte. Nichts von dem, was die vielen Schaufenster zu bieten hatten, erregte ihre Aufmerksamkeit. Ein paarmal wechselte sie ihre Einkaufstüte und ihre Handtasche von rechts nach links und wieder zurück, aber ansonsten stöckelte sie nur mit steten Schritten weiter.

Endlich bog sie von der belebten Hauptstraße ab. Sie schien sich in diesem Stadtteil gut auszukennen. Kaum hatte man das Gewühl des Einkaufsviertels verlassen, kam man in eine ruhige Wohnstraße. Noch mehr als bisher achtete ich darauf, unter den nun spärlichen Passanten nicht aufzufallen.

Insgesamt muß ich ihr vierzig Minuten lang gefolgt sein. Wir gingen die ruhige Nebenstraße entlang, bogen um mehrere Ecken und gelangten erneut auf die Hauptverkehrsstraße. Aber die Frau schloß sich nicht wieder dem vorüberziehenden Menschenstrom an, sondern strebte, als habe sie die ganze Zeit nichts anderes vorgehabt, auf ein Café zu und verschwand darin. Es war eine kleine Konditorei. Ich schlenderte vielleicht zehn Minuten lang auf und ab, dann ging ich ebenfalls hinein.

Drinnen war es unerträglich heiß, dennoch saß sie, mit dem Rücken zur Tür, noch immer in ihrem dicken Mantel da. Ihr roter Mantel war nicht zu übersehen. Ich setzte mich an den Tisch, der vom Eingang am weitesten entfernt war, und bestellte mir eine Tasse Kaffee. Ich schlug eine Zeitung auf, die da herumlag, und während ich so tat, als läse ich, beobachtete ich die Frau. Vor ihr stand eine Tasse Kaffee, aber so lange ich sie auch beobachtete, sie rührte sie nicht an. Einmal holte sie eine Zigarette aus ihrer Handtasche und zündete sie mit einem goldenen Feuerzeug an, aber abgesehen davon saß sie einfach nur so da und starrte bewegungslos aus dem Fenster. Es konnte sein, daß sie sich schlicht ausruhte; oder vielleicht dachte sie konzentriert über ein gewichtiges Problem nach. Ich nippte gelegentlich an meinem Kaffee und las ein dutzendmal denselben Artikel.

Nach längerer Zeit stand sie abrupt auf und kam direkt auf mich zu. Es geschah so unvermittelt, daß ich das Gefühl hatte, mir bleibe das Herz stehen. Aber sie kam nicht zu mir. Sie ging an meinem Tisch vorbei und weiter zum Telefon. Sie steckte ein paar Münzen in den Schlitz und wählte.

Das Telefon war nicht weit von meinem Platz entfernt, aber das laute Stimmengewirr und die Weihnachtslieder, die aus den Lautsprechern dröhnten, verhinderten, daß ich auch nur ein Wort mitbekam. Sie redete lange. Ihr unberührter Kaffee wurde kalt. Als sie wieder an mir vorüberkam, konnte ich sie von vorn sehen, aber noch immer war ich nicht völlig sicher, ob ich wirklich Shimamoto vor mir hatte. Sie war stark geschminkt, und die Hälfte ihres Gesichts verschwand hinter dieser Sonnenbrille. Ihre Augenbrauen waren deutlich nachgezeichnet, und sie preßte ihre leuchtend rot konturierten, schmalen Lippen fest zusammen. Ihr Gesicht erinnerte mich wohl an die junge Shimamoto, aber wenn jemand mir gesagt hätte, sie sei es nicht, hätte ich es ihm genauso abgenommen. Schließlich waren wir zwölf gewesen, als wir uns zum letztenmal gesehen hatten, und seither waren über fünfzehn Jahre vergangen. Mit Sicherheit konnte ich nur sagen, daß dies eine attraktive, elegant gekleidete junge Frau von Mitte Zwanzig war. Und daß sie ein gelähmtes Bein hatte.

Der Schweiß perlte an mir herunter. Mein Unterhemd war durchnäßt. Ich zog den Mantel aus und bestellte mir eine weitere Tasse Kaffee. *Was bildest du dir eigentlich ein, was du hier tust?* fragte ich mich. Ich hatte ein Paar Handschuhe verloren und war nach Shibuya gefahren, um mir neue zu kaufen. Aber kaum hatte ich diese Frau gesehen, hatte ich alles vergessen und war ihr wie ein Besessener nachgelaufen. Jeder normale Mensch wäre einfach auf sie zugegangen und hätte gefragt: *»Verzeihung, sind Sie nicht Fräulein*

Shimamoto?« Aber ich nicht. Kein Wort hatte ich gesagt. Ich war ihr gefolgt und hatte schließlich den Punkt erreicht, an dem es kein Zurück mehr gab.

Sobald sie ihr Telefongespräch beendet hatte, kehrte sie sofort wieder an ihren Platz zurück. Wie vorher, saß sie mit dem Rücken zu mir und sah hinaus auf die Straße. Die Kellnerin kam an ihren Tisch und fragte, ob sie ihren kalten Kaffee abräumen dürfe. Ich konnte sie zwar nicht hören, aber das ungefähr müssen ihre Worte gewesen sein. Die Frau wandte sich ihr zu und nickte. Und bestellte offenbar eine weitere Tasse Kaffee. Die sie dann jedoch ebensowenig anrührte. Ich verbarg mich weiter hinter meiner Zeitung und beobachtete über deren Rand hinweg die Frau. Immer wieder hob sie die Hand und sah auf ihre silberne Armbanduhr, als warte sie ungeduldig auf jemanden. Das könnte meine letzte Chance sein, sagte ich mir. Wenn dieser Jemand erst einmal da ist, kann ich sie unmöglich ansprechen. Aber ich blieb sitzen wie festgeklebt. Es hat noch Zeit, beschwichtigte ich mich. Es hat noch Zeit, kein Grund zur Eile.

Während der nächsten fünfzehn, zwanzig Minuten ereignete sich nichts. Sie blickte unverändert auf die Straßenszene draußen vor dem Café. Dann plötzlich stand sie lautlos auf, klemmte die Handtasche unter den Arm und griff nach der Kaufhaustüte. Anscheinend hatte sie es aufgegeben zu warten. Oder vielleicht hatte sie doch auf niemanden gewartet. Ich sah zu, wie sie an der Kasse zahlte und das Café verließ, stand dann rasch auf, zahlte meinerseits und nahm die Verfolgung wieder auf. Im Strom der Passanten entdeckte ich ihren roten Mantel. Ich schob mich durch die Menschenmenge und behielt sie weiterhin im Auge.

Mit erhobener Hand versuchte sie, ein Taxi anzuhalten. Schließlich blinkte eines und fuhr an den Straßenrand. Ich muß ihren Namen rufen, dachte ich. Wenn sie erst einmal im Taxi sitzt, ist alles vorbei. Aber gerade, als ich einen Schritt nach vorn machen wollte, packte mich jemand am Ellbogen. Die kräftige Umklammerung raubte mir den Atem. Es tat nicht weh, aber es lag soviel Kraft in diesem Griff, daß mir die Luft wegblieb. Ich drehte mich um und sah mich einem Mann mittleren Alters gegenüber, der mir fest in die Augen sah.

Der Mann war eine Handbreit kleiner als ich, aber athletisch gebaut. Mitte Vierzig, schätzte ich. Sein dunkelgrauer Mantel und sein Kaschmirschal sahen furchtbar teuer aus. Sein Haar war penibel gescheitelt, und er trug eine elegante Schildpattbrille. Seine Sonnenbräune zeugte von sportlicher Betätigung. Ski? fragte ich mich. Oder vielleicht Tennis? Ich erinnerte mich, daß Izumis tennisbegeisterter Vater die gleiche Bräune gehabt hatte. Dieser Mann hier wirkte wie der Direktor eines florierenden Unternehmens, oder vielleicht noch eher wie ein hoher Regierungsbeamter. Das sah man an seinen Augen. Es waren die Augen eines Mannes, der gewohnt ist, Anordnungen zu erteilen.

»Was würden Sie von einem Kaffee halten?« fragte er ruhig. Ich folgte mit dem Blick der Frau. Als sie sich vorbeugte, um in das Taxi zu steigen, sah sie durch ihre Sonnenbrille kurz in unsere Richtung; zumindest kam es mir so vor. Die Tür des Taxis schloß sich, und ich blieb mit diesem Unbekannten mittleren Alters allein zurück.

»Ich will Sie nicht lange aufhalten«, sagte der Mann gelassen. Er war weder ärgerlich noch erregt. Er hielt meinen Arm noch immer fest, als halte er jemandem die Tür auf. »Trinken wir einen Kaffee und unterhalten wir uns ein wenig.«

Ich hätte einfach gehen können. *Mir ist nicht nach Kaffee*, hätte ich sagen können, *und ich habe Ihnen nichts zu sagen. Zunächst einmal weiß ich überhaupt nicht, wer Sie sind, und dann habe ich es eilig, also wenn Sie entschuldigen* ... Etwas in der Art. Aber ich starrte ihn nur stumm an. Schließlich nickte ich und folgte ihm gehorsam ins Café zurück. Vielleicht machte mir etwas an dieser stählernen Umklammerung angst; ich spürte darin eine seltsam unerschütterliche Kraft. Sein Griff war eher der einer Maschine als der eines Menschen: vollkommen gleichmäßig, ohne die geringste Schwankung in seinem Druck. Was hätte er mir wohl getan, wenn ich auf seinen Vorschlag nicht eingegangen wäre? Ich konnte es mir nicht vorstellen.

Doch neben leichter Angst verspürte ich auch eine gewisse Neugier. Ich wollte wissen, was in aller Welt er mit mir zu bereden haben konnte. Vielleicht würde ich dadurch auch etwas über die Frau erfahren. Nun, da sie verschwunden war, stellte dieser Mann möglicherweise die einzige verbleibende Verbindung zwischen ihr und mir dar. Außerdem hatte er doch wohl kaum vor, mich in einem Café zusammenzuschlagen, oder?

Wir setzten uns einander gegenüber an einen Tisch. Bis die Kellnerin kam, sprachen wir kein Wort. Wir saßen da und starrten einander an. Der Mann bestellte zwei Kaffee.

»Dürfte ich vielleicht erfahren, warum Sie ihr so lange gefolgt sind?« fragte er mich dann höflich.

Ich brachte keine Antwort heraus.

Er sah mich mit ausdruckslosen Augen lange an. »Ich weiß, daß Sie ihr den ganzen Weg von Shibuya bis hierher gefolgt sind«, sagte er. »Irgendwann bekommt es jeder mit, wenn man ihm so lange nachgeht.«

Ich erwiderte nichts. Sie hatte gemerkt, daß ich ihr folgte, war in dieses Café gegangen und hatte diesen Mann angerufen.

»Wenn Sie nicht reden wollen – auch gut. Ich weiß, was vor sich geht, auch ohne daß Sie es mir erzählen.« Vielleicht war er wütend, aber seine höfliche, ruhige Sprechweise verriet nichts dergleichen.

»Es gibt jetzt mehrere Möglichkeiten«, sagte der Mann, »und ich meine es ernst. Glauben Sie mir, was immer mir zu tun beliebt, das kann ich auch tun.«

Dann verstummte er und sah mich weiter an. Als wolle er mir signalisieren, daß er nichts zu erklären brauchte, weil er Herr der Situation sei. Ich sagte immer noch kein Wort. »Aber ich möchte vermeiden, daß die Dinge außer Kontrolle geraten. Ich möchte nicht, daß es zu einem Skandal kommt. Habe ich mich klar genug ausgedrückt? Nur dieses eine Mal«, sagte er. Er nahm die rechte Hand vom Tisch, griff in die Tasche seines Mantels und zog ein weißes Kuvert hervor. Seine Linke blieb währenddessen reglos auf dem Tisch liegen. An dem Kuvert war nichts Besonderes, nur ein schlichter weißer Bürobriefumschlag. »Nehmen Sie das einfach, und sagen Sie nichts. Ich weiß, daß jemand Sie dazu angestiftet hat, und ich möchte die Sache gern gütlich regeln. Kein Wort über das, was vorgefallen ist. Ihnen ist heute nichts Besonderes widerfahren, und Sie haben mich nie gesehen. Verstanden? Sollte ich je erfahren, daß Sie etwas darüber erwähnt haben, können Sie sich darauf verlassen, daß ich Sie ausfindig mache und die Sache auf meine Art erledige. Deswegen würde ich Sie bitten zu vergessen, daß Sie ihr gefolgt sind. Wir möchten sicher beide jede Unannehmlichkeit vermeiden. Richtig?«

Mit diesen Worten legte der Mann das Kuvert vor mich auf den Tisch und stand auf. Er nahm den Kassenbon an sich, zahlte und verließ mit festen Schritten das Café. Wie vor den Kopf geschlagen blieb ich sitzen. Schließlich nahm ich das Kuvert und sah hinein. Es enthielt zehn Zehntausend-Yen-Scheine. Knisternde, druckfrische Zehntausend-Yen-Scheine. Mein Mund war ausgedörrt. Ich steckte den Umschlag in die Tasche und ging. Draußen sah ich mich um und vergewisserte mich, daß der Mann nicht mehr da war, dann winkte ich ein Taxi heran und fuhr zurück nach Shibuya, wo dieses mißglückte Abenteuer angefangen hatte.

Jahre später besaß ich diesen Umschlag mit dem Geld noch immer. Ohne ihn je wieder zu öffnen, hatte ich ihn in eine Schublade meines Schreibtischs gelegt. Manchmal, wenn ich nachts nicht schlafen konnte, erschien mir das Gesicht des Mannes. Wie ein unglückliches Vorzeichen von irgend etwas kam mir sein Gesicht deutlich in den Sinn. Wer zum Teufel war er eigentlich? Und war diese Frau wirklich Shimamoto gewesen?

Ich verfiel auf eine ganze Reihe von Theorien. Es war ein Rätsel ohne Lösung. Eine Hypothese nach der anderen stellte ich auf, nur um sie gleich wieder über den Haufen zu werfen. Die noch am ehesten überzeugende Erklärung lautete, daß dieser Mann der Liebhaber der Frau war und daß er mich für einen Privatdetektiv gehalten hatte, der sie im Auftrag ihres Ehemanns beobachten sollte. Und der Mann hatte geglaubt, er könne mit seinem Geld mein Schweigen erkaufen. Vielleicht meinten die beiden, ich hätte sie aus einem Hotel kommen sehen, in dem sie sich getroffen hatten. Das klang einleuchtend. Trotzdem sagte mir mein Gefühl, daß das nicht stimmte. Zu viele Fragen blieben unbeantwortet.

Er hatte gesagt, wenn er wolle, könne er mir diverse Dinge antun – aber was für Dinge hatte er gemeint? Wie war es ihm gelungen, mich so überraschend beim Arm zu packen? Wenn die Frau gewußt hatte, daß ich sie verfolgte, warum war sie nicht gleich in ein Taxi eingestiegen? Sie hätte mich in einer Minute abschütteln können. Und warum hatte mir der Mann, ohne wirklich zu wissen, wer ich war, einen Umschlag mit so viel Geld hingeworfen?

Es war und blieb ein Rätsel. Manchmal sagte ich mir, es müsse alles nur eine Einbildung gewesen sein, etwas, das ich mir von Anfang bis Ende zusammenphantasiert hatte. Oder vielleicht auch ein sehr langer realistischer Traum, den ich für Wirklichkeit gehalten hatte. Aber es war wirklich passiert. In meiner Schublade lag ein weißer Umschlag mit zehn Zehntausend-Yen-Scheinen – der Beweis, daß es kein Traum gewesen war. *Es ist wirklich passiert.* Manchmal legte ich den Umschlag auf meinen Schreibtisch und starrte ihn an. *Es ist wirklich passiert.*

7

Ich heiratete, als ich dreißig war. Ich lernte meine Frau während eines Sommerurlaubs kennen, den ich allein verbrachte. Sie war fünf Jahre jünger als ich. Eines Tages ging ich eine Landstraße entlang, als es plötzlich zu regnen begann. Bei der nächsten Gelegenheit stellte ich mich unter, und da standen schon sie und ihre Freundin. Alle drei waren wir bis auf die Haut durchnäßt, und während wir darauf warteten, daß der Regen nachließ, kamen wir bald ins Gespräch. Wenn es nicht zu regnen begonnen hätte – oder wenn ich einen Schirm dabeigehabt hätte (was durchaus möglich gewesen wäre, denn ich hatte es ernsthaft erwogen, bevor ich das Hotel verließ) –, dann hätte ich sie nie kennengelernt. Und wenn ich sie nicht kennengelernt hätte, dann würde ich jetzt noch immer im Schulbuchverlag schuften, noch immer halbe Nächte lang allein in meiner Wohnung herumsitzen, den Rücken gegen die Wand gelehnt, trinken und wirre Selbstgespräche führen. Daran wird mir einmal wieder so recht bewußt, wie wenig man doch Herr seines Schicksals ist.

Yukiko und ich fühlten uns von Anfang an zueinander hingezogen. Ihre Freundin war viel hübscher, aber ich hatte nur Augen für Yukiko. Eine unerklärlich starke Anziehungskraft trieb uns zusammen; ich hatte schon beinahe vergessen, wie sich dieser besondere Magnetismus anfühlte. Sie wohnte ebenfalls in Tokio, und so gingen wir nach unserer Rückkehr zusammen aus. Je öfter ich sie sah, desto mehr gefiel sie mir. Sie war eher unscheinbar, zumindest nicht der Typ, der überall die Blicke der Männer auf sich zieht. Aber es lag etwas in ihrem Gesicht, das nur für mich bestimmt war. Jedesmal, wenn wir uns trafen, sah ich sie mir als erstes genau an. Und ich war hingerissen von dem, was ich sah.

»Warum starren Sie mich so an?« fragte sie jedesmal.

»Weil Sie hübsch sind«, antwortete ich.

»Das hat mir noch niemand gesagt.«

»Ich bin auch der einzige, der es weiß«, erklärte ich ihr dann. »Und glauben Sie mir, ich weiß es.«

Anfangs glaubte sie mir nicht, aber das dauerte nicht lange.

Wir suchten uns immer einen ruhigen Ort, und dann unterhielten wir uns. Ich konnte ihr alles erzählen, ganz offen, ohne jede Scheu. Ich spürte auf mir die Last all dessen, was ich während der letzten zehn Jahre verloren hatte, all dieser sinnlos vergeudeten Jahre. Ich mußte mir einiges davon zurückholen, ehe es endgültig zu spät wäre. Wenn ich Yukiko in den Armen hielt, durchschauderte mich eine sehnsüchtige, längst vergangen geglaubte Erregung. Wenn wir uns voneinander verabschiedeten, fühlte ich mich wieder verloren. Die Einsamkeit quälte mich, das Schweigen war nicht mehr zu ertragen. Eine Woche vor meinem dreißigsten Geburtstag bat ich sie, meine Frau zu werden.

Ihr Vater war Generaldirektor eines mittelständischen Bauunternehmens und ein echtes Original. Er hatte kaum eine Schule von innen gesehen, aber er war ein Macher, wie er im Buche steht – für meinen Geschmack sogar ein bißchen zu aggressiv. Dennoch, seine Einstellung zum Leben beeindruckte mich. Ich war noch nie jemandem wie ihm begegnet. Er ließ sich in einem Mercedes durch Tokio chauffieren, aber von der Hochnäsigkeit des Neureichen war bei ihm nichts zu spüren. Als ich ihn aufsuchte, um ihn um die Hand seiner Tochter zu bitten, sagte er einfach: »Ihr seid keine Kinder mehr, wenn ihr euch also mögt, ist das eure Angelegenheit.« Ich war nicht gerade das, was man eine gute Partie nennt – ein unbedeutender Angestellter in einem unbedeutenden Verlag –, aber das störte ihn nicht im mindesten.

Yukiko hatte einen älteren Bruder und eine jüngere Schwester. Ihr Bruder war Direktor in der Baufirma und würde den Familienbetrieb später übernehmen. Er war kein übler Kerl, aber er stand im Schatten seines Vaters. Von den drei Kindern hatte die jüngere Schwester, die damals das College besuchte, noch den selbständigsten Kopf; sie war daran gewöhnt, ihren Willen durchzusetzen. Wenn ich es mir recht überlege, hätte sie am Ende vielleicht einen besseren Generaldirektor abgegeben als ihr Bruder.

Etwa ein halbes Jahr nach der Hochzeit bat mich Yukikos Vater zu sich. Er hatte von meiner Frau gehört, ich sei von meiner Arbeit im Schulbuchverlag nicht gerade begeistert, und er wollte wissen, ob ich mich mit dem Gedanken trüge, zu kündigen.

»Zu kündigen wäre kein Problem«, sagte ich. »Das Problem ist, was ich danach tun könnte.«

»Was hieltest du davon, für mich zu arbeiten?« fragte er. »Ich würde dich wie einen Sklaven antreiben, aber die Bezahlung ist erstklassig.«

»Also, ich weiß, daß ich nicht dafür geschaffen bin, Schulbücher zu redigieren, aber ich glaube auch nicht, daß eine Baufirma das Richtige für mich wäre«, sagte ich wahrheitsgemäß. »Ich weiß das Angebot zu schätzen, aber wenn ich für die Arbeit ungeeignet bin, würde das Ganze am Ende mehr Ärger bringen, als es wert ist.«

»Da hast du wahrscheinlich recht. Man sollte nie einen dazu zwingen, etwas zu tun, was er nicht will«, erwiderte er. Das klang, als habe er meine Antwort ohnehin erwartet. Wir saßen bei ein paar Drinks. Sein Sohn rührte Alkohol so gut wie nie an, und daher tranken wir beide gelegentlich einen zusammen. »Übrigens, meine Gesellschaft hat ein Objekt in Aoyama. Ist noch im Bau, müßte aber nächsten Monat fertig werden. Die Lage ist gut, und das wird ein echter Luxusschuppen. Liegt zur Zeit noch ein bißchen ab vom

Schuß, aber das Viertel dehnt sich rasch aus. Ich dachte, vielleicht könntest du da irgendein Geschäft aufziehen. Das Gebäude gehört der Gesellschaft, deswegen würde ich bei Anzahlung und Miete nicht unter den derzeitigen Marktwert gehen können, aber wenn du's damit versuchen willst, kann ich dir so viel leihen, wie du willst.«

Ich dachte eine Weile darüber nach. Die Möglichkeiten waren verlockend.

Und so kam es, daß ich im Untergeschoß eines brandneuen Gebäudes in Aoyama eine elegante Jazz-Bar eröffnete. Während meiner College-Zeit hatte ich in einer Bar gejobbt, darum kannte ich mich in dem Metier ganz gut aus – wußte, was für Drinks und Speisen man servieren, wie die Musik und die Atmosphäre sein, was für eine Klientel man pflegen sollte und so weiter. Um die Ausgestaltung kümmerte sich die Firma meines Schwiegervaters. Er beauftragte ein paar erstklassige Innenarchitekten und ließ ihnen freie Hand. Ihr Preis war verblüffend maßvoll, und als die Bar fertig war, konnte sie sich wahrhaft sehen lassen.

Die Bar war erfolgreicher, als ich es in meinen kühnsten Träumen angenommen hätte, und zwei Jahre später eröffnete ich eine zweite, ebenfalls in Aoyama. Diese war größer und hatte ein Live-Jazz-Trio zu bieten. Das Projekt kostete mich eine Menge Zeit und Arbeit, ganz zu schweigen von einem Haufen Geld, aber am Ende wurde ich mit einem gut frequentierten Club belohnt, der in seiner Art einzig war. Ich hatte die Chance, die sich mir geboten hatte, halbwegs vernünftig genutzt, und endlich hatte ich das Gefühl, mich für einen Augenblick entspannen zu können. Es war kein Zufall, daß in diese Zeit die Geburt meines ersten Kindes fiel, eines Mädchens. Anfangs hatte ich noch hinter der Theke mitgeholfen und Cocktails gemixt, aber seitdem ich das zweite Lokal eröffnet hatte, war ich mit dem Organisatorischen und Geschäftlichen voll ausgelastet. Ich mußte mich darum kümmern, daß alles glatt lief – Preise aushandeln, Personal einstellen, die Buchführung erledigen. Am besten gefiel es mir zu sehen, wie sich Ideen, die in meinem Kopf entstanden waren, in Realität verwandelten. Selbst bei der Zusammenstellung der Speisekarte gab ich meinen bescheidenen Senf dazu. Überraschenderweise war ich in dem Job alles andere als schlecht. Es gefiel mir, ohne jede Vorgabe etwas Neues zu schaffen und es so lange zu umhegen, bis es wirklich perfekt war. Es war meine Bar, meine eigene kleine Welt. Meinen Sie etwa, man könnte als Lektor in einem Schulbuchverlag eine ähnliche Befriedigung finden? Nie im Leben.

Tagsüber kümmerte ich mich um alle möglichen Dinge, und abends machte ich die Runde durch meine beiden Bars, probierte die Cocktails, um festzustellen, ob sie so schmeckten, wie sie sollten, beobachtete die Reaktionen der Gäste, vergewisserte mich, daß das Personal auf Zack war. Und ich hörte mir die Musik an. Jeden Monat zahlte ich meinem Schwiegervater einen Teil meiner Schulden zurück; trotzdem machte ich einen ganz ordentlichen Profit. Yukiko und ich kauften uns eine Vierzimmerwohnung in Aoyama und einen BMW 320. Und bekamen ein zweites Kind, wieder ein Mädchen. Ehe ich wußte, wie mir geschah, war ich Vater von zwei kleinen Töchtern.

Mit sechsunddreißig kaufte ich ein Ferienhäuschen in Hakone und einen roten Jeep Cherokee für Yukiko, zum Einkaufen und um die Kinder herumzuchauffieren. Mit dem, was meine Bars abwarfen, hätte ich gut ein drittes Lokal eröffnen können, aber ich hatte nicht vor, noch weiter zu expandieren. Mich in den zwei Lokalen um alle Details zu kümmern genügte mir vollauf; an noch mehr denken zu müssen hätte mich ausgelaugt. Ich opferte der Arbeit schon so genug Zeit. Ich besprach die Sache mit meinem Schwiegervater, und er schlug mir vor, etwaige Überschüsse in Aktien und Immobilien anzulegen. Das läßt sich gut nebenher machen, praktisch ohne jeden Zeitaufwand, erklärte er mir. Aber Aktien- und Immobilienmarkt waren für mich ein Buch mit sieben Siegeln. Und darum sagte er: »Überlaß das mir. Tu einfach nur, was ich dir sage, und du wirst es nicht bereuen. Bei diesen Dingen kommt's auf den richtigen Dreh an.« Also investierte ich, wie er es mir sagte. Und tatsächlich hatte ich schon bald einen hübschen Gewinn beisammen.

»Jetzt hast du's raus, oder?« fragte er mich. »Beim Investieren kommt's auf den Dreh an. Du könntest hundert Jahre lang in einer Firma arbeiten und würdest es nie so weit bringen. Um es zu etwas zu bringen, brauchst du Glück und Grips. Das sind die Grundvoraussetzungen, aber es reicht noch nicht. Du brauchst Kapital. Zuwenig Kapital, und dir sind die Hände gebunden. Aber vor allem brauchst du den richtigen Dreh. Ohne den nützt dir alles andere gar nichts.«

»Da scheinst du recht zu haben«, sagte ich. Ich wußte, worauf er anspielte. Der »Dreh«, von dem er sprach, war das System, das er entwickelt hatte. Ein unschlagbares, komplexes System zur Erwirtschaftung gewaltiger Summen durch das Knüpfen eines unübersehbaren Netzes von Beziehungen, das Sammeln wichtiger Informationen und eine darauf basierende Investitionstaktik. Geschickt durch Gesetzes- und Steuerlücken geschleust, machten die Gewinne eine wundersame Metamorphose durch und wuchsen fast ins Unermeßliche.

Hätte ich meinen Schwiegervater nie kennengelernt, würde ich noch heute Schulbücher redigieren, noch immer in einer schäbigen kleinen Wohnung in Nishiogikubo hausen, noch immer einen gebrauchten Toyota Corona mit kaputter Klimaanlage fahren. So dagegen hatte ich es in kurzer Zeit zum Besitzer zweier Bars in einer der schicksten Gegenden Tokios gebracht, zum Chef von über dreißig Mitarbeitern, und ich verdiente mehr Geld, als ich bisher in meinem ganzen Leben verdient – oder zu verdienen geträumt – hatte. Die Geschäfte liefen so gut, daß mein Steuerberater beeindruckt war, und die Bars hatten einen ausgezeichneten Ruf. Ich will damit nicht sagen, daß ein anderer das nicht auch hätte schaffen können. Ohne das Kapital meines Schwiegervaters – und ohne seinen »Dreh« – wäre ich nie auf einen grünen Zweig gekommen.

Aber ganz wohl war mir bei der Sache nicht. Ich hatte das Gefühl, eine unerlaubte Abkürzung genommen, mich unlauterer Mittel bedient zu haben, um dahin zu gelangen, wo ich jetzt war. Schließlich gehörte ich zu der Generation der späten sechziger, frühen siebziger Jahre, aus der die radikale Studentenbewegung hervorgegangen war. Unsere Generation war die erste gewesen, die der spätkapitalistischen Logik, der sämtliche nach dem Krieg noch verbliebenen Ideale zum Opfer gefallen waren, ein schallendes »Nein!« entgegengebrüllt hatte. Es war wie ein Ausbruch von Fieber gewesen, gerade als sich das Land an einem entscheidenden Wendepunkt befunden hatte. Und hier war ich nun, mittlerweile selbst von dieser kapitalistischen Logik vereinnahmt, rekelte mich auf den Polstern meines BMW und genoß Schuberts Winterreise, während ich an einer Kreuzung im schicken Aoyama auf grünes Licht wartete. Ich führte das Leben eines anderen, nicht mein eigenes. Wieviel an der Person, die ich »ich« nannte, war wirklich ich? Und wieviel nicht? Diese Hände, die das Lenkrad umfaßten – zu wieviel Prozent konnte ich sie mein eigen nennen? Und all das, was ich draußen sah – wieviel davon existierte wirklich? Je länger ich darüber nachdachte, desto weniger schien ich es zu verstehen.

Nicht, daß ich unglücklich gewesen wäre. Ich konnte nicht klagen. Yukiko war eine sanfte, aufmerksame Frau, und ich liebte sie. Seit sie nach der ersten Entbindung ein bißchen zugenommen hatte, hielt sie streng Diät und trieb regelmäßig Gymnastik. Aber die paar Pfunde zuviel störten mich nicht – ich fand Yukiko noch immer schön. Ich war gern mit ihr zusammen, und ich schlief gern mit ihr. Sie übte eine lindernde, besänftigende Wirkung auf mich aus. Um nichts in der Welt wäre ich wieder zu dem Leben zurückgekehrt, das ich zwischen zwanzig und dreißig geführt hatte, in jene Zeit der Einsamkeit und Isolation. Hier gehörte ich hin, hier fühlte ich mich geliebt und geborgen. Und hier hatte ich die Möglichkeit, andere – meine Frau und meine Kinder – meinerseits zu lieben und zu beschützen. Mich in einer solchen Lage zu befinden bedeutete für mich eine unerwartete Entdeckung, eine völlig neue Erfahrung.

Jeden Morgen fuhr ich meine ältere Tochter zu dem privaten Kindergarten, den sie besuchte, und wir sangen beide zu einer Kassette mit Kinderliedern, die auf der Auto-Stereoanlage lief. Danach spielte ich, bevor ich in das kleine Büro ging, das ich mir in der Nähe gemietet hatte, noch eine Weile mit meiner jüngeren Tochter. Im Sommer fuhren wir übers Wochenende in unser Ferienhaus in Hakone, sahen uns das Feuerwerk an, ruderten auf dem See und streiften über die Hügel.

Während der Schwangerschaften meiner Frau hatte ich ein paar kurze Affären gehabt, aber nichts Ernsthaftes. Mit keiner Frau schlief ich häufiger als ein-, zweimal. Na gut, höchstens dreimal. Ich hatte nie das Gefühl, eine »Geliebte« zu haben. Ich wollte einfach jemanden fürs Bett, und nichts anderes wollten meine Partnerinnen. Um Komplikationen zu vermeiden, suchte ich mir meine Bettgenossinnen mit Umsicht aus. Mag sein, daß ich etwas testen wollte, indem ich mit ihnen schlief; daß ich herauszufinden versuchte, was ich in ihnen entdecken konnte, und was sie in mir.

Kurz nach der Geburt unseres ersten Kindes erhielt ich eine Postkarte, die zunächst an die Adresse meiner Eltern gegangen war. Es war eine Todesanzeige, mit dem Namen einer Frau. Sie war im Alter von sechsunddreißig Jahren gestorben. Aber ich verband nichts mit dem Namen. Die Karte war in Nagoya abgestempelt. Ich kannte niemanden in Nagoya. Schließlich aber begriff ich, wer die Frau war: Izumis Cousine, die früher in Kyoto gewohnt hatte. Ich hatte ihren Namen völlig vergessen. Offenbar war ihr Elternhaus in Nagoya.

Es gehörte nicht viel dazu, sich auszurechnen, daß Izumi mir die Todesanzeige geschickt hatte. Niemand sonst konnte das getan haben. Anfangs konnte ich mir jedoch nicht vorstellen, was ihre Motive gewesen sein mochten. Aber nachdem ich die Karte einige Male gelesen hatte, spürte ich die unversöhnliche Kälte, die in sie eingeflossen war. Izumi hatte nie vergessen, was ich getan hatte, und sie hatte mir nie verziehen. Sie mußte ein trostloses Leben führen – eine zufriedene Frau hätte mir nie diese Karte geschickt. Oder zumindest hätte sie ein paar erklärende Worte dazugeschrieben.

Plötzlich war mir die Cousine und alles, was mit ihr zusammenhing, wieder gegenwärtig. Ihr Zimmer, ihr Körper, die leidenschaftlichen Stunden, die wir im Bett verbracht hatten. Aber die absolute Klarheit, die diese Erinnerungen einst für mich besessen hatten, war verschwunden, wie Rauch verweht. Ich konnte mir nicht denken, woran sie gestorben sein mochte. Sechsunddreißig ist ein so unnatürliches Alter zum Sterben. Ihr Familienname war noch derselbe, was hieß, daß sie nie geheiratet hatte – oder wenn doch, daß sie sich hatte scheiden lassen.

Mehr über Izumi und ihren Aufenthaltsort erfuhr ich von einem ehemaligen Klassenkameraden aus der Oberschule. Er hatte in der Zeitschrift *Brutus* einen Artikel über Bars in Tokio gelesen, hatte mein Foto gesehen und so erfahren, daß ich die beiden Bars in Aoyama betrieb. Eines Abends kam er zu mir an die Theke und sagte: Hey, Mann, was macht das Leben? Nichts deutete darauf hin, daß er eigens meinetwegen gekommen wäre. Er war nur zufällig mit ein paar Freunden da und hatte einfach hallo sagen wollen.

»Ich komme oft hierher«, sagte er. »Mein Büro ist ganz in der Nähe. Aber ich hatte keine Ahnung, daß die Bar dir gehört. Wie klein die Welt doch ist.«

Ich war auf der Oberschule eher ein Außenseiter gewesen, er dagegen hatte immer gute Noten gehabt, hatte viel Sport getrieben und war ganz der Typ gewesen, der es zum Schulsprecher bringt; umgänglich, nie aufdringlich, ein durch und durch netter Junge. Er hatte in der Schulmannschaft gekickt und war schon damals kräftig gebaut gewesen, aber jetzt war er ein wenig in die Breite gegangen: er hatte ein Doppelkinn, und sein Dreiteiler spannte. Kommt davon, wenn man ständig Kunden zum Essen ausführen muß, erklärte er. Große Firmen sind die reinste Hölle, sagte er. Ständig Überstunden, Kunden ausführen, alle naselang wird man versetzt; leiste dir einen Patzer, und sie schmeißen dich raus, erfüll dein Soll, und sie setzen es herauf. Nicht gerade das richtige Umfeld für einen anständigen Menschen. Wie sich herausstellte, war sein Büro in Aoyama 1-chome, gerade ein paar Häuserblocks von meiner Bar entfernt.

Wir unterhielten uns über die Dinge, über die sich ehemalige Klassenkameraden, die sich seit achtzehn Jahren nicht mehr gesehen haben, zu unterhalten pflegen – Beruf, Ehe, Anzahl der Kinder, gemeinsame Bekannte, die man inzwischen zufällig wiedergesehen hat. Und da erwähnte er Izumi.

»Da gab's doch ein Mädchen, mit dem du damals herumgezogen bist. Ihr wart ständig zusammen. Sowieso Ohara.«

»Izumi Ohara«, sagte ich.

»Genau«, sagte er. »Izumi Ohara. Na, und die habe ich vor kurzem zufällig wieder getroffen.«

»In Tokio?« fragte ich erschrocken.

»Nein, nicht in Tokio. In Toyohashi.«

»In Toyohashi?« wiederholte ich, noch erstaunter. »Du meinst Toyohashi in der Aichi-Präfektur?«

»Genau.«

»Das verstehe ich nicht. Wieso hast du Izumi in Toyohashi getroffen? Was sollte sie denn da treiben?«

Offenbar hatte er etwas Hartes und Unnachgiebiges aus meiner Stimme herausgehört. »Das weiß ich auch nicht«, sagte er vorsichtig. »Ich habe sie einfach dort gesehen. Aber es gibt nicht viel zu erzählen. Ich bin mir nicht mal hundertprozentig sicher, daß sie es wirklich war.«

Er bestellte einen zweiten Wild Turkey on the rocks. Ich hatte noch meinen Wodka Sour.

»Ist mir egal, ob's viel oder wenig zu erzählen gibt. Ich will es wissen.«

»Na ja ...« Er zögerte. »Was ich eigentlich sagen will – manchmal kommt's mir so vor, als wäre es gar nicht wirklich passiert. Es ist ein sonderbares Gefühl, als ob ich träumte und es zugleich Wirklichkeit wäre, verstehst du? Es ist schwer zu erklären.«

»Aber es ist wirklich passiert, nicht?« fragte ich.

»Ja«, sagte er.

»Dann erzähl's mir.«

Er nickte resigniert und nahm einen Schluck von seinem Wild Turkey.

»Ich war in Toyohashi, weil meine jüngere Schwester dort wohnt. Ich war auf einer Geschäftsreise nach Nagoya, und es war Freitag, und da habe ich mir gedacht, ich könnte sie besuchen und bei ihr übernachten. Und da habe ich Izumi gesehen. Im Fahrstuhl, im Haus meiner Schwester. Zuerst dachte ich: Mann, diese Frau sieht haargenau wie Izumi aus. Aber dann habe ich mir gesagt: Ach was, kann überhaupt nicht sein. Daß ich sie im Fahrstuhl im Haus meiner Schwester treffen sollte, ausgerechnet in Toyohashi! Ihr Gesicht hatte sich seit damals verändert. Es ist mir selbst schleierhaft, wieso ich sie so schnell erkennen konnte. Instinkt, vermutlich.«

»Aber es war Izumi?«

Er nickte. »Wie sich rausstellte, wohnte sie im selben Stock wie meine Schwester. Wir sind zusammen ausgestiegen und in dieselbe Richtung den Korridor entlanggegangen. Sie ist in der Wohnung zwei Türen vor meiner Schwester verschwunden. Ich war neugierig und habe auf das Namensschild gesehen. Und da stand Ohara.«

»Hat sie dich auch erkannt?«

Er schüttelte den Kopf. »Wir waren in derselben Klasse, aber wir haben kaum je was miteinander zu tun gehabt. Und außerdem habe ich seit damals gut zwanzig Kilo zugelegt. Sie hat mich garantiert nicht erkannt.«

»Aber war es wirklich Izumi? Ich wär mir da nicht so sicher. Ohara ist ein ziemlich häufiger Name. Und es wird auch andere Frauen geben, die so ähnlich aussehen.«

»Klar, das habe ich mir auch gesagt, und deswegen habe ich meine Schwester gefragt, wer diese Ohara sei. Meine Schwester hat mir die Mieterliste gezeigt. Weißt du, diese Listen, die sie benutzen, wenn es darum geht, irgendwelche Renovierungskosten oder was weiß ich aufzuteilen. Da standen die Namen sämtlicher Mieter. Und da stand es auch – Izumi Ohara. Und ›Izumi‹ in Katakana geschrieben, nicht mit chinesischen Schriftzeichen. So viele mit dieser Kombination kann's kaum geben, oder?«

»Das heißt, sie ist noch unverheiratet.«

»Darüber wußte meine Schwester nichts«, sagte er. »Izumi Ohara ist in dem Haus offenbar die große Unbekannte. Kein Mensch hat je ein Wort mit ihr gewechselt. Wenn man sie auf dem Korridor grüßt, nimmt sie einen nicht zur Kenntnis. Wenn man bei ihr klingelt, macht sie nicht auf. Zur beliebtesten Mieterin des Blocks wird sie sicher nicht gewählt.«

»Das kann nicht sie sein!« Ich lachte und schüttelte den Kopf. »So ist Izumi nicht. Sie war immer sehr kontaktfreudig und hat jeden angelächelt.«

»Okay. Vielleicht hast du ja recht. Vielleicht war es jemand anders«, sagte er. »Jemand mit genau demselben Namen. Reden wir von was anderem.«

»Aber die Izumi Ohara dort lebte allein?«

»Das nehme ich an. Niemand hat je einen Mann in ihre Wohnung gehen sehen. Kein Mensch weiß, wovon sie eigentlich lebt. Sie ist ein Rätsel.«

»Und was vermutest du?«

»Worüber?«

»Über sie. Über diese Izumi Ohara, die möglicherweise auch nur eine Person gleichen Namens ist. Du hast ihr Gesicht im Fahrstuhl gesehen. Was hast du da gedacht? Sah sie okay aus?«

Er dachte darüber nach. »Ja, okay, kann man sagen«, antwortete er.

»In welchem Sinn okay?«

Er schüttelte sein Whiskyglas; die Eiswürfel klimperten. »Natürlich ist sie ein bißchen gealtert. Sie ist schließlich sechsunddreißig. Wir beide ja auch. Der Stoffwechsel läßt langsam nach, man legt ein paar Pfunde zu. Man kann nicht ewig siebzehn bleiben.«

»Zugegeben«, sagte ich.

»Laß uns das Thema wechseln. Es muß jemand anders gewesen sein.«

Ich seufzte. Ich legte beide Arme auf die Theke und sah ihm direkt ins Gesicht. »Hör zu, ich will es wissen. Ich muß es wissen. Am Ende des letzten Schuljahrs hat Izumi mit mir Schluß gemacht. Das war eine schlimme Sache. Ich hab Scheiße gebaut und ihr ganz schön weh getan. Seit damals hab ich nie wieder was von ihr gehört. Ich hatte keine Ahnung, wo sie war oder was sie tat. Also sag mir jetzt einfach die ungeschminkte Wahrheit. Es war Izumi, ja?«

Er nickte. »Wenn du's wirklich wissen willst, ja, das war eindeutig sie. Aber es tut mir leid, dir das sagen zu müssen.«

»Also jetzt ehrlich, wie sah sie aus?«

Er schwieg eine Zeitlang. »Zuerst möchte ich etwas klarstellen, okay? Ich war in derselben Klasse wie sie, und ich fand sie ganz schön attraktiv. Sie war ein nettes Mädchen. Nett und hübsch. Keine hinreißende Schönheit, aber, na ja, ansprechend. Habe ich recht?«

Ich nickte.

»Und du willst wirklich die Wahrheit hören?«

»Nur zu«, sagte ich.

»Es wird dir nicht gefallen.«

»Das ist mir egal. Sag mir einfach die Wahrheit.«

Er trank wieder einen Schluck Whisky. »Ich war auf dich eifersüchtig, weil du ständig mit ihr zusammen warst. Ich hätte auch gern so eine Freundin gehabt. Jetzt kann ich's dir ja wohl gestehen.

Ich habe sie nie vergessen. Ihr Gesicht ist mir unauslöschlich in Erinnerung geblieben. Deswegen habe ich sie auch, als sie mir völlig unerwartet über den Weg gelaufen ist, sofort wiedererkannt, selbst noch nach achtzehn Jahren. Was ich damit sagen will, ist folgendes: Ich habe überhaupt keinen Grund, schlecht über sie zu reden. Es war auch für mich ein Schock. Ich wollte mir einfach nicht eingestehen, daß es wirklich stimmte. Laß es mich mal so ausdrücken: Sie ist nicht mehr attraktiv.«

Ich biß mir auf die Lippe. »Wie meinst du das?«

»Die meisten Kinder, die in dem Haus wohnen, haben Angst vor ihr.«

»Angst?« wiederholte ich. Ich sah ihn verständnislos an. Er mußte das falsche Wort gebraucht haben. »Wie meinst du das – Angst vor ihr?«

»Hör mal, findest du nicht, es ist genug? Ich wollte eigentlich überhaupt nicht davon reden.«

»Einen Moment noch – was tut sie denn? Sagt sie etwa häßliche Sachen zu den Kindern?«

»Sie spricht mit keinem ein Wort. Wie ich schon sagte.«

»Dann fürchten sich die Kinder also vor ihrem Gesicht?«

»Genau«, sagte er.

»Hat sie eine Narbe oder etwas in der Art?«

»Keine Narben.«

»Also, was finden sie denn dann zum Fürchten?«

Er trank seinen Whisky aus und stellte das Glas auf die Theke. Und er sah mich ziemlich lange unverwandt an. Er wirkte unruhig und sehr ratlos. Aber es lag noch etwas anderes in seiner Miene. Ich entdeckte darin Spuren des Gesichts, das er auf der Oberschule gehabt hatte. Er hob den Blick und starrte eine Zeitlang ins Leere, als betrachtete er einen Fluß, der dahinströmt und in der Ferne verschwindet. Schließlich fand er wieder Worte. »Ich kann das schlecht erklären, und ich will's auch gar nicht. Also hör auf zu fragen, ja? Du müßtest sie mit eigenen Augen sehen, um es zu begreifen. Wer es nicht selbst gesehen hat, kann es gar nicht verstehen.«

Ich nickte und sagte nichts mehr, nippte nur ab und zu an meinem Wodka Sour. Er hatte in einem ruhigen Ton gesprochen, aber ich wußte, daß ich mir jede weitere Frage zu diesem Thema sparen konnte.

Er begann, von Brasilien zu erzählen, wo er zwei Jahre lang gearbeitet hatte. Ob du's glaubst oder nicht, sagte er, aber ich hab da unten einen ehemaligen Klassenkameraden aus der Mittelschule wiedergetroffen, in Saõ Paulo! War Ingenieur bei Toyota.

Seine Worte gingen an mir vorbei. Als er aufstand, um zu gehen, schlug er mir auf die Schulter. »Na ja, die Menschen ändern sich eben mit den Jahren, und jeder anders. Ich hab keine Ahnung, was damals zwischen euch abgelaufen ist. Aber was es auch gewesen sein mag – es war nicht deine Schuld. Irgendwie macht jeder so eine Erfahrung, stärker oder schwächer. Sogar ich. Kein Witz. Ich hab das gleiche durchgemacht. Aber man kann nichts daran ändern. Jeder führt sein eigenes Leben. Niemand kann die Verantwortung für einen anderen übernehmen. Es ist wie das Leben in der Wüste. Man muß sich einfach daran gewöhnen. Hast du auf der Grundschule auch diesen Disney-Film gesehen – *Die Wüste lebt*?«

»Klar«, sagte ich.

»Unsere Welt ist auch nicht anders. Es regnet, und die Blumen blühen. Kein Regen, und sie verdorren. Insekten werden von Echsen aufgefressen, Echsen werden von Vögeln aufgefressen. Aber am Ende sterben sie alle, einer wie der andere. Sie sterben und vertrocknen. Eine Generation stirbt ab, und die nächste übernimmt. So läuft das. Jede Menge Lebensweisen. Und jede Menge Todesarten.

Aber am Ende macht das nicht den geringsten Unterschied. *Übrig bleibt nur eine Wüste.*«

Er ging nach Hause, und ich blieb allein an der Theke sitzen und trank. Selbst nachdem die letzten Gäste gegangen waren und die Bar geschlossen hatte, nachdem das Personal aufgeräumt hatte und ebenfalls gegangen war, blieb ich noch, allein. Ich wollte noch nicht nach Hause. Ich rief meine Frau an und sagte ihr, ich hätte noch etwas zu erledigen und es würde spät werden. Ich schaltete die Beleuchtung aus, blieb im Dunkeln sitzen und trank Whisky. Ich war zu faul, mir Eis zu holen, also trank ich ihn pur.

Einer nach dem anderen verschwindet, unentwegt. Manche Dinge sind auf einmal weg, als hätte man sie herausoperiert. Andere verblassen allmählich im Nebel. *Und übrig bleibt nur eine Wüste.*

Als ich kurz vor dem Morgengrauen die Bar verließ, fiel ein dünner Regen auf die Hauptstraße von Aoyama. Ich war erschöpft. Lautlos durchtränkte der Regen die Reihen von Hochhäusern, die wie Grabstelen die Straße säumten. Ich ließ mein Auto auf dem Parkplatz der Bar stehen und ging zu Fuß nach Hause. Unterwegs setzte ich mich auf ein Schutzgeländer und beobachtete eine große Krähe, die von einer Ampel herabkrächzte. Jetzt, um vier Uhr früh, sahen die Straßen schmutzig und heruntergekommen aus. Überall lauerte der Schatten des Verfalls und der Auflösung, und ich war ein Teil davon. Wie ein Schatten, in eine Hauswand eingebrannt.

8

Nachdem das Feature mit meinem Namen und meinem Foto in *Brutus* erschienen war, kamen rund zehn Tage lang immer wieder alte Bekannte in die Bar, um ein paar Worte mit mir zu wechseln. Leute, die mit mir auf der Mittel- oder Oberschule gewesen waren. Bis dahin hatte ich mich immer gefragt, wer denn die Tonnen von Zeitschriften las, die in jedem Buchladen gleich am Eingang stapelweise ausliegen. Aber nun, da ich selbst in einer erwähnt worden war, fiel mir plötzlich auf, daß mehr Leute, als ich je angenommen hätte, förmlich an Zeitschriften kleben. In Frisiersalons, Banken, Cafés, Zügen – an jedem erdenklichen Ort hatten die Leute aufgeschlagene Zeitschriften vor sich und starrten wie gebannt hinein. Vielleicht befürchten die Menschen, sie könnten unvermutet ein bißchen Zeit haben und nichts, um sie totzuschlagen, so daß sie nach irgend etwas schnappen, was ihnen gerade in die Finger kommt. Ich begreif's einfach nicht.

Wie dem auch sei, ich kann nicht sagen, es hätte mich entzückt, all diese Gesichter aus der Vergangenheit wiederzusehen. Obwohl ich auch nichts dagegen hatte, mit ihnen zu plaudern. Es versetzte mich in eine angenehme, nostalgische Stimmung. Und sie freuten sich anscheinend, mich zu sehen. Doch ehrlich gesagt waren mir die Themen, mit denen sie immer wieder anfingen, mehr als gleichgültig. Wie sehr sich unsere Heimatstadt verändert hatte; was andere Klassenkameraden inzwischen so taten. Als ob mich das interessierte. Ich hatte mich von jenem Ort und jener Zeit zu weit entfernt. Zudem rief alles, was sie sagten, Erinnerungen an Izumi in mir wach. Jede Erwähnung meiner Heimatstadt bewirkte, daß ich sie mir allein in dieser düsteren Mietwohnung vorstellte. *Sie ist nicht mehr attraktiv,* hatte mein Freund gesagt. *Die Kinder haben Angst vor ihr.* Sie gingen mir einfach nicht aus dem Kopf, diese beiden Sätze. Und die Tatsache, daß Izumi mir niemals verziehen hatte.

Ich hatte den Artikel einfach als willkommene kostenlose Publicity für die Bar angesehen, aber er war noch nicht lange erschienen, als ich ernstlich zu bedauern begann, daß ich der Zeitschrift mein Einverständnis gegeben hatte. Das Letzte, was ich wollte, war, daß Izumi auf den Artikel stieß. Was würde sie wohl empfinden, wenn sie mich so sähe – ungeniert glücklich und erfolgreich, scheinbar ohne jede Narbe aus unserer gemeinsamen Vergangenheit?

Nach einem Monat aber war der Zustrom von alten Bekannten versiegt. Das zumindest ist ein Vorteil von Zeitschriften: Man hat seinen Augenblick des Ruhms, und puff! ist man wieder vergessen. Ich atmete erleichtert auf. Wenigstens hatte Izumi sich nicht blicken lassen. Sie war also doch keine *Brutus*-Leserin.

Einige Wochen später jedoch, als sich die Aufregung um den Artikel längst gelegt hatte, tauchte die letzte der alten Bekannten auf.

Shimamoto.

Es war am Abend des ersten Montags im November. Da saß sie an der Theke des *Robin's Nest* (so hieß der Jazz-Club, nach einem alten Stück, das ich sehr mochte) und trank ruhig einen Daiquiri. Ich saß ebenfalls an der Theke, drei Hocker weiter, ohne die leiseste Ahnung, daß sie es war. Ich hatte bemerkt, daß eine auffällig schöne Frau hereingekommen war, aber das war auch alles. Ein neuer Gast; ich nahm es automatisch zur Kenntnis. Wenn ich sie schon vorher einmal gesehen hätte, dann hätte ich mich bestimmt an sie erinnert – so einmalig war sie. Bald würde derjenige auftauchen, auf den sie wartete, nahm ich an. Obwohl wir durchaus weibliche Gäste ohne Begleitung sahen. Manche Frauen scheinen zu erwarten, daß Männer sich an sie heranmachen; andere scheinen das eher zu hoffen.

Ich konnte immer erkennen, zu welcher der beiden Kategorien eine Frau gehörte. Aber eine so schöne Frau wie diese wäre nie allein in eine Bar gegangen. Sie würde sich über Annäherungsversuche nicht freuen, sondern sie nur als Belästigung empfinden.

Deswegen achtete ich nicht sehr auf sie. Sicher, als sie hereingekommen war, hatte ich sie mir schon angesehen, und von Zeit zu Zeit warf ich einen kurzen Blick in ihre Richtung. Sie trug nur einen Hauch von Make-up, und ihre Kleidung sah sündhaft teuer aus – ein blaues Seidenkleid, dazu eine cremefarbene Kaschmir-Jacke, eine Strickjacke, so hauchzart wie eine Zwiebelhaut. Und vor ihr auf der Theke lag eine Handtasche, genau passend zu dem Kleid. Ihr Alter konnte ich nicht schätzen. Genau das richtige Alter – mehr hätte ich nicht sagen können.

Sie war atemberaubend schön, aber für einen Filmstar oder ein Model hielt ich sie nicht. Zwar hatte ich durchaus Gäste aus dieser Szene, aber man sah ihnen stets an, daß sie sich unablässig ihrer Publikumswirksamkeit bewußt waren – die unerträgliche Wichtigkeit ihres Seins umgab sie wie eine Blase. Diese Frau war anders. Sie war vollkommen entspannt, absolut im Einklang mit ihrer Umgebung. Die Ellbogen auf die Theke, das Kinn in die Hände gestützt, lauschte sie hingegeben der Musik des Klaviertrios und sog dabei an ihrem Trinkhalm, als koste sie eine besonders gelungene Phrase aus. Alle paar Minuten warf sie einen Blick in meine Richtung. Ich konnte ihn spüren, wie eine Berührung. Obwohl ich mir sicher war, daß sie mich nicht eigentlich ansah.

Ich war in meiner üblichen Arbeitskleidung – Anzug von Luciano Soprani, Hemd und Krawatte von Armani, Schuhe von Rossetti. Ob Sie's glauben oder nicht, ich gehörte nicht zu denen, die sich um ihre Kleidung groß Gedanken machen. Meine Grundregel war, nicht mehr als das unbedingt Notwendige dafür auszugeben.

In meiner Freizeit war ich mit Jeans und einem Pullover vollauf zufrieden. Aber was das Geschäft anging, so hatte ich meine eigene kleine Philosophie: Ich kleidete mich so, wie ich mir meine Gäste wünschte. Wie ich bald merkte, erreichte ich dadurch, daß sich das Personal genau das entscheidende bißchen mehr ins Zeug legte und die besondere, gehobene Atmosphäre zustande kam, die ich anstrebte. So hatte ich es mir zur unumstößlichen Regel gemacht, wann immer ich in die Bar ging, einen guten Anzug und Schlips zu tragen.

Da saß ich also, achtete darauf, daß die Cocktails richtig gemixt wurden, behielt diskret die Gäste im Auge und hörte dem Klaviertrio zu. Anfangs war in der Bar recht viel los gewesen, aber nach neun fing es an zu regnen, und die Zahl der Gäste ging allmählich zurück. Gegen zehn waren nur noch ein paar Tische besetzt. Doch die Frau an der Theke saß noch immer da, allein mit ihren Daiquiris. Das machte mich jetzt etwas neugieriger. Vielleicht erwartete sie doch niemanden. Sie hatte nicht ein einziges Mal auf ihre Uhr oder zur Tür gesehen.

Endlich hob sie ihre Tasche auf und stieg von ihrem Barhocker herunter. Es war fast elf; wenn man die letzte U-Bahn noch erwischen wollte, war es jetzt Zeit, sich auf den Weg zu machen. Aber sie kam langsam, wunderbar lässig, zu mir herüber und setzte sich auf den Barhocker neben mich. Ich nahm einen Hauch von Parfüm wahr. Sobald sie saß, holte sie eine Schachtel Salem aus ihrer Handtasche und steckte sich eine zwischen die Lippen.

»Was für eine schöne Bar«, sagte sie zu mir.

Ich schaute von dem Buch auf, in dem ich gelesen hatte, und sah sie begriffsstutzig an. In diesem Augenblick traf mich etwas wie ein Schlag. Als laste mir die Luft mit einemmal tonnenschwer auf der Brust.

»Danke«, sagte ich. Sie mußte bemerkt haben, daß ich der Eigentümer war. »Es freut mich, daß sie Ihnen gefällt.«

»Ja, sehr.« Sie sah mir tief in die Augen und lächelte. Ein wunderschönes Lächeln. Ihre Lippen zogen sich in die Breite, und in ihren Augenwinkeln bildeten sich feine, reizende Fältchen. Ihr Lächeln rührte an ferne Erinnerungen – aber Erinnerungen woran?

»Auch Ihre Musik gefällt mir.« Sie deutete auf das Klaviertrio. »Hätten Sie Feuer?« fragte sie.

Ich hatte weder Streichhölzer noch ein Feuerzeug. Ich rief den Barkeeper und ließ mir ein Briefchen Streichhölzer mit dem Namenszug der Bar bringen. Und ich gab ihr Feuer.

»Danke«, sagte sie.

Ich sah sie an. Und dann begriff ich endlich.

»Shimamoto«, krächzte ich.

»Hat ja lang genug gedauert«, sagte sie nach einer Weile mit einem sonderbaren Blick. »Ich dachte schon, du würdest mich überhaupt nicht mehr erkennen.«

Sprachlos saß ich da und starrte sie an, als sei sie ein Wunderwerk der modernen Technik, von dessen Existenz ich bislang nur gerüchteweise gehört hatte. Es war tatsächlich Shimamoto, die mir da gegenübersaß. Aber noch konnte ich es nicht fassen, daß sie es wirklich war. Ich hatte so lange, so unendlich lange an sie gedacht. Und ich war mir sicher gewesen, ich würde sie nie wiedersehen.

»Dein Anzug gefällt mir«, sagte sie. »Er steht dir sehr gut.«

Ich nickte stumm. Meine Zunge war wie gelähmt.

»Weißt du was, Hajime? Du siehst viel besser aus als früher. Und du bist sehr viel besser gebaut.«

»Ich schwimme viel«, brachte ich endlich hervor. »Ich habe auf der Mittelschule damit angefangen und es nicht mehr aufgegeben.«

»Schwimmen sieht so aus, als würde es großen Spaß machen. Fand ich schon immer.«

»Tut's auch. Aber mit ein bißchen Übung kann es jeder lernen«, sagte ich. Kaum hatte ich das gesagt, fiel mir ihr Bein wieder ein. *Was redest du da bloß für einen Schwachsinn?* fragte ich mich. Ich war ganz durcheinander und versuchte krampfhaft, etwas Angemessenes zu sagen. Aber ich fand keine Worte. Ich kramte in den Taschen meines Anzugs nach einem Päckchen Zigaretten. Und dann fiel es mir wieder ein. Ich rauchte seit fünf Jahren nicht mehr.

Shimamoto beobachtete mich schweigend. Sie hob die Hand und bestellte mit einem strahlenden Lächeln einen weiteren Daiquiri. Mit einem wirklich schönen Lächeln, so schön, daß man das ganze Bild am liebsten eingepackt hätte, um es irgendwo sicher zu verwahren.

»Blau ist noch immer deine Lieblingsfarbe, sehe ich«, sagte ich.

»Ja. War es schon immer. Du hast ein gutes Gedächtnis.«

»Ich weiß noch fast alles über dich: wie du deine Bleistifte anspitzt, wieviel Stücke Zucker du in deinen Tee tust.«

»Nämlich wie viele?«

»Zwei.«

Sie kniff die Augen ein wenig zusammen und sah mich an.

»Sag mir eins, Hajime«, fing sie an. »Damals, vor ungefähr acht Jahren – warum bist du mir da gefolgt?«

Ich seufzte. »Ich wußte nicht, ob du das wirklich warst. Deine Art zu gehen war exakt die gleiche, aber irgendwie auch wieder nicht. Ich bin dir nachgegangen, weil ich mir nicht sicher war. Na ja, nachgegangen ist nicht das richtige Wort. Ich suchte einfach nach der richtigen Gelegenheit, dich anzusprechen.«

»Warum hast du es dann nicht getan? Warum bist du nicht einfach vorgelaufen und hast nachgesehen, ob ich es war? Das wäre einfacher und schneller gewesen.«

»Ich weiß es selbst nicht«, antwortete ich. »Irgend etwas hat mich daran gehindert. Ich bekam einfach keinen Ton heraus.«

Sie biß sich leicht auf die Lippe. »Ich habe damals nicht erkannt, daß du es warst. Ich wußte nur eins: daß mich jemand verfolgte, und ich hatte Angst. Wirklich. Entsetzliche Angst. Aber als ich dann im Taxi saß und mich ein wenig beruhigt hatte, da kam mir plötzlich der Gedanke: Könnte das Hajime gewesen sein?«

»Shimamoto-san, man hat mir damals etwas gegeben. Ich weiß nicht, in welcher Beziehung du zu diesem Mann stehst, aber er hat mir –«

Sie legte sich den Zeigefinger auf die Lippen. Und schüttelte leicht den Kopf. *Sprechen wir nicht darüber, ja?* schien sie zu sagen. *Bitte, fang nie wieder damit an.*

»Bist du verheiratet?« fragte sie. Themenwechsel.

»Ja. Und ich habe zwei Kinder«, erwiderte ich. »Beides Mädchen. Sie sind noch klein.«

»Das ist schön. Ich glaube, Töchter passen zu dir. Ich kann nicht genau sagen, warum, aber es ist so.«

»Ach, ich weiß nicht.«

»Doch – *irgendwie.*« Sie lächelte. »Aber wenigstens hast du kein Einzelkind.«

»Nicht, daß ich es so geplant hätte. Es hat sich einfach so ergeben.«

»Was ist das für ein Gefühl, zwei Töchter zu haben? Ich kann's mir nicht vorstellen.«

»Offen gesagt, ein bißchen merkwürdig. Mehr als die Hälfte der Kinder im Kindergarten meiner älteren Tochter haben keine

Geschwister. Die Welt hat sich seit unserer Kindheit ziemlich verändert. Zumindest in der Stadt sind Einzelkinder inzwischen eher die Regel als die Ausnahme.«

»Du und ich sind zu früh geboren.«

»Mag sein«, sagte ich. »Vielleicht holt uns die Welt so langsam ein. Manchmal, wenn ich die beiden zu Hause miteinander spielen sehe, kann ich es gar nicht fassen. Es ist eine völlig andere Art, Kinder aufzuziehen. Als Kind habe ich immer nur allein gespielt. Ich glaubte, alle Kinder spielen so.«

Das Klaviertrio beendete seine Version von »Corcovado«, und die Gäste applaudierten. Wie immer wurde das Spiel des Trios, je später der Abend wurde, desto wärmer, desto intimer. In den Pausen zwischen den Stücken trank der Pianist Rotwein, und der Baßmann rauchte.

Shimamoto trank von ihrem Cocktail. »Weißt du, Hajime, anfangs war ich mir gar nicht sicher, ob ich hierherkommen sollte. Ich habe es mir fast einen Monat lang hin und her überlegt. Von deiner Bar hatte ich aus irgendeiner Zeitschrift erfahren, die ich so durchgeblättert hatte. Erst dachte ich, das müsse ein Irrtum sein. Daß ausgerechnet du eine Bar führen sollst! Aber da standen dein Name und dein Foto – der gute alte Hajime, der früher bei mir um die Ecke wohnte. Es freute mich, dich wiederzusehen, und wenn auch nur auf einem Foto. Aber ich war mir nicht sicher, ob es eine gute Idee wäre, dich persönlich wiederzusehen. Vielleicht wäre es für uns beide besser, wenn wir uns nicht sähen. Vielleicht genügte es zu wissen, daß du glücklich bist und daß es dir gutgeht.«

Ich hörte ihr stumm zu.

»Aber da ich nun einmal wußte, wo du steckst, kam es mir wie Vergeudung vor, nicht wenigstens ein Mal herzukommen – und also bin ich hier. Ich habe mich da drüben hingesetzt und habe dich beobachtet. Wenn er mich nicht erkennt, dachte ich, gehe ich vielleicht einfach wieder, ohne etwas zu sagen. Aber ich hab's nicht ausgehalten. Es hat so viele Erinnerungen geweckt, da mußte ich dir einfach hallo sagen.«

»Warum?« fragte ich. »Ich meine, warum dachtest du, es sei vielleicht besser, mich nicht wiederzusehen?«

Gedankenverloren fuhr sie mit dem Finger um den Rand ihres Cocktailglases. »Ich dachte, wenn wir uns wiedersehen, würdest du alles über mich wissen wollen. Ob ich verheiratet bin, wo ich wohne, was ich in der Zwischenzeit getrieben habe und dergleichen. Hab ich recht?«

»Nun ja, irgendwann wäre das Gespräch bestimmt darauf gekommen.«

»Eben.«

»Aber du möchtest lieber nicht darüber reden?«

Sie lächelte etwas ratlos und nickte. Sie konnte auf unzählige verschiedene Weisen lächeln. »Genau. Ich will nicht über diese Dinge reden. Frag mich bitte nicht, warum. Ich will einfach nicht über mich reden. Ich weiß, daß es nicht normal ist, daß es so wirken muß, als wollte ich mich interessant machen, mich als die geheimnisvolle Lady of the Night aufspielen, oder was weiß ich. Darum dachte ich, wir sollten uns vielleicht besser nicht wiedersehen. Ich wollte nicht, daß du mich für eine sonderbare, eingebildete Frau hältst. Das ist einer der beiden Gründe, warum ich nicht herkommen wollte.«

»Und der andere?«

»Ich wollte nicht enttäuscht werden.«

Ich blickte auf das Glas in ihrer Hand. Ich blickte auf ihr glattes schulterlanges Haar und ihre schöngeformten schmalen Lippen. Und in ihre unendlich tiefen dunklen Augen. Eine feine

Falte unmittelbar über den Lidern ließ sie nachdenklich erscheinen. Diese Linie ließ mich an einen fernen Horizont denken.

»Ich habe dich früher sehr gern gehabt, darum hatte ich keine Lust, dich wiederzusehen, nur um enttäuscht zu werden.«

»Und – habe ich dich enttäuscht?«

Sie schüttelte leicht den Kopf. »Ich habe dich von da drüben aus beobachtet. Anfangs sahst du aus wie jemand ganz anderes. Du wirktest so viel kräftiger durch den Anzug. Aber als ich dann genauer hinsah, entdeckte ich dahinter den Hajime, den ich gekannt habe. Ist dir eigentlich bewußt, daß du dich noch fast genauso bewegst wie damals mit zwölf?«

»Nein, das wußte ich nicht.« Ich versuchte zu lächeln, aber es gelang mir nicht.

»Wie du die Hände bewegst, die Augen, wie du ständig mit den Fingerspitzen auf etwas herumtrommelst, wie du die Augenbrauen immer ein wenig zusammenziehst, als passe dir irgend etwas nicht – das hat sich keine Spur verändert. Unter dem Armani-Anzug steckt noch derselbe alte Hajime.«

»Nicht Armani«, korrigierte ich sie. »Hemd und Krawatte ja, aber der Anzug nicht.«

Sie lächelte mich an.

»Shimamoto-san«, sagte ich. »Weißt du, ich wünsche mir schon so unendlich lange, dich wiederzusehen. Mit dir zu reden. Es gab so vieles, was ich dir gern erzählt hätte.«

»Ich wollte dich auch wiedersehen«, sagte sie. »Aber du bist nie gekommen. Das ist dir doch klar, oder? Seit du in einer anderen Stadt auf die Mittelschule gekommen bist, habe ich auf dich gewartet. Warum hast du mich nicht besucht? Ich war deswegen wirklich traurig. Ich dachte, du hättest in deiner neuen Umgebung neue Freunde gefunden und mich völlig vergessen.«

Shimamoto drückte ihre Zigarette im Aschenbecher aus. Ihre farblos lackierten Nägel glichen kleinen Kunstobjekten, blank, aber unaufdringlich.

»Ich hatte Angst«, sagte ich. »Deswegen bin ich nicht gekommen.«

»Angst?« fragte sie. »Wovor? Vor mir?«

»Nein, nicht vor dir. Vor Zurückweisung. Ich war noch ein Kind. Ich konnte mir nicht vorstellen, daß du wirklich auf mich wartest. Ich hatte eine entsetzliche Angst, du würdest mich zurückweisen. Ich würde dich besuchen kommen, und du hättest keine Lust, mich zu sehen. Darum bin ich nicht mehr gekommen. Wenn schon alles vorbeisein sollte, wollte ich mir zumindest die schönen Erinnerungen an unsere gemeinsame Zeit bewahren.«

Sie legte den Kopf ein wenig zur Seite und ließ eine Cashewnuß in ihrer hohlen Hand herumrollen. »Es läuft nicht alles so, wie man es möchte, nicht?«

»Nein, wirklich nicht.«

»Aber eigentlich hätten wir viel, viel länger befreundet bleiben sollen. Ich habe die ganze Mittelschule, Oberschule, sogar das College hinter mich gebracht, ohne mich mit jemandem anzufreunden. Immer war ich allein. Ich stellte mir vor, wie wunderschön es wäre, dich an meiner Seite zu haben. Und wenn du schon nicht dasein konntest, hätten wir uns wenigstens schreiben können. Es hätte alles verändert. Ich wäre dem Leben eher gewachsen gewesen.« Sie schwieg eine Weile. »Ich weiß nicht genau, warum, aber seit ich auf die Mittelschule kam, ging es mit mir in der Schule bergab. Und das hatte zur Folge, daß ich mich noch mehr in mich zurückgezogen habe. Ein Teufelskreis, könnte man sagen.«

Ich nickte.

»Bis zum Ende der Grundschule lief alles gut, aber danach wurde es furchtbar. Ich fühlte mich, als säße ich auf dem Grund eines Brunnens fest.«

Ich kannte das Gefühl. Genau so war es mir während der zehn Jahre meines Lebens zwischen dem College und meiner Heirat mit Yukiko ergangen. Es braucht nur eine einzige Sache schiefzulaufen, und das ganze Kartenhaus bricht zusammen. Und man schafft's und schafft's nicht, sich daraus zu befreien. Bis jemand vorbeikommt und einen herauszieht.

»Ich hatte dieses dumme Bein und konnte nichts von dem tun, was andere taten. Ich habe immer nur gelesen und bin für mich geblieben. Und ich falle überall auf. Durch mein Aussehen, meine ich. Also hielten mich die meisten Leute über kurz oder lang für eine verdrehte, arrogante Frau. Und das bin ich vielleicht am Ende auch geworden.«

»Nun ja, du siehst schon umwerfend aus«, sagte ich. Sie steckte sich eine weitere Zigarette zwischen die Lippen. Ich riß ein Streichholz an und gab ihr Feuer.

»Findest du wirklich, daß ich hübsch bin?« fragte sie.

»Ja. Aber du mußt das doch andauernd zu hören bekommen.«

Shimamoto lächelte. »Eigentlich nicht. Um ehrlich zu sein, finde ich mein Gesicht nicht besonders toll. Deswegen macht es mich sehr froh, daß du das gesagt hast. Leider mögen mich andere Frauen nicht sonderlich. Wie oft habe ich gedacht: Ich möchte nicht, daß die Leute sagen, ich sei hübsch. Ich möchte nur ein ganz normales Mädchen sein und Freunde haben wie alle anderen.«

Sie streckte die Hand aus und strich leicht über meine, die auf der Theke lag. »Aber es freut mich, daß du das Leben genießt.«

Ich schwieg.

»Du bist doch glücklich, oder?«

»Ich weiß nicht. Zumindest bin ich nicht unglücklich, und ich bin nicht einsam.« Einen Augenblick später fügte ich hinzu: »Aber manchmal überkommt mich der Gedanke, daß damals, als wir bei dir im Wohnzimmer saßen und zusammen Musik hörten, die glücklichste Zeit in meinem Leben war.«

»Weißt du, ich habe die Platten immer noch. Nat King Cole, Bing Crosby, Rossini, die Peer-Gynt-Suite und all die anderen. Keine einzige fehlt. Mein Vater hat sie mir zum Andenken geschenkt, als er gestorben ist. Ich gehe sehr vorsichtig mit ihnen um, darum haben sie auch nach all den Jahren nicht einen Kratzer. Und du erinnerst dich ja, wie vorsichtig ich mit Platten umging.«

»Dein Vater ist also gestorben.«

»Vor fünf Jahren, an Dickdarmkarzinom. Eine furchtbare Art zu sterben. Und dabei war er immer so gesund.«

Ich hatte ihren Vater einige Male gesehen. Er war mir immer so stark und widerstandsfähig erschienen wie die Eiche, die in ihrem Garten wuchs.

»Aber deiner Mutter geht's gut?« fragte ich.

»Hm. Ich nehme es an.«

Ihr Ton beunruhigte mich. »Du verstehst dich also nicht gut mit ihr?«

Shimamoto trank ihren Daiquiri aus, stellte das Glas auf die Theke und rief den Barkeeper herbei. »Gibt es einen Cocktail des Hauses, den du mir besonders empfehlen würdest?«

»Wir haben mehrere eigene Cocktails«, sagte ich. »Der beliebteste heißt Robin's Nest, wie die Bar. Eine Kleinigkeit, die ich mir selbst ausgedacht habe. Die Basis bilden Rum und Wodka. Er geht runter wie Wasser, haut aber ganz schön rein.«

»Klingt ideal zum Verführen von Frauen.«

»Nun, ich dachte, dazu seien Cocktails doch da.«

Sie lächelte. »Okay, dann probiere ich einen.«

Als der Cocktail vor ihr stand, ließ sie erst eine Zeitlang die Farbe auf sich wirken; dann nahm sie einen ersten, vorsichtigen Schluck. Sie schloß die Augen und konzentrierte sich auf das Aroma. »Ein sehr raffinierter Geschmack«, sagte sie. »Weder wirklich süß noch herb. Ein leichtes, schlichtes Aroma, aber mit einem gewissen Körper. Ich hatte keine Ahnung, daß du so talentiert bist.«

»Ich kann nicht mal ein simples Regal zusammenbauen. Ich habe nicht die leiseste Ahnung, wie man den Ölfilter eines Autos wechselt. Ich schaffe es nicht mal, eine Briefmarke gerade aufzukleben. Und ich kann mir keine Telefonnummern merken. Aber ich habe mir ein paar Cocktails ausgedacht, die den Leuten anscheinend schmecken.«

Sie stellte ihr Glas auf einen Untersetzer und sah es eine Weile an. Als sie das Glas antippte, erzitterte darin die Spiegelung der Deckenleuchten ein wenig.

»Ich habe meine Mutter schon lange nicht gesehen. Vor etwa zehn Jahren gab's einen gewaltigen Krach, und ich habe sie seither kaum mehr gesehen. Beim Begräbnis meines Vaters, da natürlich schon.«

Das Klaviertrio beendete den Blues, den es gerade gespielt hatte, eine Eigenkomposition, und begann das Intro zu »Star-Crossed Lovers«. Wenn ich in der Bar war, brachte der Pianist diese Ballade oft, denn er wußte, daß ich sie sehr mochte. Sie gehört nicht zu Ellingtons bekanntesten Stücken, und ich verband mit ihr auch keine besonderen Erinnerungen; sie hatte nur eine Saite in mir zum Klingen gebracht, als ich sie zufällig einmal hörte. Seit dem College und in den trostlosen Jahren beim Schulbuchverlag hatte ich Abend für Abend das Album *Such Sweet Thunder* aufgelegt und mir das

Stück »Star-Crossed Lovers« angehört. Immer wieder von vorn. Johnny Hodges spielt darin dieses feinnervige, elegante Solo. Jedesmal, wenn ich diese schöne, sehnsuchtsmatte Melodie hörte, dachte ich an diese Zeit zurück. Es war nicht gerade das gewesen, was ich eine glückliche Periode meines Lebens nennen würde – ich hatte nur als ein hartes Knäuel von unerfüllten Wünschen existiert. Ich war viel jünger gewesen, viel hungriger, viel einsamer. Aber ich war ich selbst gewesen, auf das Wesentliche reduziert. Ich konnte spüren, wie jeder einzelne Ton einer Melodie, jede Zeile, die ich las, tief in mein Innerstes sickerte. Meine Nerven waren so scharf wie eine Klinge, meine Augen glänzten von einem stechenden Licht. Und jedesmal, wenn ich diese Musik hörte, erinnerte ich mich, wie meine Augen mir damals aus jedem Spiegel entgegengelodert hatten.

»Weißt du«, sagte ich, »einmal, gegen Ende der Mittelschule, da wollte ich dich besuchen. Ich fühlte mich so allein, daß ich es nicht mehr aushalten konnte. Ich hab versucht, dich anzurufen, aber niemand nahm ab. Ich bin in den Zug gestiegen und dann zu deinem Haus gegangen, aber auf dem Briefkasten stand ein anderer Name.«

»Mein Vater wurde versetzt, und wir sind fortgezogen, zwei Jahre nach euch. Nach Fujisawa, in der Nähe von Enoshima. Und da sind wir geblieben, bis ich aufs College kam. Ich habe dir eine Postkarte mit unserer neuen Adresse geschickt. Hast du die nie bekommen?«

Ich schüttelte den Kopf. »Sonst hätte ich dir zurückgeschrieben. Aber merkwürdig ist das schon. Es muß irgendwo unterwegs etwas schiefgelaufen sein.«

»Vielleicht haben wir auch einfach kein Glück«, sagte sie. »Eine Kleinigkeit läuft schief, dann noch eine, und noch eine, und das Ergebnis ist, daß wir uns verpassen. Aber wie auch immer, ich möchte von *dir* hören. Wie dein Leben verlaufen ist.«

»Das würde dich zu Tode langweilen«, sagte ich.

»Ist mir egal. Ich will es trotzdem wissen.«

Also gab ich ihr ein knappes Resümee meines Lebens. Erzählte, daß ich auf der Oberschule eine Freundin gehabt, ihr aber am Ende sehr weh getan hatte. Die schmutzigen Details ersparte ich Shimamoto; ich sagte lediglich, daß etwas passiert war und ich diesem Mädchen weh getan hatte. Und dabei mir selbst nicht minder. Daß ich in Tokio aufs College gegangen war und bei einem Schulbuchverlag gearbeitet hatte. Daß meine Jahre zwischen zwanzig und dreißig aus einsamen Tagen bestanden hatten, daß es nicht einen Freund für mich gegeben hatte. Daß ich zwar mit Frauen ausgegangen, aber nie glücklich gewesen war. Daß ich vom Ende der Oberschule bis zu meiner Begegnung mit Yukiko niemanden wirklich gern gehabt hatte. Daß ich damals oft an sie gedacht hatte, mir überlegt hatte, wie schön es wäre, wenn wir uns wiedersehen und miteinander reden könnten, und sei es nur für eine Stunde. Shimamoto lächelte.

»Du hast an mich gedacht?«

»Unentwegt.«

»Und ich habe an dich gedacht«, sagte sie. »Wann immer es mir schlechtging. Du warst der einzige Freund, den ich je gehabt habe, Hajime.« Das Kinn in die Hand gestützt, den Ellbogen auf der Theke, schloß sie die Augen, als sei alle Kraft aus ihrem Körper gewichen. Sie trug keinen Ring. Die feinen Härchen an ihren Unterarmen zitterten. Endlich schlug sie die Augen langsam wieder auf und warf einen Blick auf ihre Uhr. Ich sah auch hin. Es war fast Mitternacht.

Sie griff nach ihrer Handtasche und glitt vom Barhocker. »Gute Nacht. Ich bin sehr froh, daß ich dich sehen konnte.«

Ich begleitete sie zur Tür. »Soll ich dir ein Taxi rufen? Es regnet, du könntest Mühe haben, eins zu finden. Falls du vorhast, mit dem Taxi nach Hause zu fahren, meine ich.«

Shimamoto schüttelte den Kopf. »Schon gut, bemüh dich nicht. Ich komm allein zurecht.«

»Warst du wirklich nicht enttäuscht?« fragte ich.

»Von dir?«

»Ja.«

»Nein.« Sie lächelte. »Keine Sorge. Aber dieser Anzug – er ist *doch* von Armani, nicht?«

Sie zog das Bein nicht mehr so nach wie früher. Sie ging nicht besonders schnell, und wenn man genau hinsah, hatte ihr Gang etwas leicht Künstliches. Aber insgesamt wirkte er völlig natürlich.

»Ich habe mich vor vier Jahren operieren lassen«, sagte sie fast entschuldigend. »Ich würde das Ergebnis nicht als hundertprozentig gelungen bezeichnen, aber so schlimm, wie es einmal war, ist es mit Sicherheit nicht mehr. Es war eine große Operation, sie mußten alle möglichen Knochen zurechtfeilen und zusammenflicken. Aber es ist alles gutgegangen.«

»Und ob. Dein Bein sieht aus, als wäre es völlig in Ordnung«, sagte ich.

»Ist es auch«, sagte sie. »Wahrscheinlich war es eine vernünftige Entscheidung. Auch wenn ich vielleicht zu lang damit gewartet habe.«

Ich holte ihr den Mantel aus der Garderobe und half ihr hinein. Nun, wo sie neben mir stand, merkte ich, daß sie nicht besonders groß war. Ich fand das seltsam. Mit zwölf waren wir ungefähr gleich groß gewesen.

»Shimamoto-san, werde ich dich wiedersehen?«

»Wahrscheinlich«, entgegnete sie. Ein Lächeln spielte um ihren Mund, ein Lächeln wie ein durchscheinendes Rauchwölkchen, das an einem windstillen Tag himmelwärts schwebt. »Wahrscheinlich.«

Sie öffnete die Tür und ging hinaus. Fünf Minuten später folgte ich ihr die Treppe hoch auf die Straße. Ich befürchtete, sie könnte Schwierigkeiten haben, ein Taxi anzuhalten. Es regnete noch immer. Und Shimamoto war nirgends zu sehen. Die Straße war menschenleer. Die Scheinwerfer vorbeifahrender Autos ließen das nasse Pflaster verschwimmen.

Vielleicht, sagte ich mir, hatte ich eine Halluzination. Lange stand ich da und starrte auf die regengepeitschten Straßen. Ich war wieder ein zwölfjähriger Junge, der stundenlang in den Regen starrt. Wenn man nur lang genug in den Regen sieht, ohne einen Gedanken im Kopf, spürt man, wie der Körper sich löst, wie er die Realität abschüttelt. Regen besitzt eine hypnotische Wirkung.

Aber es war keine Halluzination gewesen. Als ich in die Bar zurückging, standen dort, wo sie gesessen hatte, noch ihr Glas und ein Aschenbecher. Ein paar leicht zerdrückte Zigarettenstummel lagen im Aschenbecher nebeneinander, jeder mit einer Spur von Lippenstift. Ich setzte mich und schloß die Augen. Der Nachhall von Musik verblaßte, ließ mich allein zurück. In diese milde Dunkelheit fiel weiter lautlos der Regen.

9

Danach sah ich Shimamoto lange Zeit nicht wieder. Abend für Abend saß ich im *Robin's Nest* lesend an der Theke. Alle paar Minuten hob ich die Augen von meinem Buch und sah zum Eingang hinüber, aber sie kam und kam nicht. Allmählich befürchtete ich, etwas Falsches gesagt zu haben, etwas, was ich nicht hätte sagen sollen, was sie gekränkt hatte. Jedes Wort, das wir an jenem Abend gesprochen hatten, ließ ich mir noch einmal durch den Kopf gehen, aber ich konnte nichts finden. Vielleicht war Shimamoto doch enttäuscht gewesen. Durchaus möglich. Sie war so schön, und ihr Bein war jetzt völlig in Ordnung. Was in aller Welt sollte eine Frau wie sie schon an mir finden?

Das Jahr näherte sich seinem Ende, Weihnachten kam und ging, dann Neujahr. Mein siebenunddreißigster Geburtstag. Und auf einmal war der Januar vorüber. Ich gab es auf, auf sie zu warten, und ließ mich nur noch selten im *Robin's Nest* blicken. Alles dort erinnerte mich an sie, und ich hielt nur vergeblich nach ihrem Gesicht Ausschau. Ich saß an der Theke meiner anderen Bar, blätterte in Büchern und hing ziellosen Gedanken nach, völlig außerstande, mich zu konzentrieren.

Sie hatte mir gesagt, ich sei der einzige Freund gewesen, den sie je gehabt habe. Das hatte mich glücklich gemacht und in mir die Hoffnung geweckt, wir könnten erneut Freunde werden. Es gab so vieles, worüber ich mit ihr reden, wozu ich ihre Meinung hören wollte. Wenn sie über sich nichts sagen mochte, meinetwegen. Sie nur sehen zu können, mit ihr reden zu können, wäre mir genug.

Aber sie kam nicht. Vielleicht, überlegte ich mir, hat sie so viel zu tun, daß sie es nicht einrichten kann; doch drei Monate waren dafür zu lang. Selbst wenn sie mich nicht besuchen kommen konnte, hätte sie doch wenigstens zum Telefon greifen und mich anrufen können. So kam ich zu dem Schluß, sie habe mich vergessen. Letztlich bedeutete ich ihr doch nicht so viel. Das schmerzte, als habe sich ein kleines Loch in meinem Herzen aufgetan. Sie hätte niemals sagen dürfen, sie komme vielleicht wieder. Versprechen – selbst so vage wie dieses – gehen einem nicht mehr aus dem Kopf.

Anfang Februar jedoch, wieder an einem regnerischen Abend, war sie plötzlich da. Draußen fiel ein leiser, eisiger Regen. Aus irgendeinem Grund war ich früher als gewöhnlich im *Robin's Nest*. Die Schirme der Gäste trugen den Duft des kalten Regens herein. Zusammen mit dem Haus-Trio würde ein Tenorsaxophonist ein paar Stücke spielen, ein ziemlich bekannter Musiker, und das Publikum tuschelte erwartungsvoll. Wie immer saß ich auf meinem Hocker am Ende des Tresens und las. Leise setzte sich Shimamoto neben mich.

»Guten Abend«, sagte sie.

Ich legte mein Buch hin und sah sie an. Ich traute kaum meinen Augen.

»Ich war mir sicher, du würdest nie wiederkommen.«

»Verzeih mir«, sagte sie. »Bist du mir böse?«

»Ich bin nicht böse. Über so etwas ärgere ich mich nicht. Das hier ist schließlich eine Bar. Die Leute kommen, wann sie wollen, und gehen, wenn es ihnen paßt. Mein Job besteht eben darin, auf sie zu warten.«

»Nun, jedenfalls tut es mir leid. Ich kann's dir nicht erklären, aber ich konnte einfach nicht kommen.«

»Beschäftigt?«

»Nein, nicht beschäftigt«, erwiderte sie ruhig. »Ich konnte einfach nicht kommen.«

Ihr Haar war naß vom Regen. Ein paar Strähnen klebten ihr an der Stirn. Ich ließ den Kellner ein Handtuch bringen.

»Danke«, sagte sie und rieb sich die Haare trocken. Sie holte eine Zigarette heraus und zündete sie sich mit ihrem Feuerzeug an. Ihre Finger, regenfeucht und durchgefroren, zitterten ein wenig.

»Es nieselte nur, und ich dachte, ich würde schon ein Taxi finden, darum habe ich nur einen Regenmantel angezogen. Aber dann bin ich doch zu Fuß gegangen, und am Ende wurde ein langer Marsch daraus.«

»Wie wär's mit etwas Heißem zu trinken?« fragte ich.

Sie sah mir tief in die Augen und lächelte. »Danke. Ich brauche nichts.«

Im Nu ließ mich dieses Lächeln die drei Monate vergessen.

»Was liest du da?« Sie deutete auf mein Buch.

Ich zeigte es ihr. Eine Geschichte des chinesisch-vietnamesischen Grenzkonflikts nach dem Vietnam-Krieg. Sie blätterte kurz darin und gab es mir zurück.

»Liest du keine Romane mehr?«

»Doch, aber nicht mehr so viele wie früher. Bei den neuen Romanen kenne ich mich nicht aus. Ich mag nur alte, vor allem aus dem neunzehnten Jahrhundert. Solche, die ich schon gelesen habe.«

»Was hast du gegen neue Romane?«

»Wahrscheinlich habe ich Angst, enttäuscht zu werden. Wenn ich schlechte Romane lese, habe ich das Gefühl, meine Zeit zu verplempern. Früher hatte ich jede Menge Zeit, und selbst wenn ich wußte, daß es Schund war, was ich las, hatte ich doch das Gefühl, irgend etwas davon zu haben. Jetzt geht's mir anders. Muß mit dem Älterwerden zusammenhängen.«

»Nun ja, sicher, älter wirst du schon«, sagte sie mit einem lausbübischen Lächeln.

»Und wie ist es mit dir? Liest du noch immer viel?« fragte ich.

»Ja, ständig. Neue Bücher, alte Bücher. Romane und alles übrige auch. Schundbücher, gute Bücher. Ich bin wahrscheinlich das genaue Gegenteil von dir – mich stört es nicht zu lesen, nur um die Zeit totzuschlagen.«

Sie bat den Barkeeper, ihr ein *Robin's Nest* zu mixen. Ich bestellte das gleiche. Sie nahm ein Schlückchen von ihrem Drink, nickte leicht und stellte das Glas wieder auf den Tresen.

»Hajime, wie kommt's, daß die Cocktails hier immer so viel besser sind als in jeder anderen Bar?«

»Weil wir alles dafür tun«, erwiderte ich. »Ohne Aufwand kein Erfolg.«

»Aufwand in welchem Sinn?«

»Nimm zum Beispiel ihn«, sagte ich und zeigte auf den gutaussehenden jungen Barkeeper, der mit ernstem, konzentriertem Gesicht gerade mit einem Eisstecher einen Eisblock zerkleinerte. »Ich zahle ihm viel Geld. Wovon das übrige Personal, unter uns gesagt, nichts weiß. Der Grund für sein hohes Gehalt ist sein Talent, hervorragende Drinks zu mixen. Den Leuten ist das meist nicht klar, aber gute Cocktails erfordern Talent. Passable Drinks bringt mit ein bißchen Anstrengung jeder zustande, nach ein paar Monaten Übung schafft es jeder, ein Mixgetränk der Art zu produzieren, wie man es in den meisten Bars serviert bekommt. Aber wenn man darin die nächsthöhere Stufe erreichen will, braucht man das gewisse Etwas. Das gleiche gilt fürs Klavierspielen, für Malerei, für den Hundertmeterlauf. Jetzt nimm dagegen mich: Ich glaube, ich kann ein paar ganz schön scharfe Cocktails mixen, ich habe mich damit beschäftigt und es geübt. Aber an seine Klasse käme ich nie heran. Ich nehme exakt die gleichen Zutaten, schüttle den Shaker exakt so lange wie er, und weißt du was – es schmeckt nicht so gut wie bei ihm. Keine Ahnung, woran das liegt. Ich kann es nur Talent nennen. Es ist wie in der Kunst. Es gibt eine Grenze, über die nur bestimmte Menschen hinauskommen. Findet man also einmal jemanden mit Talent, dann ist es sehr ratsam, ihn zu verwöhnen und nie wieder gehen zu lassen. Und ihn selbstverständlich gut zu bezahlen.« Der Barkeeper war schwul, deswegen versammelten sich gelegentlich andere Schwule an der Theke. Es waren alles ruhige Leute, und es störte mich nicht. Ich hatte den jungen Barkeeper wirklich gern, und er vertraute mir und gab sein Bestes.

»Vielleicht hast du mehr Talent zum Geschäftsmann, als es zunächst den Anschein hat«, sagte Shimamoto.

»Ich fürchte, nein«, sagte ich. »Ich betrachte mich eigentlich nicht als Geschäftsmann. Ich besitze nur zufällig zwei kleine Bars und habe nicht vor, weitere zu eröffnen oder wesentlich mehr zu verdienen als im Augenblick. Talent in dem, was ich tue, kann man mir nicht zuschreiben. Aber weißt du, manchmal lasse ich meine Phantasie spielen und stelle mir vor, ich sei ein Gast. Wenn ich ein Gast wäre – in was für eine Art von Bar würde ich gehen, was würde ich gern essen und trinken? Wenn ich ein Junggeselle von Mitte Zwanzig wäre, in was für ein Lokal würde ich ein Mädchen ausführen? Wieviel könnte ich ausgeben? Wo würde ich wohnen, und wann spätestens müßte ich mich auf den Heimweg machen? Ich spiele alle möglichen Szenarien durch. Je mehr davon ich mir ausmalen kann, desto schärfer und detaillierter wird mein Bild von der Bar.«

Shimamoto trug einen hellblauen Rollkragenpullover und einen marineblauen Rock. Kleine Ohrringe glitzerten an ihren Ohren. Ihr eng anliegender Pullover zeichnete deutlich ihre Brüste nach. Mit einemmal machte mir das Atmen Mühe.

»Sprich weiter«, sagte sie, wieder mit diesem glücklichen Lächeln.

»Wovon?«

»Von deiner Geschäftsphilosophie«, sagte sie. »Ich höre dir sehr gern zu, wenn du so redest.«

Ich wurde ein bißchen rot, was mir schon seit langem nicht mehr passiert war. »Eine Geschäftsphilosophie würde ich es nicht gerade nennen. Was ich eben beschrieben habe, tue ich eigentlich schon seit meiner Kindheit: mir alle möglichen Dinge ausdenken, meiner Phantasie freien Lauf lassen. Mir im Kopf einen imaginären Ort konstruieren und nach und nach immer mehr Details einfügen. Dies und jenes ändern, bis es mir gefällt. Wie gesagt, nach dem College war ich lange bei einem Schulbuchverlag. Die Arbeit dort war stumpfsinnig, sie ließ absolut keinen Raum für Phantasie und eigene Ideen. Sie machte mich krank. Ich ertrug es einfach nicht mehr, jeden Morgen in dieses Büro zu fahren. Ich hatte das Gefühl zu ersticken, mit jedem Tag ein bißchen mehr zu schrumpfen, bis ich eines Tages ganz verschwunden wäre.«

Ich trank einen Schluck von meinem Drink und sah mich in der Bar um. Nicht schlecht besetzt dafür, daß es regnete. Der Tenorsaxophonist packte gerade sein Instrument ein. Ich rief den Kellner zu mir und sagte, er möge dem Saxophonisten eine Flasche Whisky bringen und ihn fragen, ob er gern etwas essen würde.

»Hier ist es ganz anders«, fuhr ich fort. »Hier muß man seine Phantasie spielen lassen, wenn man überleben will. Und man kann seine Ideen sofort in die Praxis umsetzen. Keine Konferenzen, keine Vorgesetzten. Keine Vorgaben, die man berücksichtigen, keine Richtlinien des Kultusministeriums, mit denen man sich herumschlagen müßte. Glaub mir, es ist traumhaft. Hast du jemals in einer Firma gearbeitet?«

Sie lächelte und schüttelte den Kopf. »Nein.«

»Da kannst du von Glück reden. Ich bin zum Angestellten einfach nicht geschaffen, und du fändest es auch nicht besser, glaube ich. Acht Jahre in einer Firma haben es mir bewiesen, acht vergeudete Jahre. Von zweiundzwanzig bis dreißig – die besten Lebensjahre überhaupt. Manchmal frage ich mich, wie ich das so lange aushalten konnte. Aber wahrscheinlich mußte ich es durchstehen, um da hingelangen zu können, wo ich jetzt bin. Jetzt liebe ich meine Arbeit. Weißt du, manchmal kommen mir meine Bars wie Phantasieorte vor, die ich mir selbst geschaffen habe, wie Luftschlösser. Ich pflanze hier ein paar Blumen, baue da einen Springbrunnen, und alles mit der größten Sorgfalt. Die Leute schauen vorbei, nehmen ein paar Drinks, hören sich die Musik an, unterhalten sich und gehen dann nach Hause. Sie sind bereit, für ein paar Drinks bis hier hinauszufahren und dann noch eine Menge Geld auszugeben – und weißt du, warum? Weil jeder das gleiche sucht: einen imaginären Ort, sein eigenes Luftschloß, und darin seinen ganz besonderen privaten Winkel.«

Shimamoto zog eine Salem aus ihrer kleinen Handtasche. Bevor sie ihr Feuerzeug hervorholen konnte, riß ich ein Streichholz an und gab ihr Feuer. Ich genoß es, ihr Feuer zu geben und zu beobachten, wie ihre Augen sich verengten, während sie in das flakkernde Flämmchen starrte.

»Ich habe in meinem ganzen Leben nicht einen Tag gearbeitet«, sagte sie.

»Überhaupt noch nie?«

»Überhaupt noch nie. Nicht einmal in einem Teilzeit-Job. Arbeit ist für mich etwas völlig Fremdes, darum beneide ich dich so. Ich bin immer allein mit meinen Büchern. Und wenn ich gelegentlich überhaupt an etwas denke, dann hat es mit Geldausgeben, nicht mit Geldverdienen zu tun.« Sie streckte mir beide Arme entgegen. Am rechten trug sie zwei schmale goldene Armbänder, am linken eine teuer aussehende goldene Uhr. Sie hielt die Arme lange vor mir ausgestreckt, als biete sie die Schmuckstücke zum Kauf an. Ich nahm ihre rechte Hand in meine und starrte eine Zeitlang auf die goldenen Armbänder. Mir fiel wieder ein, wie sie mich damals bei der Hand gehalten hatte, als ich zwölf war. Ich konnte mich genau erinnern, wie es sich angefühlt hatte, wie es mich erregt hatte.

»Wer weiß«, sagte ich, »vielleicht ist das letztlich besser – darüber nachzudenken, wie man Geld ausgeben könnte.« Ich ließ ihre Hand los und hatte das Gefühl, gleich würde ich davondriften, irgendwohin. »Wenn man sich immer nur den Kopf darüber zerbricht, wie man Geld verdienen kann, dann geht wohl ein Teil von einem verloren.«

»Aber du kannst dir nicht vorstellen, wie leer man sich fühlt, wenn man nicht imstande ist, etwas hervorzubringen.«

»Bestimmt hast du schon mehr hervorgebracht, als dir bewußt ist.«

»Was denn zum Beispiel?«

»Dinge, die nicht zu sehen sind«, antwortete ich. Ich betrachtete meine Hände, die auf meinen Knien lagen.

Sie hob ihr Glas und sah mich lange an. »Du meinst zum Beispiel Gefühle?«

»Genau«, sagte ich. »Alles verschwindet eines Tages. Wie diese Bar – sie wird sich nicht ewig halten. Der Geschmack der Leute ändert sich, und schon eine geringfügige Schwankung der Wirtschaftslage würde genügen, um die Bar untergehen zu lassen. Ich habe so etwas schon erlebt; es gehört nicht viel dazu. Alles, was eine Gestalt besitzt, verschwindet irgendwann. Aber bestimmte Gefühle bleiben uns immer erhalten.«

»Nur, weißt du, Hajime, manche Gefühle bereiten uns Schmerz, *gerade weil* sie nicht verschwinden. Meinst du nicht auch?«

Der Tenorsaxophonist kam an die Theke, um sich bei mir für den Whisky zu bedanken. Ich machte ihm Komplimente für sein Spiel.

»Jazzmusiker sind heutzutage so wohlerzogen«, erklärte ich Shimamoto. »Als ich aufs College ging, war das noch ganz anders. Sie nahmen alle Drogen, und wenigstens die Hälfte von ihnen waren völlig kaputte Typen. Aber manchmal hörte man einen dieser Gigs, die einen zum Abheben brachten. Ständig hörte ich damals Jazz in den Clubs von Shinjuku, und immer in der Erwartung, abzuheben.«

»Du magst diese Leute, nicht?«

»Sieht ganz so aus«, sagte ich. »Die Menschen wollen etwas Besonderes erleben, etwas, das sie umwirft. Neun von zehn Ereignissen kannst du vergessen, aber das zehnte, dieses Gipfelerlebnis – das ist es, was die Leute wollen. Das kann die Welt bewegen. Das ist Kunst.«

Ich sah wieder auf meine Hände. Dann blickte ich zu ihr auf. Sie wartete darauf, daß ich weiterredete.

»Wie auch immer, jetzt sieht es anders aus. Ich führe eine Bar, und es ist mein Job, Kapital zu investieren und Profit zu erwirtschaften. Ich bin weder Künstler noch sonstwie schöpferisch. Ich bin kein Kunstmäzen. Es mag dir gefallen oder nicht, aber Kunst darfst du hier nicht erwarten. Und für den Geschäftsführer ist es viel einfacher, es mit einer gepflegten, gesitteten Band zu tun zu haben als mit einer Horde von Charlie Parkers.«

Sie bestellte sich einen weiteren Cocktail. Und steckte sich eine weitere Zigarette an. Lange schwiegen wir. Sie schien Gedanken nachzuhängen. Ich hörte dem Bassisten zu, der in »Embraceable You« ein langes Solo spielte. Der Pianist begleitete ihn mit gelegentlichen Akkorden, während der Schlagzeuger sich den Schweiß abwischte und einen Drink nahm. Ein Stammgast kam zu mir an die Theke, und wir plauderten eine Weile.

»Hajime«, sagte Shimamoto einige Zeit darauf, »kennst du vielleicht einen schönen Fluß? Einen hübschen Fluß in einem Tal, nicht zu breit, einen, der ziemlich schnell direkt ins Meer fließt?«

Überrascht sah ich sie an. »Einen Fluß?« Wovon redete sie eigentlich? Ihr Gesicht war vollkommen ausdruckslos. Sie sah ruhig vor sich hin, als blicke sie auf eine ferne Landschaft. Vielleicht war jedoch ich derjenige, der weit entfernt war – fern von ihrer Welt zumindest, durch eine unvorstellbar weite Kluft von ihr getrennt. Dieser Gedanke machte mich traurig. Etwas in ihren Augen ließ einen traurig werden.

»Was soll das auf einmal mit dem Fluß?« fragte ich.

»Es ist mir nur plötzlich eingefallen«, sagte sie. »Kennst du so einen Fluß?«

Als Student war ich ziemlich viel mit dem Rucksack im Land umhergereist; von den japanischen Flüssen hatte ich also einige gesehen. Aber an einen, wie sie ihn beschrieb, konnte ich mich im Augenblick nicht erinnern.

»Mir ist irgendwie, als gäbe es an der Küste des Japanischen Meeres so einen Fluß«, sagte ich nach längerem Nachdenken. »Wie er heißt, weiß ich nicht mehr, aber ich bin mir sicher, daß er in der Ishikawa-Präfektur liegt. Dürfte nicht schwer zu finden sein. Der käme dem, was du suchst, wahrscheinlich am nächsten.«

Nun erinnerte ich mich deutlich an diesen Fluß. Ich war einmal während der Herbstferien dort gewesen, im ersten oder zweiten Collegejahr. Das herbstliche Laub hatte wunderbar geleuchtet, die

Berge hatten wie blutgetränkt ausgesehen; sie reichten bis zum Meer. Das Rauschen des Wassers war herrlich, und gelegentlich hörte man im Wald Hirsche. Die Fische, die ich dort gegessen hatte, waren überirdisch gut gewesen.

»Meinst du, du könntest mit mir dort hinfahren?« fragte Shimamoto.

»Er ist in Ishikawa, ganz auf der anderen Seite«, sagte ich trocken. »Bis Enoshima könnte ich mir's noch vorstellen, aber dahin müßten wir fliegen, und anschließend noch mindestens eine Stunde fahren. Und dort übernachten. Du verstehst sicher, daß ich so etwas im Augenblick nicht unternehmen kann.«

Shimamoto drehte sich auf ihrem Hocker langsam um und sah mir ins Gesicht. »Hajime, ich weiß, daß ich dich um diesen Gefallen nicht bitten sollte. Ich weiß das. Glaub mir, es ist mir klar, was ich dir damit aufbürde. Aber ich habe sonst niemanden, den ich fragen könnte. Ich muß dorthin, und ich will nicht allein hinfahren.«

Ich sah ihr in die Augen. Ihre Augen waren wie eine tiefe, von einer Felswand überschattete Quelle, von keiner Brise je zu erreichen. Nichts regte sich darin, alles war still. Wenn man genau hinsah, begann man die Landschaft zu ahnen, die sich auf der Wasseroberfläche spiegelte.

»Verzeih mir.« Sie lächelte, als habe alle Kraft sie verlassen. »Glaub bitte nicht, ich sei nur hergekommen, um dich um diesen Gefallen zu bitten. Ich wollte dich nur sehen und mit dir reden. Ich hatte nicht vor, damit anzufangen.«

Ich überschlug im Kopf rasch, wieviel Zeit es erfordern würde. »Wenn wir morgens sehr früh aufbrechen und beide Strekken fliegen würden, müßten wir eigentlich bis zum späten Abend wieder zurücksein. Natürlich hängt es davon ab, wie lange wir da bleiben.«

»Ich glaube nicht, daß ich allzu lange brauchen werde«, sagte sie. »Kannst du die Zeit wirklich erübrigen? Um mit mir dort hinzufliegen und wieder zurück?«

Ich dachte kurz nach. »Ich denke schon. Ich kann noch nichts Definitives sagen, aber wahrscheinlich kann ich es einrichten. Ruf mich doch morgen abend hier an. Ich werde wieder um die gleiche Zeit hier sein. Bis dahin habe ich mir einen Plan zurechtgelegt. Wie sieht dein Terminkalender aus?«

»Ich habe keinen Terminkalender. Wann immer es dir paßt, paßt es mir auch.«

Ich nickte.

»Es tut mir wirklich leid«, sagte sie. »Vielleicht hätte ich dich doch besser nicht wiedergesehen. Ich weiß, am Ende zerstöre ich nur alles.«

Sie ging kurz vor elf. Ich hielt einen Schirm über sie und winkte ein Taxi heran. Es regnete noch immer.

»Auf Wiedersehen. Und danke«, sagte sie.

»Auf Wiedersehen«, sagte ich.

Ich ging in die Bar zurück und setzte mich an denselben Platz an der Theke. Ihr Cocktailglas stand noch da, auch ihr Aschenbecher mit mehreren ausgedrückten Salems. Ich ließ beides nicht abräumen. Sehr lange starrte ich auf die blasse Spur von Lippenstift am Glas und an den Zigarettenstummeln.

Als ich nach Hause kam, war Yukiko noch auf. Sie hatte eine Wolljacke über den Pyjama gezogen und sah sich auf Video »Lawrence von Arabien« an, während sie auf mich wartete. Die Szene, in der Lawrence nach vielerlei Leiden und Entbehrungen endlich die Wüste durchquert hat und den Suezkanal erreicht. Yukiko hatte den Film schon dreimal gesehen. »Ein toller Film«, sagte sie. »Ich kann ihn mir immer wieder ansehen.« Ich setzte mich neben sie und trank ein Glas Wein, während wir uns den Rest des Films ansahen.

Am nächsten Sonntag, erzählte ich ihr, sei vom Schwimmclub aus eine kleine Bootspartie geplant. Eines der Mitglieder besaß eine große Jacht, mit der wir schon mehrmals zum Angeln und Trinken rausgefahren waren. Im Februar war es zwar ein bißchen zu kalt, um mit einer Jacht aufs Meer zu fahren, aber meine Frau hatte keine Ahnung von Booten, und so erhob sie keine Einwände. Sonntags blieb ich fast immer zu Hause, und anscheinend fand sie, es würde mir nur guttun, auch einmal Leute aus anderen Branchen zu sehen und an die frische Luft zu kommen.

»Ich fahre morgens sehr früh los und bin gegen acht wieder zurück, nehme ich an. Zum Abendessen bin ich zu Hause«, sagte ich.

»In Ordnung. An dem Sonntag kommt sowieso meine Schwester«, sagte sie. »Wenn's nicht zu kalt ist, können wir vielleicht nach Shinjuku Goen rausfahren und Picknick machen. Nur wir vier Mädels.«

»Gute Idee«, sagte ich.

Am folgenden Nachmittag ging ich in ein Reisebüro und reservierte die Flüge und einen Mietwagen. Für den Rückflug gab es eine Maschine, die um achtzehn Uhr dreißig in Tokio landete; wie es aussah, würde ich rechtzeitig für ein spätes Abendessen wieder zu Hause sein. Dann fuhr ich in die Bar und wartete auf Shimamotos Anruf. Sie meldete sich um zehn. »Ich hab ziemlich viel zu tun, aber ich glaube, ich kann es einrichten«, sagte ich ihr. »Würde es dir am nächsten Sonntag passen?«

Sie richte sich ganz nach mir, antwortete sie.

Ich nannte ihr die Abflugzeit und die Stelle im Flughafen Haneda, wo wir uns treffen würden.

»Vielen, vielen Dank«, sagte sie.

Nachdem ich aufgelegt hatte, saß ich noch eine Weile am Tresen und versuchte zu lesen. Aber das Stimmengewirr in der Bar störte mich, ich konnte mich nicht konzentrieren. Ich ging auf die Toilette, wusch mir Gesicht und Hände mit kaltem Wasser und starrte dann auf mein Spiegelbild. Ich habe Yukiko belogen, sagte ich zu mir. Gewiß, belogen hatte ich sie schon früher, als ich mit anderen Frauen geschlafen hatte, aber nie hatte ich dabei das Gefühl, sie zu betrügen; das waren alles nur harmlose Seitensprünge gewesen. Diesmal jedoch beging ich ein Unrecht. Nicht, daß ich vorhatte, mit Shimamoto zu schlafen – aber es blieb ein Unrecht. Seit langer Zeit sah ich mir im Spiegel erstmals wieder tief in die Augen: sie verrieten mir nichts über mich. Ich legte die Hände auf das Waschbecken und stieß einen tiefen Seufzer aus.

10

Der Fluß floß rasch an Klippen vorbei, bildete hier und da kleine Wasserfälle, kam an tiefen Stellen fast zum Stillstand. In diesen Becken spiegelte sich die matte Sonne. Stromabwärts überspannte eine alte eiserne Brücke den Fluß; sie war so schmal, daß gerade eben ein Auto sie passieren konnte. Ihr geschwärztes, fühlloses Metallgerippe versank tief in der frostigen Februarstille. Die einzigen, die über die Brücke gingen, waren die Gäste und Angestellten des Hotels und die Waldarbeiter. Als wir sie überquerten, kam uns niemand entgegen, und als wir zurückblickten, sahen wir niemanden hinter uns. Im Hotel angekommen, hatten wir eine Kleinigkeit gegessen, dann hatten wir die Brücke überquert und waren am Fluß entlanggegangen. Shimamoto trug eine dicke Seemannsjacke mit hochgeklapptem Kragen; ihren Schal hatte sie so um den Kopf gewickelt, daß nur noch ihre Nase hervorlugte. Sie war sportlich gekleidet, gerade richtig für eine Bergwanderung, völlig anders als sonst. Ihre Haare waren hinten zusammengebunden, und ihre Füße steckten in festen Schnürstiefeln. Über der Schulter trug sie eine grüne Nylontasche. In dieser Aufmachung sah sie wie ein Schulmädchen aus. Auf beiden Seiten des Flusses lag stellenweise noch verharschter Schnee. Zwei Krähen hockten auf dem Brückengeländer; starrten auf den Fluß hinunter und stießen gelegentlich ärgerliche Krächzlaute aus. Diese schrillen Rufe hallten von einem Flußufer zum anderen in den laubgepolsterten Wäldern wider und gellten uns unangenehm in den Ohren.

Ein schmaler, unbefestigter Weg verlief entlang des Flusses, ein entsetzlich stiller, verlassener Weg, der Gott weiß wohin führen mochte. Kein Haus war an diesem Weg zu sehen, nur gelegentlich ein kahles Feld. Schneebedeckte Furchen zogen leuchtend weiße

Linien über das öde Land. Überall Krähen. Wenn wir an ihnen vorbeikamen, stießen sie kurze, scharfe Krächzlaute aus, wie um ihren Genossen anzukündigen, daß wir uns näherten. Sie hielten die Stellung, machten keine Anstalten aufzufliegen. Ich konnte ihre spitzen, dolchartigen Schnäbel und blanken Krallen aus nächster Nähe sehen.

»Haben wir noch Zeit?« fragte Shimamoto. »Können wir noch ein Stückchen weitergehen?«

Ich sah auf meine Uhr. »Kein Problem. Wir können noch eine Stunde bleiben.«

»Es ist so still«, sagte sie und blickte sich langsam um. Jedesmal, wenn sie den Mund öffnete, stieß sie ein dichtes weißes Atemwölkchen aus.

»Ist das der Fluß, den du dir vorgestellt hast?«

Sie lächelte mir zu. »Als hättest du meine Gedanken gelesen.« Und sie griff mit ihrer behandschuhten Hand nach meiner, die ebenfalls in einem Handschuh steckte.

»Da bin ich aber froh«, sagte ich. »Wenn du nun nach der weiten Reise gesagt hättest, das sei nicht die richtige Stelle, was hätten wir dann getan?«

»Du, ein bißchen mehr Selbstvertrauen! So ein Fehler würde dir nie passieren«, sagte sie. »Aber weißt du, so zu gehen, nur du und ich, das erinnert mich an die alten Zeiten. Als wir nach der Schule immer zusammen heimgingen.«

»Nur dein Bein ist nicht mehr so wie früher.«

»Klingt ja fast, als würdest du's bedauern.« Sie grinste mich an.

Ich lachte. »Schon möglich.«

»Wirklich?«

»Das war nur ein Scherz. Ich bin sehr froh darüber, daß dein Bein besser geworden ist. Nur ein Anfall von Nostalgie, nehme ich an.«

»Hajime«, sagte sie, »ich hoffe, du weißt, wie unendlich dankbar ich dir dafür bin, daß du das hier tust.«

»Mach dir darum keine Gedanken«, sagte ich. »Es ist, als wären wir zum Picknick gefahren. Nur, daß wir statt dessen geflogen sind.«

Eine Zeitlang ging Shimamoto schweigend weiter und blickte vor sich hin. »Aber du mußtest deine Frau anlügen.«

»Mußte ich wohl«, sagte ich.

»Und das kann dir nicht leichtgefallen sein. Ich bin sicher, du hättest sie lieber nicht belogen.«

Ich wußte nicht, was ich darauf erwidern sollte. Aus dem nahen Wald ertönte wieder der scharfe Schrei einer Krähe.

»Ich habe dein Leben in Unordnung gebracht, das weiß ich wohl«, sagte Shimamoto kleinlaut.

»Reden wir nicht mehr davon, ja?« sagte ich. »Wenn wir schon so weit gereist sind, laß uns doch über etwas Lustigeres reden.«

»Worüber zum Beispiel?«

»So angezogen siehst du glatt wie ein Schulmädchen aus.«

»Danke«, sagte sie. »Ich wünschte, ich wäre eines.«

Langsam gingen wir flußaufwärts. Für eine Weile konzentrierten wir uns nur auf unsere Schritte und sprachen kein Wort. Shimamoto konnte nicht sehr schnell gehen, aber mit einer gleichmäßigen, langsamen Gangart kam sie zurecht. Sie hielt mich fest bei der Hand. Der Weg war hart gefroren, und unsere Gummisohlen erzeugten kaum ein Geräusch.

Ihre Bemerkung von vorhin hatte mir aus der Seele gesprochen: Wenn wir nur so hätten nebeneinander hergehen können, als wir Teenager waren, oder mit Anfang, Mitte Zwanzig – wie wunderbar wäre es gewesen! Ein Sonntagnachmittag, wir zwei allein, an einem Fluß wie diesem … Es wäre für mich der Himmel auf Erden gewesen. Nur waren wir keine Teenager mehr. Ich hatte Frau und Kinder und einen Job. Und ich hatte meine Frau belügen müssen, um hierherkommen zu können. Ich mußte bald zum Flughafen zurückfahren, die Maschine erwischen, die um halb sieben in Tokio landete, und dann so schnell wie möglich nach Hause fahren, wo meine Frau schon auf mich warten würde.

Schließlich blieb Shimamoto stehen, rieb ihre behandschuhten Hände aneinander und sah sich aufmerksam um. Sie blickte erst stromaufwärts, dann stromabwärts. Am gegenüberliegenden Ufer zog sich eine Bergkette hin, linker Hand blickte man auf eine Zeile kahler Bäume. Wir waren völlig allein. Das Kurhotel mit den Thermalquellen und die Eisenbrücke lagen im Schatten der Berge verborgen. Gelegentlich zeigte sich in einem Wolkenspalt die Sonne, als erinnere sie sich plötzlich wieder an ihre Pflicht. Man hörte nichts außer den Schreien der Krähen und dem Rauschen des Wassers. Eines Tages, dachte ich, werde ich diese Szene irgendwo sehen. Es war das Gegenteil eines Déjà-vu-Erlebnisses – nicht das Gefühl, ich hätte das, was mich umgab, schon einmal gesehen, sondern die Vorahnung, daß ich es eines Tages sehen würde. Diese Vorahnung streckte ihren langen Arm aus und ergriff mein Bewußtsein; ich fühlte mich von ihr umklammert; dort an ihren Fingerspitzen war ich – ich in der Zukunft, alt geworden. Wie ich aussah, konnte ich natürlich nicht erkennen.

»Hier dürfte die richtige Stelle sein«, sagte sie.

»Wofür?« fragte ich.

Sie lächelte ihr gewohntes blasses Lächeln. »Für das, was ich gleich tun werde«, erwiderte sie.

Wir gingen zum Flußufer hinunter. An dieser Stelle bildete es eine kleine, stille Bucht, mit einer dünnen Eisschicht bedeckt. Auf dem Grund der Bucht lagen ein paar abgefallene Blätter, reglos wie tote, platte Fische. Ich hob einen runden Stein auf und ließ ihn in der Hand rollen. Shimamoto zog die Handschuhe aus und steckte sie in die Taschen ihrer Jacke. Sie streifte sich die Umhängetasche von der Schulter, öffnete sie und zog einen kleinen, hübschen Stoffbeutel daraus hervor. In dem Beutel befand sich eine Urne. Sie löste den Verschluß und nahm vorsichtig den Deckel ab. Dann starrte sie eine Zeitlang in das Gefäß.

Ich stand neben ihr und sah ihr wortlos zu.

Die Urne enthielt weiße Asche. Sehr behutsam, um nichts zu verschütten, ließ Shimamoto die Asche auf ihre linke Handfläche rieseln. Die Asche bedeckte kaum ihren Handteller, so wenig war es. Asche von einer Feuerbestattung, nahm ich an. Es war ein ruhiger, windstiller Nachmittag, und die Asche bewegte sich kein bißchen. Shimamoto legte die leere Urne in ihre Tragetasche zurück, steckte den Zeigefinger in das Häufchen Asche, führte ihn an die Lippen und leckte daran. Sie sah mich an und versuchte zu lächeln. Aber es gelang ihr nicht. Ihr Finger blieb nah an ihren Lippen.

Als sie sich am Fluß niederkauerte und die Asche ins Wasser streute, stellte ich mich neben sie und sah zu. Die kleine Menge Asche wurde im Nu von der Strömung davongetragen. Nebeneinander standen Shimamoto und ich am Ufer und blickten auf das Wasser. Sie starrte auf ihre Handfläche, dann wischte sie die letzte daran haftende Asche ab und zog ihre Handschuhe an.

»Wird sie wirklich das Meer erreichen?« fragte sie.

»Ich glaube schon«, sagte ich. Aber ich war mir nicht sicher. Bis zum Meer war es noch ein ganzes Stück. Vielleicht würde sich die Asche irgendwo setzen. Doch selbst dann würde etwas davon irgendwann ins Meer gelangen.

Shimamoto hob ein Stück Holz auf, das in der Nähe herumlag, und begann an einer Stelle, wo der Boden weich war, zu graben.

Ich half ihr dabei. Als wir ein kleines Loch ausgehoben hatten, legte sie die in Stoff gehüllte Urne hinein und deckte sie mit Erde zu. In der Ferne krächzten Krähen, die jede unserer Bewegungen verfolgt hatten. Egal, dachte ich; guckt nur zu, wenn ihr wollt. Wir tun nichts Unrechtes. Wir haben nur ein wenig verbrannte Asche in den Fluß gestreut.

»Glaubst du, es wird zu Regen?« fragte Shimamoto. Sie klopfte mit der Spitze ihres Stiefels auf den Boden.

Ich sah zum Himmel auf. »Eine Weile hält sich das Wetter wohl noch«, sagte ich.

»Nein, das habe ich nicht gemeint. Ich meine: Wird die Asche des Kindes in die See fließen, sich mit dem Meerwasser vermischen, verdunsten, sich zu Wolken sammeln und als Regen niedergehen?«

Ich sah noch einmal zum Himmel auf. Und dann auf den strömenden Fluß.

»Wer weiß«, sagte ich.

In unserem Mietwagen fuhren wir zurück zum Flughafen. Das Wetter verschlechterte sich zusehends. Der Himmel hatte sich mit einer schweren Wolkendecke bezogen, kein Blau war mehr zu sehen. Es sah so aus, als werde es jeden Augenblick zu schneien beginnen.

»Das war die Asche meines Kindes. Des einzigen Kindes, das ich je hatte«, sagte Shimamoto, als redete sie mit sich selbst.

Ich warf ihr einen Blick zu, dann sah ich wieder nach vorn. Die Lastwagen ließen schmutzigen Schneematsch aufspritzen, und ich mußte immer wieder den Scheibenwischer einschalten.

»Mein Kind ist am Tag nach seiner Geburt gestorben«, sagte sie. »Es hat nur einen Tag lang gelebt. Ich habe es nur ein paarmal in den Armen gehalten. Es war ein schönes Baby. Ganz, ganz sanft …

Sie wußten den Grund nicht, aber es konnte nicht richtig atmen. Als es starb, hatte es schon eine andere Farbe.«

Ich brachte kein Wort hervor. Ich streckte die Hand aus und legte sie auf ihre.

»Es war ein kleines Mädchen. Ohne Namen.«

»Wann ist das geschehen?«

»Genau vor einem Jahr. Im Februar.«

»Die arme Kleine«, sagte ich.

»Ich wollte sie nicht irgendwo begraben. Ich konnte die Vorstellung nicht ertragen, daß sie irgendwo im Dunkeln läge. Ich wollte sie noch eine Weile bei mir behalten und dann ins Meer fließen und zu Regen werden lassen.«

Dann sagte sie lange, lange nichts mehr. Ich fuhr stumm weiter. Wahrscheinlich war ihr nicht nach Reden zumute, jedenfalls hielt ich es für das Beste, sie in Ruhe zu lassen. Aber bald merkte ich, daß irgendwas nicht stimmte – ihre Atmung klang seltsam, wie ein mechanisches Rasseln. Anfangs dachte ich, es sei der Motor des Wagens, aber dann begriff ich, daß das Geräusch von der Seite kam, von Shimamoto neben mir. Es klang, als habe sie ein Loch in der Luftröhre, durch das bei jedem Atemzug Luft entwich.

Als wir vor einer roten Ampel standen, wandte ich mich zu ihr um. Sie war weiß wie ein Laken und seltsam steif. Sie hatte den Kopf gegen die Kopfstütze gelehnt und starrte nach vorn. Kein Muskel ihres Gesichts bewegte sich, sie blinzelte nur ab und zu, wie unter Zwang. Ich fuhr noch ein Stück weiter, bis ich eine Stelle fand, wo ich von der Straße abbiegen konnte – auf den Parkplatz eines geschlossenen Bowling-Centers. Vom Dach des Gebäudes, das wie ein Hangar aussah, ragte eine Reklametafel mit einem gigantischen Kegel darauf in die Höhe. So allein auf diesem riesigen Parkplatz, schienen wir in eine Einöde am Rande der Zivilisation verschlagen worden zu sein.

»Shimamoto-san.« Ich wandte mich ihr zu. »Ist alles in Ordnung?«

Sie antwortete nicht. Sie saß nur zurückgelehnt da und gab dieses unheimliche Geräusch von sich. Ich legte ihr eine Hand an die Wange. Sie war so kalt wie die Szenerie, die uns umgab. Nicht die leiseste Spur von Wärme. Ich berührte ihre Stirn, aber sie schien kein Fieber zu haben. Ich hatte das Gefühl zu ersticken. Lag sie im Sterben? Hier und jetzt? Ich blickte ihr tief in die leblosen Augen. Ich sah nichts darin; sie waren so kalt und dunkel wie der Tod.

»Shimamoto-san!« schrie ich, aber sie reagierte nicht. Ihre Augen sahen ins Leere. Möglicherweise war sie nicht einmal bei Bewußtsein. Ich mußte sie in ein Krankenhaus bringen, und zwar schnell. Wir würden mit Sicherheit unsere Maschine verpassen, aber das war jetzt wirklich meine letzte Sorge. Shimamoto konnte sterben, und ich würde alles dagegen unternehmen, was nur in meiner Macht stand.

Doch als ich den Wagen wieder anließ, merkte ich, daß sie etwas zu sagen versuchte. Ich stellte den Motor ab, näherte mein Ohr ihren Lippen, aber ich verstand nicht, was sie sagte. Es klang weniger wie Worte als wie das Pfeifen des Windes durch eine Mauerritze. Unter Aufbietung all ihrer Kraft wiederholte sie immer und immer wieder das Gleiche. Schließlich konnte ich ein einzelnes Wort identifizieren. »Medikament.«

»Du willst ein Medikament nehmen?« fragte ich.

Sie bewegte den Kopf, ein winziges Nicken. Ein so schwach angedeutetes Nicken, daß ich es schier nicht bemerkt hätte, aber mehr brachte sie nicht zustande. Ich durchwühlte die Taschen ihrer

Jacke. Geldbeutel, Taschentuch, ein großer Schlüsselbund, aber kein Medikament. Ich öffnete ihre Umhängetasche. Darinnen lag eine kleine Arzneischachtel mit vier Kapseln. Ich zeigte ihr die Kapseln. »Ist es das?«

Ohne die Augen zu bewegen, nickte sie wieder.

Ich kippte die Lehne ihres Sitzes zurück, öffnete ihren Mund und legte eine Kapsel hinein. Aber ihr Mund war knochentrocken, und sie würde nichts herunterbekommen. Ich sah mich verzweifelt nach einem Getränkeautomaten um, aber es war keiner da. Und wir hatten keine Zeit, einen zu suchen. Die einzige verfügbare Wasserquelle war der Schnee. Gott sei dank gab es davon genug. Ich sprang aus dem Auto, klaubte unter dem vorspringenden Dach des Gebäudes etwas sauberen Schnee zusammen und füllte damit Shimamotos Wollmütze. Dann steckte ich ihn mir klümpchenweise in den Mund und ließ ihn darin zergehen. Es dauerte eine Weile, eine ausreichende Menge zum Schmelzen zu bringen, und meine Zungenspitze verlor vor Kälte jedes Gefühl. Ich öffnete ihre Lippen und ließ das Wasser aus meinem Mund in ihren rinnen. Dann hielt ich ihr die Nase zu und zwang sie zu schlucken. Sie würgte schwach, aber nachdem ich die Prozedur ein paarmal wiederholt hatte, gelang es ihr endlich, die Kapsel zu schlucken.

Ich sah mir die Schachtel an. Es stand nichts darauf geschrieben – weder der Name des Präparats noch ihr Name oder irgendwelche Einnahmevorschriften. Merkwürdig, dachte ich, normalerweise werden doch immer die nötigen Informationen mitgeliefert, damit man nicht versehentlich das Falsche nimmt oder damit andere wissen, was sie tun sollen. Ich legte die Schachtel in Shimamotos Tasche zurück und beobachtete sie eine Weile. Ich hatte keine Ahnung, um was für ein Medikament es sich handelte oder was ihre Symptome waren, aber da sie das Präparat offenbar immer bei sich trug, mußte es ja wohl seine Wirkung tun. Wenigstens für sie war das kein völlig unerwarteter Anfall gewesen.

Zehn Minuten später begannen ihre Wangen wieder etwas Farbe anzunehmen. Ich legte meine Wange sanft an ihre; die Wärme kehrte langsam zurück. Ich stieß einen Seufzer der Erleichterung aus und stellte ihre Sitzlehne wieder hoch. Sie würde also doch nicht sterben. Ich legte die Arme um ihre Schultern und rieb meine Wange an ihrer. Langsam, ganz, ganz langsam, kehrte sie in die Welt der Lebenden zurück.

»Hajime«, flüsterte sie mit spröder Stimme.

»Sollten wir nicht in ein Krankenhaus fahren? Vielleicht sollten wir den nächsten Notarzt suchen«, fragte ich.

»Nein, brauchen wir nicht«, erwiderte sie. »Es geht mir gut. Solange ich meine Medizin nehme, ist alles in Ordnung. In ein paar Minuten ist alles wieder gut. Wir sollten uns nur darum kümmern, ob wir die Maschine jetzt noch erwischen.«

»Zerbrich dir um Gottes willen darum nicht den Kopf. Wir bleiben hier, bis es dir bessergeht.«

Ich wischte ihr den Mund mit einem Taschentuch ab. Sie nahm mir das Tuch aus der Hand und sah es an. »Bist du immer so lieb, zu allen?«

»Nicht zu allen«, sagte ich. »Zu dir ja. Ich kann nicht zu jedem freundlich sein. Meine Freundlichkeit hat ihre Grenzen – auch was dich betrifft. Ich wollte, es wär nicht so; dann könnte ich viel mehr für dich tun. Aber ich kann's nicht.«

Sie wandte mir ihr Gesicht zu.

»Hajime, ich habe das nicht absichtlich getan, damit wir das Flugzeug verpassen«, sagte sie sehr leise.

Erschrocken starrte ich sie an. »Natürlich nicht! Das brauchst du mir doch nicht zu sagen! Es ging dir schlecht. Dafür kann man nichts.«

»Es tut mir leid«, sagte sie.

»Du brauchst dich nicht zu entschuldigen. Du hast nichts Unrechtes getan.«

»Aber ich habe dir die Pläne verdorben.«

Ich strich ihr über das Haar, beugte mich hinüber und küßte sie auf die Wange. Ich verzehrte mich danach, ihren ganzen Körper an mich zu drücken und seine Wärme zu spüren. Aber ich konnte nicht. Ich konnte nur ihre Wange küssen. Sie war warm, weich und feucht. »Du brauchst dir überhaupt keine Sorgen zu machen«, sagte ich. »Es wird schon alles gut werden.«

Als wir den Flughafen erreicht und den Mietwagen abgegeben hatten, hätten wir eigentlich längst an Bord sein müssen. Zum Glück hatte unser Flug Verspätung. Die Maschine stand noch auf dem Vorfeld; die Passagiere warteten im Terminal. Wir atmeten beide erleichtert auf. Die Maschine werde noch gewartet, erfuhren wir am Eincheckschalter. Wir wissen nicht, wie lange es dauern wird, sagte der Mann, wir haben keine weiteren Informationen. Es hatte zu schneien begonnen, als wir am Flughafen ankamen; mittlerweile kam es richtig dicht herunter. Bei so viel Schnee war es gut möglich, daß der Flug ganz ausfiel.

»Was machst du, wenn du heute nicht mehr nach Tokio zurückkannst?« fragte Shimamoto.

»Keine Sorge. Die Maschine fliegt schon noch«, sagte ich, ohne einen Beweis dafür zu haben. Die Vorstellung, daß die Maschine durchaus auch am Boden bleiben konnte, deprimierte mich. Ich würde mir eine erstklassige Entschuldigung zurechtlegen müssen. Wie zum Teufel kam es, daß ich auf einmal in Ishikawa festsaß?

Schluß, sagte ich zu mir; befassen wir uns damit, wenn es soweit ist. Wenn ich mir jetzt um irgend etwas Gedanken machen mußte, dann um Shimamoto.

»Und was ist mit dir?« fragte ich. »Was tust du, wenn wir heute nicht mehr nach Tokio zurückkönnen?«

Sie schüttelte den Kopf. »Mach dir meinetwegen keine Sorgen«, sagte sie. »Das Problem bist du. Du sitzt dann in der Patsche.«

»Mag sein. Aber keine Angst – noch haben sie ja nicht gesagt, daß der Flug ausfällt.«

»Ich wußte, daß irgend so etwas passieren würde«, sagte sie wie zu sich selbst. »Sobald ich dabei bin, passiert nie etwas Gutes, man kann sich drauf verlassen. Wenn ich im Spiel bin, geht grundsätzlich etwas schief. Alles läuft glatt, dann stoße ich hinzu, und bums! bricht alles auseinander.«

Ich saß auf der Bank in der Flughafenhalle und dachte über das Telefongespräch mit Yukiko nach, das nötig werden würde, sollte der Flug wirklich ausfallen. Im Kopf probierte ich verschiedene Ausreden aus, aber jede, die mir einfiel, klang lahm. Ich war am Morgen aus dem Haus gegangen, angeblich, um den Sonntag mit den Jungs vom Schwimmclub zu verbringen, und am Abend saß ich eingeschneit in Ishikawa – das konnte ich unmöglich erklären. Sollte ich vielleicht sagen: »Kaum war ich aus dem Haus, hat mich der unüberwindliche Wunsch gepackt, das Japanische Meer wiederzusehen, also bin ich kurzerhand zum Flughafen Haneda gefahren«? Jetzt mach aber einen Punkt. Wenn ich nichts Besseres zu bieten hatte, konnte ich gleich den Mund halten. Oder noch besser, ich könnte es vielleicht mit der Wahrheit versuchen. Zu meinem Schrecken wurde mir bald darauf bewußt, daß ich in Wirklichkeit hoffte, wir würden eingeschneit und der Flug würde gestrichen. Im

Unterbewußtsein hoffte ich, meine Frau würde herausfinden, daß ich mit Shimamoto hier war. Ich wollte Schluß machen mit den Ausreden, den Lügen. Vor allem aber wollte ich genau da bleiben, wo ich mich befand, mit Shimamoto neben mir, und den Dingen ihren Lauf lassen.

Schließlich startete die Maschine doch, mit anderthalbstündiger Verspätung. Kaum saßen wir auf unseren Plätzen, lehnte sich Shimamoto an mich und schlief ein. Vielleicht hielt sie aber auch nur die Augen geschlossen. Ich legte den Arm um ihre Schultern und drückte sie an mich. Manchmal hatte ich den Eindruck, sie weine. Sie schwieg während des ganzen Fluges; wir redeten erst wieder, als die Maschine bereits zur Landung ansetzte.

»Shimamoto-san, ist mit dir auch wirklich alles in Ordnung?«

Eng an mich gekuschelt, nickte sie. »Ja, solange ich das Medikament nehme. Du brauchst dir keine Sorgen zu machen.« Sie legte den Kopf wieder an meine Schulter. »Aber stell mir keine Fragen, ja? Warum das passiert ist.«

»Verstanden. Keine Fragen«, sagte ich.

»Ich danke dir sehr für den heutigen Tag«, sagte sie.

»Für welchen Teil des Tages?«

»Dafür, daß du mit mir zum Fluß gefahren bist. Daß du mir aus deinem Mund zu trinken gegeben hast. Daß du mich ertragen hast.«

Ich sah sie an. Ihre Lippen waren ganz nah, die Lippen, die ich geküßt hatte, als ich ihr Wasser eingeflößt hatte. Und wieder schienen diese Lippen mich zu suchen. Leicht geöffnet, so daß ihre schönen weißen Zähne gerade eben hervorschimmerten. Ich spürte noch immer ihre weiche Zunge, die ich berührt hatte, als ich ihr Wasser einflößte. Auf einmal konnte ich kaum mehr atmen und keinen klaren Gedanken fassen. Mein Körper brannte. Sie will mich, dachte ich. Und ich will sie. Aber irgendwie gelang es mir, mich zu beherrschen. Ich mußte hier unbedingt haltmachen. Noch einen Schritt weiter, und es gäbe kein Zurück mehr.

Von Haneda aus rief ich zu Hause an. Es war bereits halb neun. Tut mir leid, daß es so spät geworden ist, sagte ich zu meiner Frau. Ich konnte dich nicht früher anrufen. In einer Stunde bin ich zu Hause.

»Ich habe lange auf dich gewartet, dann habe ich allein gegessen. Ich hatte Eintopf gekocht«, sagte sie.

Mein BMW stand am Flughafen, und ich ließ Shimamoto einsteigen. »Wo soll ich dich hinfahren?« fragte ich.

»Du kannst mich in Aoyama absetzen. Von dort komme ich allein nach Hause«, sagte sie.

»Ist auch bestimmt alles in Ordnung?«

Sie schenkte mir ein strahlendes Lächeln und nickte.

Wir schwiegen, bis ich bei Gaien von der Autobahn abfuhr. Ich hatte eine Kassette mit einem Orgelkonzert von Händel eingelegt und es sehr leise gestellt. Shimamoto hielt die Hände brav auf dem Schoß und sah aus dem Fenster. Es war Sonntagabend, und die Autos ringsum waren voller Familien, die von ihrem Tagesausflug zurückkamen. Ich schaltete rasch in den nächsten Gang.

»Hajime«, sagte Shimamoto, als wir uns dem Aoyama-Boulevard näherten. »Vorhin in Ishikawa hab ich gedacht, wie schön es wäre, wenn das Flugzeug nicht starten könnte.«

Ich habe genau das gleiche gedacht, wollte ich ihr sagen. Aber ich sagte nichts. Ich hatte einen trockenen Mund und brachte nichts heraus. Ich nickte bloß und griff nach ihrer Hand. An der Ecke von Aoyama 1-chome bat sie mich anzuhalten, und ich ließ sie aussteigen.

»Darf ich wieder in die Bar kommen?« fragte sie leise, als sie die Tür öffnete. »Hältst du meine Anwesenheit noch aus?«

»Ich werde auf dich warten«, sagte ich.

Shimamoto nickte.

Als ich davonfuhr, dachte ich: Wenn ich sie nie wiedersehe, werde ich wahnsinnig. Kaum war sie ausgestiegen und verschwunden, war meine Welt hohl und bedeutungslos geworden.

11

Vier Tage, nachdem Shimamoto und ich aus Ishikawa zurückgekehrt waren, erhielt ich einen unerwarteten Anruf von meinem Schwiegervater. Er sagte, er wolle mich um einen Gefallen bitten, und lud mich für den nächsten Tag zum Lunch ein. Ziemlich verwundert sagte ich zu. Gewöhnlich gestattete ihm sein voller Terminkalender nur Geschäftsessen.

Sechs Monate zuvor war seine Firma von Yoyogi in ein neues, sechsstöckiges Gebäude in Yotsuya umgezogen. Seine Büroräume nahmen die beiden obersten Geschosse ein, die unteren fünf hatte er an andere Firmen, Restaurants und Geschäfte vermietet. Alles blitzte funkelnagelneu. Die Eingangshalle prunkte mit einem Marmorfußboden, einer Decke, die einer Kathedrale würdig gewesen wäre, und einer riesigen Keramikvase, aus der Blumen quollen. Als ich im fünften Stock aus dem Fahrstuhl stieg, wurde ich von einer jungen Empfangssekretärin begrüßt, die mit ihrem prachtvollen Haar aussah, als sei sie einer Shampoo-Werbung entsprungen. Sie rief meinen Schwiegervater an, um ihm mitzuteilen, daß ich da sei. Ihr Telefon war eine dunkelgraue Hightech-Angelegenheit, die mich an einen Schuhlöffel mit eingebautem Taschenrechner erinnerte. Sie strahlte mich an und sagte: »Bitte gehen Sie nur durch. Der Herr Generaldirektor erwartet Sie bereits.« Ein hinreißendes Lächeln, aber mit dem von Shimamoto nicht zu vergleichen.

Das Direktionszimmer befand sich in der obersten Etage, und sein großes Panoramafenster gewährte einen Ausblick auf die Stadt. Vielleicht nicht gerade ein herzerwärmendes Panorama, doch der Raum selbst war groß und hell. An der Wand hing ein impressionistisches Gemälde: ein Leuchtturm und ein Boot. Es sah aus wie ein Seurat; gut möglich, daß es ein Original war.

»Die Geschäfte blühen, scheint mir«, sagte ich.

»Sie laufen nicht schlecht«, erwiderte mein Schwiegervater. Er trat ans Fenster und deutete nach draußen. »Ganz und gar nicht schlecht. Und es wird sogar noch besser. Das ist der richtige Augenblick zum Geldverdienen. Für Leute in meiner Branche bietet sich eine solche Chance höchstens alle zwanzig, dreißig Jahre. Wer jetzt nicht reich wird, wird's nie. Und weißt du, warum?«

»Keine Ahnung. Die Bauwirtschaft ist nicht gerade mein Fach.«

»Schau dir Tokio da draußen an. Siehst du die unbebauten Grundstücke überall? Wie ein Mund voller Zahnlücken. Wenn man sich das so von oben anguckt, ist es nicht zu übersehen, aber wenn man zu ebener Erde durch die Straßen geht, fällt es einem nicht auf. Auf diesen Grundstücken standen einmal alte Wohn- und Geschäftshäuser, aber sie wurden abgerissen. Die Grundstückspreise sind derart in die Höhe geschossen, daß alte Gebäude nicht mehr rentabel sind. Man kann keine hohen Mieten verlangen, und überhaupt sind Mieter schwer zu finden. Deswegen müssen da neue, größere Gebäude hin. Und Privathäuser im Zentrum – nun, die Leute können die Grund- oder Erbschaftssteuer nicht mehr aufbringen. Also verkaufen sie und ziehen in die Vororte. Und zahlungskräftige Immobilienhändler kaufen die alten Häuser auf, lassen sie abreißen und stellen brandneue, funktionalere Gebäude hin. Es wird also nicht mehr lange dauern, bis auf jedem dieser leeren Grundstücke ein neues Gebäude steht. In ein paar Jahren wirst du Tokio nicht mehr wiedererkennen. An Kapital fehlt es nicht, die japanische Wirtschaft boomt, die Aktienkurse sind hoch wie nie. Und die Banken platzen vor Geld aus allen Nähten. Wenn man Grundstücke als Sicherheit bieten kann, leihen sie einem jede Summe. Deswegen entsteht da draußen ein Hochhaus nach dem anderen. Und rat mal, wer sie baut. Leute wie ich.«

»Ich verstehe«, sagte ich. »Aber wenn all diese neuen Hochhäuser fertig sind, was wird dann aus Tokio?«

»Was daraus wird? Na, es wird dynamischer, schöner, funktionaler. Schließlich spiegeln Großstädte immer den Zustand der Wirtschaft wider.«

»Das ist ja alles schön und gut, aber Tokio erstickt doch schon jetzt an den Autos. Noch ein paar Wolkenkratzer, und die Stadt verwandelt sich in einen einzigen riesigen Parkplatz. Und wie soll die Wasserversorgung mithalten, wenn mal eine längere Trockenperiode kommt? Und im Sommer, wenn alle ihre Klimaanlagen auf Hochtouren laufen lassen, wie soll man da den Energiebedarf dekken? Die Elektrizitätswerke werden doch mit Öl aus dem Mittleren Osten betrieben, oder? Was passiert, wenn die nächste Ölkrise kommt? Was dann?«

»Soll sich die Regierung was ausdenken. Dafür zahlen wir doch die hohen Steuern, oder? Sollen sich doch die ganzen Klugscheißer von der Tokio-Universität die Köpfe darüber zerbrechen. Die laufen doch ständig so hochnäsig durch die Gegend, als wären in Wirklichkeit sie es, die das Land regieren. Sollen sie doch ihren Luxusgehirnen zur Abwechslung mal was zu tun geben. Ich habe da keine Lösung parat. Ich bin ein einfacher Bauunternehmer. Ich bekomme Bauaufträge, und ich führ sie aus. Das versteht man doch unter den Gesetzen des Marktes, oder?«

Ich sagte nichts. Ich war nicht hergekommen, um über die japanische Wirtschaft zu diskutieren.

»Ach, lassen wir das«, sagte er, »hören wir mit diesem komplizierten Kram auf und gehen wir einen Happen essen. Ich bin am Verhungern.«

Wir stiegen in seinen riesigen schwarzen Mercedes und fuhren zu einem Restaurant in Akasaka, in dem es seiner Meinung nach den besten gegrillten Aal gab. Wir wurden nach hinten in einen separaten Raum geführt und ließen uns zum Essen nieder. Da es mitten am Tag war, nippte ich nur ein bißchen am Sake, aber mein Schwiegervater kippte ein Schälchen nach dem anderen.

»Hast du nicht gesagt, da wäre etwas, worüber du mit mir reden wolltest?« fragte ich. Wenn es etwas Unangenehmes war, wollte ich es lieber gleich hinter mich bringen.

»Ich möchte dich um einen Gefallen bitten«, sagte er. »Keine größere Sache. Ich bräuchte nur deinen Namen für eine gewisse Angelegenheit.«

»Meinen Namen?«

»Ich gründe eine neue Gesellschaft, und ich müßte sie unter dem Namen eines anderen eintragen lassen. Es wird von dir nichts weiter verlangt, nur dein Name. Du hast mein Wort, daß du nicht den geringsten Ärger damit hast, und du wirst angemessen entschädigt.«

»Mach dir darum keine Gedanken«, sagte ich. »Wenn's dir etwas nützt, kannst du meinen Namen so oft gebrauchen, wie du möchtest. Aber um was für eine Gesellschaft geht es eigentlich? Wenn ich schon als Gründer auftrete, kann's vielleicht nicht schaden, wenn ich das wenigstens weiß.«

»Na ja, um ehrlich zu sein, es geht um keine reale Firma«, antwortete mein Schwiegervater. »Sie existiert nur dem Namen nach, würde ich sagen. Nicht in Wirklichkeit.«

»Eine Fassade also. Eine Scheinfirma.«

»Könnte man wohl sagen.«

»Was ist der Sinn der Sache? Ein Steuerschlupfloch?«

»Hmm ... nicht direkt«, sagte er widerstrebend.

»Geht's um Schmiergelder?«

»So in der Richtung«, sagte er. »Ich geb ja gern zu, daß es

nicht gerade die ehrenwerteste Sache ist, auf die man sich einlassen kann, aber in meiner Branche geht's nun einmal nicht anders.«

»Na gut, aber was, wenn es ein Problem gibt?«

»Eine Gesellschaft zu gründen, ist vollkommen legal.«

»Ich rede von dem, was die Gesellschaft anschließend tut.«

Er zog eine Zigarette aus seinem Päckchen, zündete sie sich mit einem Streichholz an und stieß den Rauch steil nach oben aus.

»Es wird keine Probleme geben. Und selbst wenn, dann wäre es für jeden, der halbwegs bei Verstand ist, offensichtlich, daß du nur deinen Namen dazu hergegeben hast. Der Vater deiner Frau hat dich gebeten, deinen Namen benutzen zu dürfen, und du hast ihm den Gefallen getan. Kein Mensch würde dich zur Verantwortung ziehen.«

Ich sagte eine Zeitlang nichts. »Und wo landen diese Schmiergelder?«

»Es ist besser für dich, wenn du's nicht weißt.«

»Erzähl mir mehr über diese sogenannten Gesetze des Marktes«, sagte ich. »Landen die Gelder in der Tasche irgendeines Politikers?«

»Zum Teil«, sagte er.

»Von Bürokraten?«

Mein Schwiegervater drückte seine Zigarette im Aschenbecher aus. »Das wäre doch Bestechung. Dafür würde ich ins Kittchen wandern.«

»Aber ich dachte, das tun alle in deiner Branche?«

»Mehr oder weniger«, sagte er. Und machte ein gequältes Gesicht. »Aber sie treiben's nicht so weit, daß man sie einbuchten würde.«

»Was ist mit der Yakuza? Der Verein ist doch immer sehr nützlich, wenn's darum geht, Gründstücke aufzukaufen, oder?«

»Ich bin mit den Leuten nie recht klargekommen. Außerdem versuche ich ja nicht, den ganzen Markt an mich zu reißen. Das wäre zwar lukrativ, aber ich mach so was nicht. Wie gesagt, ich bin nur ein einfacher Bauunternehmer.«

Ich seufzte tief.

»Es war mir klar, daß dir die Sache nicht gefallen würde«, sagte er.

»Es spielt keine Rolle, ob sie mir gefällt oder nicht, denn du hast mich doch bereits in deine Pläne eingebaut und alles in Gang gesetzt, stimmt's? In der sicheren Annahme, daß ich schon einwilligen würde.«

»Ich fürchte, du hast recht.« Er lachte etwas betreten.

Ich seufzte wieder. »Vater, offen gesagt, ich mag solche Sachen nicht. Ich meine nicht, weil's illegal wäre oder sonst was in der Art. Aber ich bin ein ganz normaler Typ und führe ein ganz normales Leben. Und ich würde lieber nicht in Hinterzimmergeschäfte hineingezogen werden.«

»Das ist mir völlig klar«, sagte er. »Überlaß also alles mir. Ich lasse dich nicht im Regen stehen. Schließlich würden dann auch Yukiko und die Kinder mit hineingezogen, und das lasse ich bestimmt nicht zu. Du weißt ja, wieviel mir meine Tochter und meine Enkelkinder bedeuten.«

Ich nickte. Ich konnte ihm die Bitte schlecht abschlagen, und das deprimierte mich. Nach und nach würde mich die Welt dort draußen völlig vereinnahmen. Das hier war der erste Schritt; zuerst sage ich zu dieser Sache ja, später kommt eine andere.

Wir aßen weiter. Ich trank Tee, während mein Schwiegervater den Sake noch schneller hinunterkippte als bisher.

»Wie alt bist du jetzt eigentlich?« fragte er unvermittelt.

»Siebenunddreißig«, erwiderte ich.

Er fixierte mich mit undurchdringlichem Blick.

»Siebenunddreißig ist das Alter, in dem man am meisten herummacht«, sagte er. »Man hat Erfolg im Beruf, man ist entsprechend selbstsicher. Und die Frauen fallen einem nur so in den Schoß, richtig?«

»In meinem Fall nicht gar so viele, fürchte ich.« Ich lachte und versuchte, seine Miene zu deuten. Einen panischen Augenblick lang war ich mir sicher, daß er irgendwie von mir und Shimamoto erfahren hatte und mich in Wirklichkeit deswegen hatte sprechen wollen. Aber er machte nur Konversation.

»Als ich in deinem Alter war, habe ich nichts anbrennen lassen, darum werde ich dir jetzt auch nicht erzählen, du dürftest keine Affären haben. Ist zwar schon eigenartig, daß ich das ausgerechnet zum Mann meiner Tochter sage, aber ich glaube, daß ein gelegentlicher kleiner Seitensprung sogar sein Gutes hat. Es erfrischt. Wenn du deinen Organismus ab und zu mal so richtig lüftest, dann läuft es zu Hause nur um so besser; und du kannst dich auch besser auf deine Arbeit konzentrieren. Falls du also mit anderen Frauen schlafen solltest – von mir kämen keine Vorhaltungen. Ich habe nicht das geringste gegen eine kleine Affäre hier und da, nur deine Partnerinnen solltest du dir sehr sorgfältig aussuchen. Laß dich mit der Falschen ein, und dein Leben geht den Bach runter. Das habe ich schon tausendfach gesehen.«

Ich nickte. Und erinnerte mich plötzlich, daß Yukiko mir erzählt hatte, ihr Bruder und seine Frau hätten Probleme in ihrer Ehe. Ihr Bruder – er war ein Jahr jünger als ich – habe eine Freundin und lasse sich zu Hause nur noch selten blicken. Wahrscheinlich sorgte sich mein Schwiegervater wegen seines Ältesten und hatte deswegen dieses Thema angeschnitten.

»Jedenfalls, laß dich bloß nicht mit irgendeinem billigen

Weibsstück ein. Wenn du das tust, bist du bald selbst nichts mehr wert. Mach mit einer dummen Frau rum, und du wirst selbst zum Dummkopf. Was nicht heißt, daß du mit einer Luxusfrau anbändeln solltest. Das würde es dir nur schwerer machen, zu dem zurückzukehren, was dich zu Hause erwartet. Verstehst du, was ich meine?«

»Ich denke schon«, erwiderte ich.

»Solang du ein paar Dinge beherzigst, kann eigentlich nichts schiefgehen. Erstens, miete der Frau bloß keine eigene Wohnung. Das ist eindeutig ein Fehler. Zweitens, komme, was da wolle, sei spätestens um zwei Uhr nachts wieder zu Hause. Zwei Uhr ist der allerletzte Zeitpunkt, danach gibt's kein Zurück mehr. Und schließlich, benutze nie deine Freunde als Ausrede, um deine Affären zu vertuschen: Du könntest auffliegen. Wenn das passiert, tja, dann mußt du die Sache eben ausbaden. Aber es muß wirklich nicht sein, daß du dabei auch noch einen Freund verlierst.«

»Das klingt, als würdest du aus Erfahrung sprechen.«

»Erraten. Der Mensch lernt nur aus seinen Erfahrungen«, sagte er. »Es gibt zwar Leute, die lernen nie dazu, aber zu denen gehörst du nicht, das weiß ich. Du hast einen Blick für das Wesentliche, und den erwirbt man nur durch Erfahrung. Ich war nur ein paarmal in deinen Bars, aber man sieht's auf den ersten Blick. Du verstehst dich drauf, gute Mitarbeiter zu gewinnen und sie richtig zu behandeln.«

Ich wartete schweigend darauf, daß er weiterredete.

»Du hast auch ein gutes Auge bei der Wahl deiner Frau bewiesen. Yukiko ist sehr glücklich mit dir. Und deine Töchter sind prächtige Kinder. Ich bin dir dafür dankbar.«

Er ist ganz schön betrunken, dachte ich. Aber ich sagte nichts.

»Du weißt es wahrscheinlich nicht, aber Yukiko hat einmal

versucht, sich umzubringen. Mit einer Überdosis Schlaftabletten. Wir haben sie sofort ins Krankenhaus geschafft, und sie war zwei Tage lang ohne Bewußtsein. Ich war mir sicher, daß sie nicht durchkommen würde. Ihr Körper fühlte sich ganz kalt an, und sie atmete kaum noch. Ich dachte schon, es ist aus mit ihr. Das war ein Gefühl, als wäre die Welt in sich zusammengestürzt.«

Ich sah zu ihm auf. »Wann ist das passiert?«

»Als sie zweiundzwanzig war. Sie war gerade mit dem College fertig. Es ging um einen Mann, einen Scheißkerl, mit dem sie sich blödsinnigerweise verlobt hatte. Yukiko wirkt sehr still, aber unter der Oberfläche ist sie ganz schön zäh. Und gescheit. Deswegen kapiere ich einfach nicht, wie sie sich mit einem solchen Kerl einlassen konnte.« Er lehnte sich gegen den Stützpfeiler des traditionell eingerichteten Raums, in dem wir saßen, steckte sich eine Zigarette zwischen die Lippen und zündete sie an. »Na ja, das war ihr allererster Mann. Beim ersten Mal macht jeder einen Fehler. Aber für Yukiko war das ein furchtbarer Schock. Deswegen hat sie versucht, sich das Leben zu nehmen. Danach wollte sie mit Männern lange nichts mehr zu tun haben. Sie war immer ziemlich kontaktfreudig gewesen, aber nun redete sie plötzlich nicht mehr mit anderen Leuten und ging nicht mehr aus dem Haus. Erst als sie dich kennenlernte, ist sie wieder aufgetaut. Sie war bald wie umgewandelt. Ihr habt euch doch auf einer Reise kennengelernt, war das nicht so?«

»Stimmt. In Yatsugatake.«

»Ich mußte sie fast aus dem Haus werfen, damit sie endlich losfuhr. Ich dachte, eine kleine Reise würde ihr guttun.«

Ich nickte. »Von dem Selbstmordversuch wußte ich nichts«, sagte ich.

»Ich hielt es für besser, wenn du es nicht wüßtest, darum habe ich nie davon gesprochen. Aber jetzt war es höchste Zeit, daß du's erfährst. Ihr beiden werdet lange zusammenbleiben, da solltet ihr alles voneinander wissen – Gutes wie Schlechtes. Außerdem ist es schon so lange her …« Er schloß die Augen und stieß einen Schwall Rauch aus. »Es klingt vielleicht komisch, wenn ich das sage, als ihr Vater, aber sie ist eine gute Frau. Ich bin, sagen wir mal, ziemlich weit herumgekommen und habe ein Auge für Frauen. Ich kann ziemlich gut beurteilen, was eine taugt – selbst wenn sie meine Tochter ist. Meine jüngere Tochter ist viel hübscher, aber als Mensch ist Yukiko einfach die bessere. Du bist ein guter Menschenkenner.«

Ich schwieg.

»Du hast keine Geschwister, oder?«

»Nein«, sagte ich.

»Glaubst du, ich habe meine drei Kinder alle gleich lieb?«

»Ich habe keine Ahnung.«

»Wie steht's mit dir? Hast du deine beiden Töchter gleich lieb?«

»Klar.«

»Das liegt daran, daß sie noch klein sind«, sagte er. »Wart's ab, bis sie älter werden. Zuerst wirst du die eine vorziehen, aber dann wirst du anfangen, die andere lieber zu mögen. Eines Tages wirst du verstehen, was ich meine.«

»Wirklich?« sagte ich.

»Ich würd's ihnen nie ins Gesicht sagen, aber von meinen drei Kindern ist mir Yukiko am liebsten. Ich hab den anderen gegenüber ein schlechtes Gewissen, wenn ich das so sage, aber so ist es nun einmal. Yukiko und ich kommen gut miteinander aus, und ich kann ihr vertrauen.«

Ich nickte.

»Du hast ein gutes Auge für Menschen, und das ist eine wunderbare Gabe, die du hegen und pflegen solltest. Ich bin in der Hinsicht ein hoffnungsloser Fall, aber wenigstens habe ich dazu beigetragen, etwas nicht ganz so Hoffnungsloses großzuziehen.«

Ich half meinem mittlerweile stockbetrunkenen Schwiegervater in seinen Mercedes. Er ließ sich auf den Rücksitz plumpsen, spreizte die Beine und schloß die Augen. Ich hielt ein Taxi an und fuhr nach Hause. Kaum war ich da, wollte Yukiko hören, was bei unserem Essen herausgekommen war.

»Nichts wirklich Wichtiges«, sagte ich. »Dein Vater wollte einfach jemanden haben, der ihm beim Trinken Gesellschaft leistete. Am Ende hatte er ganz schön einen in der Krone. Es ist mir ein Rätsel, wie er in dem Zustand anschließend noch arbeiten kann.«

»Das macht er immer so«, lachte Yukiko. »Er genehmigt sich zum Essen ein paar Drinks, dann legt er sich in seinem Büro aufs Sofa, und nach einer Stunde ist er wieder fit. Bislang ist die Firma nicht vor die Hunde gegangen. Du brauchst dich nicht um ihn sorgen.«

»Anscheinend verträgt er den Alkohol nicht mehr so gut wie früher.«

»Ja, das stimmt. Vor Mutters Tod konnte er jeden unter den Tisch trinken, ohne daß man ihm etwas angemerkt hätte. Er war ein richtiger Kerl. Aber es ist nicht zu ändern. Jeder wird mal alt.«

Sie machte eine Kanne Kaffee, und wir setzten uns damit an den Eßtisch. Ich hatte beschlossen, ihr von der Scheinfirma und der Bitte ihres Vaters nichts zu erzählen. Sie würde der Meinung sein, er setze mich moralisch unter Druck, und das würde ihr nicht gefallen. *Es stimmt, daß du dir von Vater Geld geliehen hast, aber das hat mit dieser Sache nichts zu tun,* würde Yukiko zweifellos sagen. *Du zahlst es doch regelmäßig zurück, oder etwa nicht? Mit Zinsen.* Aber ganz so einfach war die Situation eben nicht.

Meine jüngere Tochter schlief tief und fest in ihrem Zimmer. Als ich meinen Kaffee ausgetrunken hatte, lockte ich Yukiko ins Bett. Wir zogen uns aus und hielten uns im blendenden Sonnenschein umschlungen. Ich ging langsam vor, und als ihr Körper bereit war, drang ich in sie ein. Aber so lange ich auch in ihr war, ich sah nur Shimamoto vor mir. Ich schloß die Augen und hatte das Gefühl, Shimamoto in den Armen zu halten. Und dann kam ich. Gewaltig.

Ich duschte und legte mich wieder ins Bett, um ein Weilchen zu schlafen. Yukiko war schon wieder angezogen, aber als sie mich im Bett sah, schlüpfte sie unter die Decke und legte ihre Lippen an meinen Rücken. Schweigend, mit geschlossenen Augen, lag ich da. Ich hatte mit ihr geschlafen und dabei die ganze Zeit an eine andere Frau gedacht, und jetzt machte mein schlechtes Gewissen mir zu schaffen.

»Weißt du, ich liebe dich wirklich«, sagte Yukiko.

»Wir sind seit sieben Jahren verheiratet, wir haben zwei Kinder«, sagte ich. »Solltest du nicht so langsam genug von mir haben?«

»Vielleicht. Aber ich liebe dich trotzdem.«

Ich drückte sie an mich. Und begann, sie auszuziehen. Ich streifte ihr Pullover und Rock ab, dann die Unterwäsche.

»Sag mal! Du hast doch nicht etwa vor, was ich vermute, oder?« fragte sie überrascht.

»Klar doch«, sagte ich.

»Das muß ich mir ja im Kalender rot anstreichen!«

Diesmal gab ich mir alle Mühe, nicht an Shimamoto zu denken. Ich hielt Yukikos Körper umfaßt, sah ihr ins Gesicht und konzentrierte mich ausschließlich auf sie. Ich küßte ihre Lippen, ihren Hals, ihre Brüste. Und ich kam in ihr. Nachher hielt ich sie noch lange in den Armen.

»Ist mit dir alles in Ordnung?« fragte sie mit einem prüfenden Blick. »Ist zwischen dir und Vater heute irgend etwas vorgefallen?«

»Nichts«, sagte ich. »Rein gar nichts. Ich hab einfach nur Lust, noch ein Weilchen so in dir zu bleiben.«

»Fühl dich wie zu Hause«, sagte sie. Ich blieb in ihr, und sie hielt mich in den Armen. Ich schloß die Augen und drückte sie fest an mich, als wäre ich sonst ins Leere davongeflogen.

Während ich in ihren Armen lag, erinnerte ich mich an ihren Selbstmordversuch, von dem ihr Vater mir erzählt hatte. *Ich war mir sicher, daß sie nicht durchkommen würde. Ich dachte schon, es ist aus mit ihr.* Wenn die Dinge auch nur die leiseste falsche Wendung genommen hätten, läge ihr Körper jetzt nicht so in meinen Armen. Sanft berührte ich ihre Schulter, ihr Haar, ihre Brüste. Sie waren real – warm und weich. Ich spürte ihr Leben unter meiner Hand. Niemand konnte sagen, wie lang dieses Leben dauern würde. Alles, was Gestalt besitzt, kann in einem Augenblick verschwinden. Yukiko. Dieser Raum. Diese Wände, diese Zimmerdecke, dieses Fenster. All das konnte ein Ende haben, bevor es uns noch bewußt würde. Plötzlich mußte ich an Izumi denken. Dieser Mann hatte Yukiko zutiefst verletzt, und ich hatte Izumi das gleiche angetan. Yukiko hatte danach mich kennengelernt, aber Izumi war ganz allein.

Ich küßte Yukikos weichen Nacken.

»Ich werd ein bißchen schlafen«, sagte ich. »Und dann hole ich unsere Große vom Kindergarten ab.«

»Schlaf gut«, sagte sie.

Ich schlief nur kurz. Als ich die Augen aufschlug, war es nach drei. Vom Schlafzimmerfenster aus konnte ich den Friedhof von Aoyama sehen. Ich setzte mich in den Sessel am Fenster und starrte lange hinaus. So vieles hatte ein anderes Gesicht bekommen, seit Shimamoto wieder in mein Leben getreten war. Nebenan in der Küche hörte ich Yukiko, die das Abendessen vorbereitete. Die Geräusche hallten mir hohl in den Ohren, als kämen sie durch eine Röhre aus einer entsetzlich fernen Welt.

Ich holte den BMW aus der Tiefgarage und fuhr zum Kindergarten, um meine Tochter abzuholen. An diesem Tag fand irgendeine besondere Veranstaltung statt, und so war es schon fast vier, als sie am Tor des Kindergartengeländes erschien. Wie immer reihte sich am Straßenrand ein blanker, teurer Wagen an den anderen – Saabs, Jaguars, gelegentlich sogar ein Alfa Romeo. Junge Mütter in sichtlich teuren Mänteln stiegen aus, sammelten ihre Kinder ein, packten sie ins Auto und fuhren davon. Meine Tochter war das einzige Kind, das von seinem Vater abgeholt wurde. Als ich sie sah, rief ich ihren Namen und winkte. Sie winkte mit ihrem Händchen zurück und kam auf mich zu. Dann sah sie ein kleines Mädchen, das in einem blauen Mercedes 260E saß, rief irgend etwas und rannte zu ihr hin. Das Mädchen steckte einen rotbemützten Kopf aus dem Fenster des parkenden Autos. Die Mutter des Mädchens trug einen roten Kaschmirmantel und eine große Sonnenbrille. Als ich hinüberging und meine Tochter bei der Hand nahm, wandte sich die Frau mir zu und lächelte mich strahlend an. Ich erwiderte das Lächeln. Der rote Mantel und die Sonnenbrille erinnerten mich an Shimamoto. An die Shimamoto, der ich von Shibuya bis Aoyama gefolgt war.

»Hallo«, sagte ich.

»Hallo«, sagte sie.

Die Frau war umwerfend. Sie konnte nicht viel älter als fünfundzwanzig sein. Aus der Stereoanlage ihres Wagens tönte »Burning Down the House« von den Talking Heads. Auf dem Rücksitz lagen zwei Einkaufstüten von Kinokuniya. Die Frau hatte ein schönes Lächeln. Meine Tochter tuschelte eine Weile mit ihrer kleinen Freundin und verabschiedete sich dann von ihr. Tschüß, sagte das Mädchen. Dann drückte es auf den Knopf, und das Fenster des Wagens schloß sich. Ich nahm meine Tochter bei der Hand und ging mit ihr zum BMW zurück.

»Na, wie ist der Tag gelaufen? Hast du Spaß gehabt?« fragte ich, als wir im Wagen saßen.

Sie schüttelte nachdrücklich den Kopf. »Überhaupt keinen. Es war alles furchtbar«, sagte sie.

»Wir haben's schon schwer, wir beiden«, sagte ich. Ich beugte mich zu ihr hinüber und küßte sie auf die Stirn, und sie zog das säuerliche Gesicht, das die Besitzer französischer Nobelrestaurants aufsetzen, wenn man ihnen eine American-Express-Card vorlegt. »Morgen wird's bestimmt viel besser«, sagte ich zu ihr.

Ich wollte das selbst gern glauben. Wenn ich am Morgen die Augen aufschlüge, würde ich eine neue Welt vorfinden, und alle Probleme wären gelöst. Aber diesen Tagtraum konnte ich mir nicht abnehmen. Denn ich hatte eine Frau und zwei Töchter. Und ich war in eine andere Frau verliebt.

»Papa?« sagte meine Tochter. »Ich möchte gern reiten. Kaufst du mir irgendwann ein Pferd?«

»Klar. Irgendwann«, sagte ich.

»Wann ist irgendwann?«

»Wenn Papa ein bißchen Geld zusammengespart hat. Dann kauft er dir ein Pferd.«

»Hast du ein Sparschwein, Papa?«

»Ja, ein ganz großes. So groß wie dieses Auto. Wenn ich nicht so viel Geld zusammenspare, wie da hineinpaßt, kann ich dir kein Pferd kaufen.«

»Wenn wir Opa fragen, meinst du, der kauft mir ein Pferd? Opa ist reich.«

»Das stimmt«, sagte ich. »Opa hat ein Sparschwein so groß wie das Haus da drüben, mit unheimlich viel Geld drin. Aber es ist so groß, daß es schwierig ist, das Geld da wieder rauszuholen.«

Meine Tochter ließ sich das eine Zeitlang durch den Kopf gehen.

»Aber kann ich Opa mal fragen? Ob er mir ein Pferd kauft?«

»Sicher, frag ihn ruhig. Wer weiß, vielleicht kauft er dir ja sogar wirklich eins.«

Wir redeten während der Heimfahrt nur von Pferden. Welche Farbe ihr Pferd haben sollte. Wie sie es nennen würde. Wohin sie gern reiten würde. Wo das Pferd schlafen würde. Ich setzte sie in den Privataufzug und fuhr zur Arbeit. Was würde der kommende Tag bringen? Die Hände am Lenkrad, machte ich die Augen zu. Ich hatte nicht das Gefühl, mich in meinem eigenen Körper zu befinden; mein Körper war nur eine einsame, zufällige Hülle, die ich mir vorübergehend ausgeliehen hatte. Was morgen aus mir werden würde, wußte ich nicht. Meiner Tochter ein Pferd kaufen – die Idee erschien mir nun unerwartet dringlich. Ich mußte es ihr kaufen, bevor alles verschwand. Bevor die Welt in Trümmer ging.

12

Von da an bis zum Frühling sahen Shimamoto und ich uns fast jede Woche. Irgendwann nach neun kam sie in eine meiner Bars, meist ins *Robin's Nest*, setzte sich an die Theke, trank ein paar Cocktails und ging gegen elf wieder. Ich setzte mich zu ihr, und wir redeten. Ich weiß nicht, was meine Angestellten davon hielten, aber das war mir gleichgültig. Es war wie damals in der Grundschule, wo ich mich auch nicht darum geschert hatte, was meine Klassenkameraden von uns beiden hielten.

Gelegentlich rief sie an und verabredete sich mit mir zum Lunch. Meist trafen wir uns in einem Coffee-Shop auf dem Omote Sando. Wir aßen eine Kleinigkeit und gingen anschließend spazieren; so verbrachten wir zwei, höchstens drei Stunden miteinander. Wenn es für sie Zeit wurde zu gehen, warf sie einen Blick auf ihre Uhr, lächelte mich dann an und sagte: »Jetzt sollte ich wohl besser los.« Mit ihrem gewohnten, wundervollen Lächeln. Die Empfindungen, die sich hinter diesem Lächeln verbergen mochten, konnte ich nicht entschlüsseln. Ob sie es traurig fand, gehen zu müssen, oder nicht so besonders traurig, ob sie vielleicht sogar erleichtert war, mich wieder loszusein – ich wußte es nicht. Ich hätte nicht einmal sagen können, ob sie wirklich nach Hause mußte.

Jedenfalls redeten wir während der paar Stunden, die wir zusammen verbrachten, fast pausenlos. Unsere Körper berührten sich allerdings nie. Nicht ein Mal legte ich ihr den Arm um die Schultern oder nahm sie auch nur bei der Hand.

Nun, auf den Straßen von Tokio, hatte Shimamoto wieder ihr kühles, anziehendes Lächeln. Nichts mehr von dem Ansturm leidenschaftlicher Empfindungen, den sie an jenem kalten Februartag in Ishikawa gezeigt hatte. Die Intimität, die an diesem Tag geboren war, hatte sich verflüchtigt. Wie in stillschweigender Übereinkunft erwähnten wir unseren seltsamen Ausflug mit keinem Wort.

Wenn wir so nebeneinander hergingen, fragte ich mich oft, was für Gefühle sie hegen mochte. Und wohin diese Gefühle sie wohl führen würden. Manchmal sah ich ihr tief in die Augen, konnte darin aber nichts als ein sanftes Schweigen entdecken. Wie schon einmal erinnerte mich die Linie ihrer Augenlider an den Horizont – an einen sehr fernen Horizont. Endlich konnte ich mir vorstellen, wie einsam sich Izumi damals gefühlt haben mußte, als wir miteinander gegangen waren. Shimamoto barg in sich eine eigene kleine Welt; eine Welt, die nur für sie existierte, zu der ich keinen Zutritt hatte. Ein einziges Mal hatte sich die Tür zu dieser Welt einen Spaltbreit geöffnet; nun aber blieb sie verschlossen.

Ich fühlte mich wieder wie ein hilfloser, verwirrter Zwölfjähriger. Ich hatte keine Ahnung, was ich tun, was ich sagen sollte. Ich gab mir alle Mühe, die Ruhe zu bewahren und meinen Verstand zu benutzen, aber es war hoffnungslos. Was ich auch tat und sagte, war falsch. Jede Emotion wurde von diesem strahlenden Lächeln aufgesogen. *Keine Sorge,* sagte mir ihr Lächen, *es ist alles in Ordnung.*

Was Shimamotos Leben anging, tappte ich völlig im dunkeln. Ich wußte nicht einmal, wo sie wohnte. Oder mit wem sie zusammenlebte. Ob sie verheiratet war, oder verheiratet gewesen war. Ich wußte nur, daß sie im Februar vergangenen Jahres ein Kind bekommen hatte, das tags darauf gestorben war. Und daß sie noch nie gearbeitet hatte. Dennoch trug sie immer die teuersten Kleider und Accessoires, was bedeutete, daß sie über eine ganze Menge Geld verfügte. Mehr wußte ich von ihr nicht. Als sie das Kind bekommen hatte, war sie wahrscheinlich verheiratet gewesen, aber auch das war keineswegs sicher. Schließlich kommen Tag für Tag Tausende von unehelichen Kindern auf die Welt, nicht wahr?

Allmählich begann Shimamoto, mir dies und das aus ihren Jahren auf der Mittel- und Oberschule zu erzählen. Da zwischen jener Zeit und ihrem gegenwärtigen Leben offenbar kein direkter Zusammenhang bestand, machte es ihr nichts aus, davon zu sprechen. Nach und nach begriff ich, wie entsetzlich einsam sie gewesen war. Als Heranwachsende hatte sie sich stets nach Kräften bemüht, jedem Menschen in ihrer Umgebung gegenüber aufrichtig zu sein und nie Ausflüchte zu suchen. »Wenn man damit erst einmal anfängt, kommt man da nie wieder raus«, sagte sie mir. »Ich kann so nicht leben.« Aber es hatte nicht funktioniert. Ihre Einstellung führte nur zu dummen Mißverständnissen, die sie zutiefst verletzten. Sie kapselte sich immer mehr ab. Wenn sie morgens aufwachte, übergab sie sich und weigerte sich, in die Schule zu gehen.

Sie zeigte mir ein Foto aus der Zeit, als sie gerade auf die Oberschule gekommen war. Sie saß auf einem Stuhl in einem Garten, umgeben von blühenden Sonnenblumen. Es war Sommer, und sie hatte Jeans-Shorts und ein weißes T-Shirt an. Sie war hinreißend. Mit strahlendem Lächeln blickte sie in die Kamera. Mit ihrem jetzigen Lächeln verglichen, wirkte es ein bißchen befangen, aber es war dennoch wundervoll – ein Lächeln, das gerade darum so berührt, weil es gefährdet ist. Gewiß nicht das Lächeln eines einsamen Mädchens, das Tag für Tag unglücklich ist.

»Wenn ich nach diesem Bild urteilen sollte«, sagte ich, »würde ich sagen, du warst das glücklichste Mädchen der Welt.«

Sie schüttelte langsam den Kopf. An ihren Augenwinkeln zeigten sich bezaubernde Fältchen; sie sah so aus, als entsinne sie sich einer fernen, vergangenen Szene. »Aus Fotos kann man überhaupt nichts schließen, Hajime. Das sind nur Schatten. Die wahre Shimamoto ist weit, weit fort. Sie ist auf keinem Bild zu sehen.«

Das Foto bereitete mir physische Schmerzen. Es machte mir

bewußt, wie entsetzlich viel Zeit ich verloren hatte. Kostbare Jahre, nie mehr zurückzuholen, wie verzweifelt ich es auch versuchen mochte. Zeit, die nur damals existiert hatte, nur an jenem Ort. Lange konnte ich mich nicht von dem Foto losreißen.

»Was ist denn so interessant an dem Bild?« fragte Shimamoto.

»Ich versuche, die Zeit aufzufüllen«, erwiderte ich. »Es ist fünfundzwanzig Jahre her, daß ich dich zuletzt gesehen habe. Ich will diese Lücke auffüllen, wenigstens zu einem kleinen Teil.«

Sie lächelte und sah mich prüfend an, als stimme mit meinem Gesicht irgend etwas nicht. »Seltsam«, sagte sie, »du willst diese leere Zeitspanne auffüllen, und ich möchte, daß sie vollkommen leer bleibt.«

Die ganze spätere Schulzeit hindurch hatte sie nie einen richtigen Freund gehabt. Sie war ein schönes Mädchen gewesen, und die Jungen bemühten sich um sie, aber sie nahm sie kaum wahr. Sie ging mit einigen von ihnen aus, aber nie für längere Zeit.

»Jungen in diesem Alter sind nicht gerade liebenswert – das verstehst du, oder? Sie sind ungehobelt und egoistisch. Und sie haben nichts anderes im Sinn, als einem Mädchen die Hand unter den Rock zu stecken. Ich war so enttäuscht von ihnen. Ich wollte das, was zwischen dir und mir bestanden hatte.«

»Schon, aber mit sechzehn war ich auch nicht anders: ungehobelt, egoistisch und ständig darauf aus, Mädchen die Hand unter den Rock zu stecken. So hätte mein damaliger Steckbrief lauten können.«

»Dann war es wohl gut, daß ich dich damals nicht kannte«, sagte sie und lächelte. »Sich mit zwölf Lebwohl sagen, sich mit siebenunddreißig wiederbegegnen ... vielleicht war es für uns doch so am besten.«

»Da habe ich meine Zweifel.«

»Jetzt schaffst du es aber doch, auch an ein paar andere Dinge zu denken und nicht nur daran, was Mädchen unter dem Rock haben, oder?«

»An ein paar andere Dinge schon«, sagte ich. »Aber wenn dir das Sorgen bereitet, solltest du das nächste Mal vielleicht besser in Hosen kommen.«

Shimamoto fixierte ihre Hände, die flach auf dem Tisch lagen, und lachte. Sie trug keinen Ring. Ein Armband und eine Uhr – jedesmal, wenn wir uns sahen, eine andere. Und Ohrringe. Aber nie einen Ring.

»Ich wollte keinem Jungen zur Last fallen«, fuhr sie fort. »Du weißt schon, was ich meine. Es gab so viele Dinge, die ich nicht tun konnte. Zu Picknicks gehen, schwimmen, Ski laufen, Schlittschuh laufen, in der Disco tanzen. Das bloße Gehen fiel mir schon schwer genug. Eigentlich konnte ich nur mit jemandem zusammensitzen, reden und Musik hören, und das wurde Jungen in dem Alter schnell langweilig. Und ich nahm das sehr übel.«

Sie trank Perrier mit einem Scheibchen Zitrone. Es war ein warmer Nachmittag Mitte März. Manche der jungen Leute, die draußen auf der Straße vorüberschlenderten, trugen schon kurzärmlige Hemden.

»Wenn ich damals mit dir ausgegangen wäre, wäre ich dir früher oder später zur Last gefallen. Du hättest bald von mir genug gehabt. Du hättest mehr unternehmen wollen, dich kopfüber in die weite Welt dort draußen stürzen wollen. Und ich hätte das nicht ertragen.«

»Shimamoto-san«, sagte ich, »das ist unmöglich. Ich wäre dir gegenüber nie ungeduldig geworden. Wir hatten etwas ganz Besonderes, das uns verband. Ich kann's nicht in Worte fassen, aber es ist so. Etwas Besonderes, Kostbares.«

Sie sah mich aufmerksam an, ohne daß sich ihr Gesicht veränderte. »Ich bin als Mensch nichts Besonderes«, fuhr ich fort. »Ich mache nicht viel her. Ich war ziemlich grob, unsensibel und arrogant. Insofern wäre ich vielleicht wirklich nicht der Richtige für dich gewesen. Aber eines weiß ich sicher: Ich hätte niemals genug von dir gehabt. Das zumindest unterscheidet mich von anderen, die du damals kanntest. In diesem Sinne bin ich tatsächlich jemand Besonderes für dich.«

Wieder senkte Shimamoto den Blick auf ihre Hände. Sie spreizte die Finger auf der Tischplatte ein wenig, wie um sich zu vergewissern, daß sie noch alle da waren.

»Hajime«, sagte sie dann, »die traurige Wahrheit ist die, daß bestimmte Dinge nicht rückgängig zu machen sind. Haben sie sich erst einmal in Bewegung gesetzt, kann man tun, was man will, aber sie werden nie wieder zu dem, was sie einmal waren. Wenn nur eine winzige Kleinigkeit schiefgeht, dann bleibt es für immer so.«

Einmal rief sie an, um mich zu einem Liszt-Konzert einzuladen. Der Solist war ein berühmter südamerikanischer Pianist. Ich nahm mir den Abend frei und fuhr mit ihr zur Konzerthalle im Uedo-Park. Die Aufführung war glanzvoll. Der Solist war technisch grandios, die Musik zugleich filigran und tiefgründig, und der Pianist legte, für alle spürbar, seine ganze Leidenschaft in sein Spiel. Und doch, obwohl ich die Augen schloß, riß mich die Musik nicht mit. Zwischen mir und dem Pianisten blieb ein dünner Vorhang, und wie sehr ich mich auch bemühte, ich schaffte es nicht, auf die andere Seite zu gelangen. Als ich nach dem Konzert mit Shimamoto darüber sprach, bestätigte sie meinen Eindruck.

»Aber was stimmte dann mit dem Konzert nicht?« fragte sie. »Ich fand es herrlich.«

»Erinnerst du dich nicht?« sagte ich. »Die Platte, die wir damals immer hörten – am Ende des zweiten Satzes war doch so ein winziger Kratzer zu hören: K-tschck! K-tschck! Irgendwie komme ich ohne diesen Kratzer in diese Musik einfach nicht rein.«

Shimamoto lachte. »Das würde ich ja nicht gerade Kunstverstand nennen.«

»Mit Kunst hat das auch nichts zu tun. Die Kunst kann von mir aus der Glatzkopfgeier holen. Ich pfeif darauf, was irgendwer sagt; ich liebe diesen Kratzer!«

»Vielleicht hast du recht«, gab sie zu. »Aber was ist das für eine Geschichte mit dem Glatzkopfgeier? Von normalen Geiern habe ich schon gehört – die fressen Leichen. Aber Glatzkopfgeier?«

Auf der Rückfahrt im Zug erklärte ich ihr in aller Ausführlichkeit die Unterschiede – hinsichtlich des Lebensraums, des Rufes, der Paarungszeit. »Der Glatzkopfgeier ernährt sich von Kunst. Der normale Geier ernährt sich von den Leichen unbekannter Leute. Man kann sie überhaupt nicht miteinander verwechseln.«

»Du bist ja ein komischer Typ!« Sie lachte. Und da, auf ihrem Platz im Zug, bewegte sie ganz leicht die Schulter, um meine zu berühren. Und das war in diesen zwei Monaten das erste und einzige Mal, daß unsere Körper sich berührten.

Der März ging vorüber und ebenso der April. Meine jüngere Tochter kam in den Kindergarten. Nun, da beide aus dem Haus waren, begann Yukiko ehrenamtlich als Helferin in einem Heim für behinderte Kinder zu arbeiten. Jetzt war es meist meine Aufgabe, unsere Töchter in den Kindergarten zu fahren und wieder abzuholen. Wenn ich aus irgendeinem Grund nicht konnte, sprang meine Frau ein. Mit anzusehen, wie die Kinder Tag für Tag größer wurden, ließ mich spüren, daß ich älter wurde. Ganz von selbst, ohne Rücksicht auf irgendwelche Pläne, die ich mit ihnen haben mochte, wuchsen meine Kinder heran. Natürlich liebte ich meine Töchter; sie aufwachsen zu sehen machte mich so glücklich wie nichts sonst. Manchmal jedoch fand ich es bedrückend, sie jeden Monat ein wenig größer werden zu sehen. Es war, als wachse in meinem Körper ein Baum, der Wurzeln in die Tiefe trieb, Äste ausbreitete und meine Organe, meine Muskeln und Knochen und meine Haut verdrängte, um sich einen Weg hinaus zu bahnen. Bisweilen wurde dieses Gefühl so beängstigend, daß ich nicht einschlafen konnte.

Einmal in der Woche sah ich Shimamoto. Und täglich fuhr ich meine Töchter zum Kindergarten und zurück. Und ein paarmal in der Woche schlief ich mit meiner Frau. Seit ich Shimamoto wieder regelmäßig sah, schlief ich mit Yukiko häufiger, jedoch nicht etwa aus schlechtem Gewissen. Sie zu lieben – und von ihr geliebt zu werden – war das einzige, was mich vor dem Auseinanderbrechen bewahrte.

»Du hast dich verändert. Was geht mit dir vor?« fragte mich Yukiko eines Nachmittags, nachdem wir miteinander geschlafen hatten. »Es ist mir völlig neu, daß der Sexualtrieb von Männern auf Touren kommt, wenn sie siebenunddreißig werden.«

»Nichts geht vor. Alles ist wie gehabt«, erwiderte ich.

Sie sah mich eine Weile an und schüttelte den Kopf. »Hm. Ich wüßte wirklich gern, was in deinem Kopf so vorgeht«, sagte sie.

In meiner freien Zeit hörte ich klassische Musik und starrte auf den Friedhof von Aoyama hinaus. Ich las nicht mehr so viel wie früher. Meine Konzentrationsfähigkeit war zum Teufel.

Ein paarmal sah ich die junge Frau mit dem Mercedes 260E. Während wir darauf warteten, daß unsere Töchter herauskamen, standen wir vor dem Kindergarten herum und plauderten ein bißchen; wir tauschten Tips, wie sie nur ein Einwohner von Aoyama zu würdigen wußte: bei welchem Supermarkt man Parkplätze fand und zu welcher Tageszeit; daß in einem bestimmten italienischen Restaurant der Küchenchef gewechselt hatte und daß dort seitdem nichts Anständiges mehr geboten wurde; daß das Feinkostgeschäft Meiji-ya im kommenden Monat importierte Weine im Angebot haben würde. Verdammt, dachte ich. Ich bin eine richtige vertratschte Hausfrau geworden! Aber das war das einzige, worüber wir uns hätten unterhalten können.

Mitte April verschwand Shimamoto erneut. Als ich sie zum letztenmal sah, saßen wir zusammen im *Robin's Nest.* Kurz vor zehn wurde ich aus meiner anderen Bar wegen einer Sache angerufen, um die ich mich sofort kümmern mußte. »In etwa einer halben Stunde bin ich zurück«, sagte ich zu Shimamoto.

»Gut«, sagte sie lächelnd. »Ich lese solange ein bißchen.«

Ich erledigte rasch, was es zu erledigen gab, und kehrte danach sofort ins *Robin's Nest* zurück, aber Shimamoto war nicht mehr da. Es war kurz nach elf. Auf dem Tresen lag ein Streichholzbriefchen mit einer Nachricht von ihr auf der Rückseite: »Wahrscheinlich kann ich eine Zeitlang nicht mehr kommen«, las ich. »Ich muß jetzt heim. Leb wohl. Mach's gut.«

Tagelang wußte ich nichts mit mir anzufangen. Ich streifte rastlos durchs Haus, irrte ziellos durch die Straßen und fuhr nachmittags zu früh zum Kindergarten. Und ich unterhielt mich mit der Mercedes-260E-Dame. Wir setzten uns in ein Café in der Nähe und tratschten bei einer Tasse Kaffee wie gewohnt über den Zustand des Gemüses in der Lebensmittelabteilung von Kinokuniya, die befruchteten Eier im Naturkostladen Natural House, die Sonderangebote im Miki House. Sie schwärmte für die Designer-Mode von Inaba Yoshie und bestellte immer alles aus dem Katalog, was sie für die kommende Saison haben wollte. Wir redeten auch über das wunderbare Aal-Restaurant, das es bis vor kurzem auf dem Omote Sando, in der Nähe der Polizeistation, gegeben hatte. Wir unterhielten uns gern miteinander. Die Frau war freundlicher und offener, als sie zunächst gewirkt hatte. Nicht, daß ich mich sexuell von ihr angezogen fühlte; ich brauchte nur jemanden – irgend jemanden –, mit dem ich reden konnte. Was ich brauchte, waren harmlose, bedeutungslose Gespräche, Gespräche, die zu nichts anderem führen würden als zurück zu Shimamoto.

Wenn mir überhaupt nichts mehr einfiel, ging ich shoppen. Einmal kaufte ich mir aus einer puren Laune heraus sechs Hemden. Ich kaufte Spielzeug und Puppen für meine Töchter, Accessoires für Yukiko. Ich ging ein paarmal beim Ausstellungsraum von BMW vorbei, um mir den M5 anzusehen; ich hatte nicht wirklich vor, einen zu kaufen, ließ aber den Verkäufer seine Show abziehen.

Ein paar derart zerfahrene Wochen genügten, um mich wieder zur Besinnung zu bringen. So geht's nicht weiter, beschloß ich. Also setzte ich mich mit einem Innenarchitekten und einem Dekorateur zusammen, und gemeinsam überlegten wir, wie man die Bars umgestalten könnte. Beide hatten eine kleine Renovierung ohnehin längst nötig, und außerdem war es höchste Zeit, daß ich mir ernsthaft Gedanken über meine Art der Geschäftsführung machte. Mit Bars ist es wie mit Menschen: Es gibt Zeiten, in denen man sie in Ruhe lassen sollte, und Zeiten für Veränderungen. Wenn man sich immer nur in derselben Umgebung bewegt, wird man stumpf und lethargisch. Der Energiepegel sinkt steil ab. Selbst Luftschlösser können ab und zu einen neuen Anstrich gebrauchen. Ich nahm mir zuerst die andere Bar vor und sparte mir das *Robin's Nest* für später auf. Den Anfang machte ich damit, daß ich den Bereich hinter dem Tresen von allem übertriebenen Designer-Schnickschnack befreite, der einem im Grunde ganz schön auf den Wecker gehen konnte; es sollte nun ein effizienter, funktionaler Arbeitsplatz entstehen. Auch eine Generalüberholung der Beschallungs- und der Klimaanlage war allmählich fällig, und das gleiche galt für die Speisekarte, die ich jetzt drastisch umgestaltete. Ich befragte das Personal und trug eine ansehnliche Liste von Verbesserungsvorschlägen zusammen. Ich beschrieb dem Innenarchitekten in allen Details, wie ich mir die neue Bar vorstellte, ließ ihn einen Entwurf zeichnen und schickte ihn dann wieder an das Reißbrett zurück, damit er noch ein paar Dinge nachtrug, die mir inzwischen eingefallen waren. Diese Prozedur wiederholten wir einige Male. Ich wählte alle Materialien aus, ließ mir von den Firmen Kostenvoranschläge aufstellen, korrigierte meine Kalkulation. All das hielt mich sehr beschäftigt, aber genau darum ging es mir.

Der Mai kam und ging, es wurde Juni. Und noch immer keine Shimamoto. Ich war mir sicher, daß sie für immer verschwunden war. *Wahrscheinlich kann ich eine Zeitlang nicht mehr kommen*, hatte sie geschrieben. Worunter ich am meisten litt, war dieses *wahrscheinlich,* dieses *eine Zeitlang*, die darin liegende Unbestimmtheit. Eines Tages würde sie vielleicht wieder auftauchen. Aber ich konnte nicht nur herumsitzen und meine Hoffnungen und Träume auf vage Versprechungen stützen. Mach so weiter, sagte ich mir, und du endest früher oder später in der Klapsmühle; daher achtete ich darauf, daß ich ständig etwas zu tun hatte. Ich fing an, jeden Morgen ins Schwimmbad zu gehen: schwamm ohne Pause zweitausend Meter und ging danach zum Hanteltraining hinauf in den Fitneßraum. Eine Woche dieser Art, und meine Muskeln begannen zu rebellieren. Einmal, als ich im Auto vor einer roten Ampel wartete, spürte ich, wie mein linker Fuß taub wurde, und ich konnte die Kupplung nicht durchtreten. Allmählich gewöhnten sich meine Muskeln jedoch an das harte Training. Die schwere körperliche Anstrengung ließ zum Denken keinen Raum, und wenn ich meinen Körper ständig in Bewegung hielt, fiel es mir leichter, mich auf die Belanglosigkeiten des Alltags zu konzentrieren. Tagträume verbot ich mir. Ich versuchte eisern, mich ganz auf das zu konzentrieren, was ich gerade tat. Wenn ich mir das Gesicht wusch, galt dem meine ungeteilte Aufmerksamkeit; wenn ich Musik hörte, ging ich völlig in der Musik auf. Anders hätte ich nicht überlebt.

Im Sommer fuhr ich mit Yukiko und den Kindern oft in unser Ferienhaus in Hakone. Außerhalb von Tokio, in der freien Natur, waren Yukiko und die Kleinen gelöst und vergnügt. Sie pflückten Blumen, beobachteten durch das Fernglas Vögel, spielten Fangen, planschten im Fluß. Oder sie lagen einfach entspannt im Garten. Aber sie kannten die Wahrheit nicht – daß ich an einem bestimmten verschneiten Wintertag, wenn mein Flug ausgefallen wäre, alles hingeschmissen hätte, um mit Shimamoto zusammenzusein. Meinen Job, meine Familie, mein Geld – alles hätte ich weggeworfen, ohne zu zögern. Und noch immer hatte ich nichts im Kopf außer Shimamoto. Mein Körper konnte das Gefühl, sie in den Armen zu halten, ihre Wange zu küssen, nicht vergessen. Ich war außerstande, Shimamotos Bild aus meinem Bewußtsein zu verdrängen und durch dasjenige meiner Frau zu ersetzen. Ebenso wie ich nie erraten konnte, was Shimamoto dachte, ahnte niemand, was in mir vorging.

Ich beschloß, in den letzten Wochen unserer Sommerferien den Umbau der Bar zu beenden. Während Yukiko und die Mädchen in Hakone blieben, fuhr ich nach Tokio zurück, um die Arbeiten zu beaufsichtigen und letzte Anweisungen zu erteilen. Ich ging weiterhin schwimmen und trainierte im Fitneßraum. Am Wochenende fuhr ich hinaus nach Hakone, schwamm mit meinen Kindern im Pool des Fujiya-Hotels, und dann aßen wir alle zusammen zu Abend. Und nachts schlief ich mit meiner Frau.

Ich näherte mich mit großen Schritten den mittleren Jahren, aber ich hatte kaum ein Gramm überschüssiges Fett, und mein Haar wurde nicht schütter. Und nicht grau. Der Sport half, die unvermeidlichen physischen Verfallserscheinungen aufzuhalten. Ein geregeltes Leben führen, nichts im Übermaß treiben und auf die Ernährung achten: das war mein Credo. Ich wurde nie krank, und die meisten hätten mich auf höchstens Anfang dreißig geschätzt.

Meine Frau liebte es, meinen Körper anzufassen. Sie berührte meine Brust- und Bauchmuskeln und liebkoste meinen Penis und meine Hoden. Auch Yukiko trainierte regelmäßig im Fitness-Center. Aber schlanker schien sie dadurch nicht zu werden.

»Ich werde wohl langsam alt«, seufzte sie. »Ich nehme zwar ab, aber diesen Speckwulst werde ich einfach nicht los.«

»Mir gefällt dein Körper genau so, wie er ist«, sagte ich zu ihr. »So, wie du bist, bist du richtig – du brauchst überhaupt keine Gymnastik zu treiben oder Diät zu halten. Fett bist du doch wirklich nicht.« Was meine ehrliche Meinung war. Ihr weicher Körper mit seinen zusätzlichen Polstern gefiel mir wirklich. Ich liebte es, ihren nackten Rücken zu massieren.

»Du kapierst das nicht«, sagte sie kopfschüttelnd. »Du sagst, ich kann ruhig so bleiben, wie ich bin – aber schon das kostet mich meine ganze Energie.«

Ein Außenstehender hätte gesagt, daß wir ein ideales Leben führten. Phasenweise war ich sogar selbst davon überzeugt. Meine Arbeit machte mir Spaß und trug anständig Geld ein. Ich besaß eine große Eigentumswohnung in Aoyama, ein Ferienhäuschen in den Bergen bei Hakone, einen BMW, einen Jeep Cherokee. Und ich hatte eine glückliche Familie. Ich liebte meine Frau und meine beiden Töchter. Was konnte man schon mehr verlangen? Angenommen, Yukiko und die Mädchen hätten mich angefleht, ihnen zu sagen, was sie tun könnten, um mir noch mehr Freude zu machen, um mir noch lieber zu sein – ich hätte wirklich nichts darauf zu sagen gewußt. Ein glücklicheres Leben konnte ich mir nicht vorstellen.

Und doch, seit Shimamoto aufgehört hatte, mich in der Bar zu besuchen, fühlte ich mich wie auf der luftleeren Oberfläche des Mondes ausgesetzt. Wenn sie nie wiederkommen sollte, dann blieb mir niemand, dem ich meine wahren Gefühle offenbaren konnte. Oft lag ich nachts schlaflos im Bett und ließ im Geiste immer wieder diese Szene auf dem verschneiten Flughafen von Komatsu ablaufen. Man braucht Erinnerungen nur oft genug hervorzuholen, und sie fangen irgendwann an zu verblassen. Glaubte ich wenigstens. Doch je mehr ich mich erinnerte, desto plastischer wurden die Erinnerungen. Das Wort »Verspätet«, das auf der Anzeigetafel blinkt; das dichte Schneegestöber draußen vor dem Fenster. Man kann nicht weiter als fünfzig Meter sehen. Auf der Bank Shimamoto: reglos, die Arme eng um sich geschlungen. Ihre marineblaue Seemannsjacke und ihr Schal. Ihr Körper mit seinem Duft nach Tränen und Traurigkeit. Ich konnte diesen Duft noch immer riechen. Neben mir im Bett die ruhigen Atemzüge meiner schlafenden Frau. Sie ahnt nichts. Ich schloß die Augen und schüttelte den Kopf. *Sie ahnt nichts.*

Der verlassene Parkplatz des Bowling-Centers, der Schnee, den ich im Mund tauen ließ und ihr einflößte. Shimamoto im Flugzeug, in meinen Armen. Ihre geschlossenen Augen, der Seufzer aus ihrem leicht geöffneten Mund. Ihr Körper, weich und matt. Damals hatte sie mich gewollt. Ihr Herz war für mich offen gewesen. Doch ich hatte mich zurückgehalten, mich an die Mondoberfläche geklammert, an diese leblose Welt. Und am Ende hatte sie mich verlassen, und aufs neue war mir mein Leben abhanden gekommen.

Manchmal wachte ich nachts um zwei oder drei auf und konnte nicht mehr einschlafen. Ich stand dann auf, ging in die Küche und schenkte mir einen Whisky ein. Das Glas in der Hand, sah ich hinunter auf den dunklen Friedhof gegenüber und auf die Scheinwerfer der vorbeifahrenden Autos. Die Zeitfäden, die die Nacht mit dem Morgengrauen verbanden, waren lang und dunkel. Wenn ich hätte weinen können, wäre vielleicht einiges leichter gewesen. Aber worüber hätte ich weinen sollen? Um wen hätte ich weinen können? Ich war zu ichbezogen, als daß ich um andere hätte weinen können, zu alt, um mich selbst zu beweinen.

Endlich kam der Herbst. Und als er da war, gelangte ich zu einem Entschluß. Etwas mußte anders werden: So konnte ich nicht mehr weiterleben.

13

Nachdem ich meine Töchter am Kindergarten abgesetzt hatte, fuhr ich ins Hallenbad und schwamm meine gewohnten zweitausend Meter. Ich stellte mir vor, ich sei ein Fisch. Bloß ein Fisch, der an nichts zu denken brauchte, nicht einmal ans Schwimmen. Dann duschte ich, tauschte die Badehose gegen ein T-Shirt und Shorts und fing an, Gewichte zu stemmen.

Danach fuhr ich zu dem Einzimmerapartment, das mir als Büro diente, und nahm mir die Bücher vor, berechnete die Gehälter meiner Angestellten und arbeitete am Entwurf für die Neugestaltung des *Robin's Nest*, die ich im folgenden Februar in Angriff nehmen wollte. Um eins ging ich wie immer nach Hause und aß zusammen mit meiner Frau zu Mittag.

»Schatz, heute morgen hat mein Vater angerufen«, sagte Yukiko. »Wie immer furchtbar in Eile. Er hat mir eine Aktie genannt, die demnächst steigen wird wie eine Rakete, und wir sollten davon so viel wie nur irgend möglich kaufen. Das sei keiner der üblichen Börsentips, meinte er, sondern etwas ganz Besonderes, und todsicher dazu.«

»Wenn's wirklich so viel einbringt, sollte er nicht uns davon erzählen, sondern stillschweigend selbst absahnen. Ich frag mich, warum er das nicht tut.«

»Er sagte, das sei seine Art, sich bei dir zu bedanken – du würdest schon wissen, wofür. Stimmt das? Er tritt uns gewissermaßen seinen Anteil ab. Er meinte, wir sollten alles investieren, was wir haben, und uns keine Sorgen machen, denn diese Aktie sei heiß. Und wenn aus irgendeinem Grund doch kein Gewinn rausspringen sollte, würde er dafür sorgen, daß wir nicht einen Yen verlören.«

Ich legte meine Gabel auf meinen Teller mit Nudeln. »Sonst noch was?«

»Na ja, er meinte, wir sollten schnell handeln, darum habe ich die Bank angerufen, unsere Sparkonten gekündigt und den Auftrag erteilt, das Geld an Herrn Nakayama vom Investment-Haus zu überweisen. Damit er die Aktien kaufen konnte. Ich habe nur etwa acht Millionen Yen zusammenkratzen können. Hätte ich vielleicht doch mehr kaufen sollen?«

Ich trank einen Schluck Wasser. Und bemühte mich, die richtigen Worte zu finden. »Und bevor du das alles getan hast – warum hast du mich nicht gefragt?«

»Dich gefragt?« sagte sie überrascht. »Aber du kaufst doch immer die Aktien, die mein Vater dir nennt. Hast du mich das nicht schon x-mal machen lassen? Du sagst doch immer, nur zu, ich solle tun, was ich für richtig halte. Und das habe ich eben getan. Mein Vater meinte, wir dürften nicht eine Minute verlieren. Du warst im Schwimmbad, und ich konnte dich nicht erreichen. Also ...?«

»Schon gut«, sagte ich. »Aber ich möchte, daß du das ganze Aktienpaket wieder verkaufst.«

»Verkaufen soll ich?« Sie kniff die Augen zusammen, als würde sie von einem grellen Lichtstrahl geblendet.

»Verkauf alle Aktien, die du gekauft hast, und schaff das Geld wieder auf unsere Sparkonten.«

»Aber wenn ich das tue, kostet uns das eine Menge an Gebühren.«

»Das ist mir egal«, sagte ich. »Zahl die Gebühren eben. Es ist mir egal, ob wir am Ende einen Verlust machen. Nur verkauf alles, was du heute gekauft hast.«

Yukiko seufzte. »Was ist zwischen dir und meinem Vater gelaufen? Was geht eigentlich vor?«

Ich antwortete nichts.

»Was ist gelaufen?«

»Hör zu, Yukiko«, fing ich an, »mir hängen diese Sachen allmählich zum Hals raus. Ich will kein Geld an der Börse verdienen. Ich will durch meiner Hände Arbeit Geld verdienen. Bislang habe ich meine Sache ganz ordentlich gemacht. Es hat dir doch nie an Geld gefehlt, oder?«

»Ich weiß selbst, daß du deine Sache gut gemacht hast, und ich habe mich noch nie beklagt. Ich bin dir dankbar, und du weißt, daß ich dich achte. Trotzdem, mein Vater tut das, um uns zu helfen. Verstehst du das denn nicht?«

»Doch, Yukiko. Aber weißt du, was Insiderhandel ist? Weißt du, was es bedeutet, wenn jemand dir sagt, daß eine Aktie mit hundertprozentiger Sicherheit steigen wird?«

»Nein.«

»Das nennt man Börsenmanipulation«, sagte ich. »Ein Mitarbeiter der fraglichen Gesellschaft treibt den Aktienkurs mit illegalen Tricks in die Höhe, verkauft dann das Paket und teilt sich den Gewinn mit seinen Kumpels. Und dieses Geld landet nach einigen Umwegen in den Taschen irgendwelcher Politiker oder dient zu Bestechungen in der Industrie. Das ist etwas anderes als die Aktien, die dein Vater mir bisher zu kaufen empfohlen hat. Von denen hieß es immer nur, daß sie *wahrscheinlich* Gewinn abwerfen würden. Damit gab mir dein Vater nur gute Tips, nichts weiter. Und meistens stiegen diese Aktien dann auch, aber nicht immer. Diesmal ist es anders. Diese Sache stinkt, und ich will nichts damit zu tun haben.«

Die Gabel in der Hand, blickte Yukiko gedankenverloren vor sich hin.

»Woher weißt du so sicher, daß es sich hier um einen Fall von Kursmanipulation handelt?«

»Wenn du das wirklich wissen willst, frag deinen Vater«, sagte ich. »Aber soviel kann ich dir sagen: hinter Aktien, die garantiert nicht fallen, können nur illegale Absprachen stecken. Mein Vater hat vierzig Jahre lang in einer Investment-Firma gearbeitet. Er hat von morgens bis in die Nacht geschuftet. Aber hinterlassen hat er nur ein schäbiges kleines Häuschen. Vielleicht war er einfach nicht gut in dem Metier. Jeden Abend saß meine Mutter über ihren Haushaltsbüchern und grämte sich wegen hundert oder zweihundert Yen, die fehlten. In so einer Familie bin ich aufgewachsen. Und du hast gesagt, mehr als acht Millionen Yen hättest du nicht auftreiben können. Yukiko, wir reden hier von echtem Geld, nicht von Monopoly-Geld. Die meisten Leute fahren jeden Morgen zur Arbeit, in überfüllten Zügen zusammengequetscht, machen Überstunden, rackern sich ab, und trotzdem können sie in einem Jahr nicht annähernd soviel zusammenbringen. Ich habe acht Jahre lang so gelebt, ich weiß also, wovon ich rede. Und ich hätte nie, nicht ums Verrecken, acht Millionen Yen zusammenkratzen können. Aber wahrscheinlich kannst du dir ein solches Leben gar nicht vorstellen.«

Yukiko schwieg. Sie biß sich auf die Lippe und starrte finster auf ihren Teller. Mir wurde bewußt, daß ich laut geworden war, und ich senkte die Stimme wieder.

»Du kannst unbesorgt sagen, daß sich das Geld, das wir investieren, in zwei Wochen verdoppeln würde. Aus acht Millionen Yen werden sechzehn Millionen. Aber etwas an dieser Denkweise ist ganz und gar nicht in Ordnung. Ohne es zu merken, habe ich mich in diese Geisteshaltung hineinziehen lassen, und das gibt mir ein Gefühl von Leere.«

Yukiko sah mich über den Tisch hinweg an. Als ich begann weiterzuessen, spürte ich, wie etwas in mir bebte. War es Gereiztheit oder Zorn? Ich wußte es nicht recht. Aber was immer es war, ich war ihm hilflos ausgeliefert.

»Es tut mir leid. Ich hätte mich um meine eigenen Angelegenheiten kümmern sollen«, sagte Yukiko nach langem Schweigen leise.

»Ist schon gut. Ich mach dir keine Vorwürfe. Ich mache niemandem Vorwürfe.«

»Ich rufe jetzt sofort an und sag den Leuten, sie sollen die Aktien komplett wieder verkaufen. Nur sei mir nicht mehr böse.«

»Ich bin dir nicht böse.«

Ich aß schweigend weiter.

»Gibt es nicht vielleicht etwas, was du mir sagen möchtest?« fragte Yukiko und sah mir ins Gesicht. »Wenn dich etwas quält, sag's mir. Auch wenn's dir schwerfällt, darüber zu sprechen. Wenn ich irgend etwas für dich tun kann, brauchst du es nur zu sagen. Ich bin nur eine ganz gewöhnliche Frau, und ich weiß, daß ich sehr naiv bin, auch in geschäftlichen Dingen. Aber ich kann es nicht ertragen, dich unglücklich zu sehen. Ich will nicht diesen gequälten Ausdruck in deinem Gesicht sehen. Was ist dir an unserem Leben so zuwider? Sag es mir.«

Ich schüttelte den Kopf. »Ich beklage mich überhaupt nicht. Meine Arbeit macht mir Spaß, und ich liebe dich. Ich sage nur, daß ich manchmal nicht damit klarkomme, wie dein Vater die Dinge handhabt. Versteh mich nicht falsch, ich mag ihn. Ich weiß, daß er uns zu helfen versucht, und ich weiß das zu schätzen. Ich bin also nicht böse. Ich weiß nur einfach nicht mehr, wer ich eigentlich bin. Ich weiß nicht mehr, was recht und was unrecht ist. Deswegen bin ich verwirrt. Aber nicht böse.«

»Du siehst aber böse aus.«

Ich seufzte.

»Und du seufzt andauernd«, sagte sie. »Jedenfalls quält dich eindeutig etwas. Du bist innerlich ganz woanders, Lichtjahre von hier entfernt.«

»Nicht, daß ich wüßte.«

Yukiko wandte den Blick nicht von mir ab. »Du hast etwas auf dem Herzen«, sagte sie. »Aber ich habe keine Ahnung, was es ist. Ich wünschte nur, ich könnte dir auf irgendeine Weise helfen.«

Auf einmal überkam mich das heftige Bedürfnis, alles zu beichten. Was für eine Erleichterung das wäre! Kein Versteckspielen mehr, kein Theater, keine Lügen. *Schau, Yukiko, es gibt eine andere Frau, die ich liebe, und ich kann sie einfach nicht vergessen. Ich habe mich zurückgehalten, hab alles getan, damit unsere Welt nicht zerbricht, aber ich kann einfach nicht mehr. Wenn sie das nächste Mal wiederkommt, schlafe ich mit ihr, egal, was dann passiert. Ich denke beim Masturbieren an sie. Ich denke an sie, während ich mit dir schlafe, Yukiko …* Aber ich sagte nichts. Eine Beichte würde nichts nützen. Sie würde uns nur noch unglücklicher machen.

Nach dem Essen kehrte ich in mein Büro zurück, um weiterzuarbeiten. Aber meine Gedanken waren tatsächlich ganz woanders. Ich fühlte mich schäbig, weil ich Yukiko eine solche Moralpredigt gehalten hatte. *Was* ich gesagt hatte, war schon richtig. Aber der Mensch, der es gesagt hatte, war durch und durch falsch. Ich hatte Yukiko belogen, mich hinter ihrem Rücken herumgetrieben. Ich war der letzte, der den Moralapostel hätte spielen dürfen. Yukiko gab sich die allergrößte Mühe, mich zu verstehen. Das war ganz offensichtlich, und es entsprach ihrem Wesen. Aber was war mit meinem Leben? War darin die geringste Konsequenz, die geringste Überzeugung zu erkennen? Ich fühlte mich leer; ohne jeden Antrieb, mich zu bewegen.

Ich legte die Füße auf den Schreibtisch und starrte, den Bleistift in der Hand, teilnahmslos aus dem Fenster. Von meinem Büro aus sah man auf einen Park. Das Wetter war schön, und es waren einige Eltern mit ihren Kindern da. Die Kinder spielten im Sandkasten oder rutschten über die Rutschbahn, die Mütter behielten sie im Auge und plauderten miteinander. Diese spielenden Kinder erinnerten mich an meine Töchter. Ich wollte sie sehen, noch einmal mit den beiden in den Armen die Straße entlanggehen. Ich wollte die Wärme ihrer Körper spüren. Aber der Gedanke an sie führte unweigerlich zu Erinnerungen an Shimamoto, zu lebhaften Erinnerungen an ihre leicht geöffneten Lippen. Ihr Bild verdrängte die Gedanken an meine Töchter. Ich konnte an nichts anderes denken.

Ich verließ mein Büro und schlenderte die Hauptstraße von Aoyama entlang. Ich ging in den Coffee-Shop, wo Shimamoto und ich uns oft getroffen hatten, und trank einen Kaffee. Ich schlug ein Buch auf, und als ich vom Lesen genug hatte, dachte ich wieder an sie. Fetzen unserer Gespräche kamen mir wieder in den Sinn, Gesten: wie sie eine Salem aus ihrer Handtasche zog und sie sich anzündete, wie sie sich beiläufig eine Haarsträhne zurückstrich, wie sie beim Lächeln den Kopf ein wenig zur Seite neigte. Bald wurde ich es leid, da allein herumzusitzen, und ich ging weiter, in Richtung Shibuya. Früher hatte es mir immer Spaß gemacht, die Straßen der Großstadt entlangzugehen, die Gebäude und die Geschäfte zu betrachten, die vielen Menschen zu beobachten. Ich liebte das Gefühl, mich auf meinen eigenen Beinen durch die Stadt zu bewegen. Jetzt aber war die Stadt bedrückend und leer. Gebäude verwandelten sich vor meinen Augen in Ruinen, die Bäume hatten jegliche Farbe verloren, und jeder Passant war ohne Gefühle, ohne Träume.

Ich ging absichtlich in ein Kino, in dem ein wenig bekannter Film lief, und starrte konzentriert auf die Leinwand. Als der Film zu Ende war, ging ich hinaus auf die abendlichen Großstadtstraßen, setzte mich in das erstbeste Restaurant, an dem ich vorbeikam, und aß etwas. In Shibuya wimmelte es von Büroangestellten auf dem Heimweg. Wie im Zeitraffer fuhren Züge in den Bahnhof ein und verschlangen eine Menschenmenge nach der anderen. Ziemlich genau hier, fiel mir plötzlich ein, hatte ich rund zehn Jahre zuvor unter den Passanten Shimamoto entdeckt, mit ihrem roten Mantel und der Sonnenbrille. Es hätte genausogut eine Million Jahre her sein können.

Mit einemmal war mir alles wieder gegenwärtig. Die Menschenmengen, die sich an diesem letzten Tag des Jahres durch die Straßen gewälzt hatten, Shimamotos Art zu gehen, jede Ecke, um die wir bogen, der bewölkte Himmel, die Kaufhaustüte, die sie in der Hand trug, die Tasse Kaffee, die sie nicht anrührte, die Weihnachtslieder. Wieder einmal bedauerte ich es schmerzlich, ihr nicht hinterhergerufen zu haben. Damals war ich völlig ungebunden gewesen, hatte nichts zu verlieren gehabt. Ich hätte sie in die Arme schließen und einfach mit ihr fortgehen können. Was immer ihre Situation oder ihr Problem gewesen sein mochte, wir hätten einen Ausweg finden können. Aber ich hatte diese Chance für immer vertan. Ein geheimnisvoller Kerl mittleren Alters hatte mich am Ellbogen gepackt, und Shimamoto war in ein Taxi geschlüpft und verschwunden.

Mit einem überfüllten Abendzug fuhr ich zurück. Während ich im Kino gewesen war, hatte sich das Wetter verschlechtert, und jetzt war der Himmel mit schweren Regenwolken bedeckt. Es sah so aus, als könnte es jeden Augenblick losregnen. Ich hatte keinen Schirm dabei, und ich trug noch immer die Segeljacke, die Bluejeans und Tennisschuhe, in denen ich am Morgen zum Schwimmen gegangen war. Ich hätte vor der Arbeit nach Hause gehen und wie sonst einen Anzug anziehen sollen, aber mir war nicht danach zumute. Was soll's, sagte ich mir. Einmal würde es auch ohne Krawatte gehen – davon ging die Welt nicht unter.

Kurz vor sieben begann es zu regnen. Ein sanfter Regen, ein herbstlicher Nieselregen, der ganz danach aussah, als würde er so bald nicht wieder aufhören. Wie immer schaute ich zunächst in der neugestalteten Bar vorbei, um festzustellen, wie das Geschäft lief. Das Lokal wirkte nun fast so, wie ich es mir vorgestellt hatte, viel entspannter und zugleich funktionaler; die Beleuchtung war gedämpfter, und die Musik unterstrich noch diese Stimmung. Ich hatte eine kleine separate Küche einbauen lassen, einen professionellen Koch eingestellt und mir eine neue Speisekarte mit schlichten, aber eleganten Gerichten ausgedacht – mit Gerichten, die ohne überflüssige Zutaten oder irgendwelche Schnörkel auskamen, die ein Amateur aber niemals zustande bringen würde. Sie waren schließlich nur als Appetithappen zu den Drinks gedacht, darum mußten sie unkompliziert zu essen sein. Jeden Monat stellten wir eine völlig neue Speisekarte zusammen. Es war nicht leicht gewesen, den Koch zu finden, der mir vorschwebte. Am Ende hatte ich ihn aufgetan, allerdings für ein erheblich höheres Gehalt als vorgesehen. Aber er war sein Geld wert, und ich war zufrieden. Meine Gäste anscheinend auch.

Gegen neun lieh ich mir in der Bar einen Schirm und machte mich auf den Weg zum *Robin's Nest*. Und um halb zehn tauchte dort Shimamoto auf. Seltsam, immer erschien sie an ruhigen, regnerischen Abenden.

14

Sie trug ein weißes Kleid und eine übergroße marineblaue Jacke. Am Revers der Jacke schimmerte eine kleine fischförmige Silberbrosche. Das Kleid war schlicht geschnitten und ohne jedes schmückende Element, aber wenn man es an ihr sah, hätte man schwören können, es sei das teuerste Kleid der Welt. Sie war gebräunt; als ich sie zuletzt gesehen hatte, war sie blasser gewesen.

»Ich dachte schon, du würdest nie wiederkommen«, sagte ich.

»Das sagst du jedesmal, wenn wir uns sehen«, sagte sie lachend. Wie immer setzte sie sich neben mich auf den Barhocker und legte beide Hände auf die Theke. »Aber ich habe dir doch eine Nachricht hinterlassen, daß ich eine Zeitlang nicht mehr kommen würde, oder?«

»*Eine Zeitlang* ist eine Einheit, mit der niemand rechnen kann. Zumindest niemand, der wartet«, sagte ich.

»Aber es muß doch Situationen geben, in denen dieses Wort notwendig ist. In denen man einfach kein anderes verwenden kann.«

»Und *wahrscheinlich* ist ein Wort, dessen Gewicht sich nicht abschätzen läßt.«

»Du hast ja recht«, sagte sie, und über ihr Gesicht huschte ihr vertrautes Lächeln, eine sanfte Brise, die aus weiter Ferne heranwehte. »Entschuldige. Ich will mich nicht herausreden, aber ich konnte es wirklich nicht ändern. Andere Wörter hätte ich nicht verwenden können.«

»Du brauchst dich nicht zu entschuldigen. Wie gesagt, das hier ist eine Bar, und du bist ein Gast. Du kannst herkommen, wann du willst. Ich bin's gewohnt. Ich rede nur so vor mich hin, achte einfach nicht drauf.«

Sie rief den Barkeeper herbei und bestellte einen Cocktail. Dann musterte sie mich, fast prüfend. »Du bist ja zur Abwechslung einmal ziemlich lässig angezogen.«

»Ich war heute morgen schwimmen und habe mich nicht umgezogen. Ich bin nicht dazu gekommen«, sagte ich. »Aber eigentlich gefällt's mir. Es gibt mir das Gefühl, endlich wieder ich zu sein.«

»Du siehst jünger aus. Niemand käme drauf, daß du siebenunddreißig bist.«

»Du siehst auch nicht aus wie siebenunddreißig.«

»Aber auch nicht wie zwölf.«

»Das stimmt«, sagte ich.

Ihr Cocktail kam, und sie nahm einen ersten Schluck. Und schloß sanft die Augen, als lausche sie einem fernen Ton. Nun, wo sie die Augen geschlossen hatte, nahm ich wieder die feine bogenförmige Falte gleich über ihren Lidern wahr.

»Hajime, ich habe ständig an die Cocktails in deiner Bar gedacht«, sagte sie. »Ich hätte wirklich gern einen getrunken. Wo man auch hingeht, solche Drinks wie hier bekommt man nirgendwo.«

»Warst du weit fort?«

»Wie kommst du darauf?« fragte sie.

»Weil du so etwas ausströmst«, sagte ich, »eine gewisse Atmosphäre. Als seist du eine Zeitlang sehr weit fort gewesen.«

Sie sah zu mir auf. Und nickte. »Hajime, ich war lange ...« Dann aber verstummte sie, als sei ihr etwas wieder eingefallen. Ich sah, daß sie nach den richtigen Worten suchte. Und sie nicht finden konnte. Sie biß sich auf die Lippe und lächelte. »Wie dem auch sei, es tut mir leid. Ich hätte mich bei dir melden sollen. Aber ich wollte gewisse Dinge so belassen, wie sie sind. Konserviert, sozusagen. Entweder ich komme her, oder ich komme nicht. Wenn ich herkomme, dann bin ich da. Wenn nicht, dann ... bin ich anderswo.«

»Und dazwischen gibt es nichts?«

»Nein, kein Dazwischen«, sagte sie. »Und warum? Weil es Zwischendinge nicht gibt.«

»An einem Ort, an dem es keine Zwischendinge gibt, existiert auch kein Dazwischen«, sagte ich.

»Genau.«

»Mit anderen Worten: An einem Ort, an dem es keine Hunde gibt, existieren auch keine Hundehütten.«

»Ja. Keine Hunde, keine Hundehütten«, sagte Shimamoto. Und warf mir einen kuriosen Blick zu. »Du hast schon einen merkwürdigen Humor, weißt du das?«

Das Klaviertrio spielte, wie so oft, »Star-Crossed Lovers«. Eine Weile hörten wir schweigend zu.

»Darf ich dich etwas fragen?«

»Klar«, sagte ich.

»Was hat es eigentlich auf sich mit dir und diesem Stück? Immer, wenn du hier bist, spielen sie es, scheint mir. Gehört das irgendwie zur Hausordnung?«

»Nein. Sie wissen einfach, daß ich es mag.«

»Es ist ein schönes Lied.«

Ich nickte. »Ich habe lang gebraucht, um dahinterzukommen, wie komplex es ist, daß viel mehr darin steckt als nur eine hübsche Melodie. Nur Musiker von einer besonderen Sorte können es richtig spielen«, sagte ich. »Duke Ellington und Billy Strayhorn haben es vor langer Zeit geschrieben. Siebenundfünfzig, glaube ich.«

»Was bedeutet eigentlich dieses ›star-crossed‹?«

»›Von einem Unstern verfolgt‹ – Liebende, die unter einem unglücklichen Stern geboren sind. Das ist eine Anspielung auf

Romeo und Julia. Ellington und Strayhorn haben den Song für ein Konzert im Rahmen des Ontario Shakespeare Festivals geschrieben. In der Originalaufnahme war Johnny Hodges' Altsaxophon Julia, und Paul Gonsalves spielte den Romeo-Part auf dem Tenorsaxophon.«

»Liebende, unter einem Unstern geboren«, sagte sie. »Das klingt, als wäre es für uns geschrieben.«

»Willst du damit sagen, wir sind ein Liebespaar?«

»Findest du, wir sind keins?«

Ich sah sie an. Jetzt lächelte sie nicht mehr. Tief in ihren Augen konnte ich ein schwaches Glimmen ausmachen.

»Shimamoto-san, ich weiß überhaupt nichts von dir«, sagte ich. »Jedesmal, wenn ich dir in die Augen schaue, spüre ich es wieder. Ich weiß nur, wie du mit zwölf warst – mehr kann ich über dich nicht sagen. Die Shimamoto-san, die ein paar Straßen weiter wohnte und in meine Klasse ging. Aber das war vor fünfundzwanzig Jahren. Der Twist war in, und die Leute fuhren noch mit der Straßenbahn. Keine Musikkassetten, keine Tampons, kein Hochgeschwindigkeitszug, keine Vollwertkost. Lang vergangene Zeiten. Abgesehen von dem, was ich von der Shimamoto von damals weiß, tappe ich völlig im dunkeln.«

»Liest du das in meinen Augen? Daß du nichts von mir weißt?«

»In deinen Augen steht nichts«, erwiderte ich. »Es steht in *meinen* Augen geschrieben. In deinen sehe ich es nur gespiegelt.«

»Hajime«, sagte sie, »ich weiß, daß ich dir mehr erzählen sollte. Wirklich. Aber ich kann's nicht ändern. Sprich also bitte nicht weiter.«

»Wie gesagt, ich rede nur so vor mich hin. Kümmer dich nicht darum.«

Sie hob eine Hand an ihr Revers und berührte mit den Fingerspitzen die Fischbrosche. Und hörte still dem Klaviertrio zu. Als das Set beendet war, klatschte sie und nahm einen Schluck von ihrem Cocktail. Schließlich stieß sie einen langen Seufzer aus und wandte sich mir zu. »Sechs Monate sind eine lange Zeit«, sagte sie. »Aber jetzt werde ich wohl wieder eine Zeitlang herkommen können. Wahrscheinlich.«

»Die alten Zauberwörter«, sagte ich.

»Zauberwörter?«

»*Wahrscheinlich* und *eine Zeitlang.*«

Sie lächelte und sah mich an. Sie holte aus ihrer kleinen Handtasche eine Zigarette und zündete sie sich mit einem Feuerzeug an.

»Wenn ich dich ansehe, habe ich manchmal das Gefühl, ich betrachte einen fernen Stern«, sagte ich. »Er funkelt wunderschön, aber das Licht ist Zigtausende von Jahren alt. Vielleicht existiert der Stern schon gar nicht mehr. Und doch kommt mir dieses Licht manchmal wirklicher vor als alles andere.«

Shimamoto sagte nichts.

»Du bist hier«, fuhr ich fort. »Zumindest siehst du so aus, als seist du hier. Aber vielleicht bist du das gar nicht. Vielleicht ist nur dein Schatten hier. Die wirkliche Shimamoto könnte ganz woanders sein. Oder vielleicht bist du auch schon vor langer, langer Zeit verschwunden. Ich strecke die Hand aus, um mich zu vergewissern, aber du hast dich hinter einer Wolke von *Wahrscheinlichs* versteckt. Meinst du, wir können ewig so weitermachen?«

»Möglicherweise. Vorläufig«, antwortete sie.

»Offenbar bin ich nicht der einzige mit einem merkwürdigen Humor«, sagte ich. Und lächelte.

Sie lächelte auch. Der Regen hat aufgehört, die Wolken reißen lautlos auf und lassen die allerersten Sonnenstrahlen durch: so ein

Lächeln. Kleine, warme Fältchen um ihre Augenwinkel, etwas Wundervolles verheißend.

»Hajime«, sagte sie, »ich habe dir ein Geschenk mitgebracht.«

Sie reichte mir ein schön eingeschlagenes Päckchen mit einer roten Schleife darauf.

Ich sah mir die Maße und die Form des Päckchens an. »Sieht aus wie eine Schallplatte.«

»Es ist eine Platte von Nat King Cole. Die eine, die wir uns damals immer zusammen angehört haben, weißt du noch? Ich schenke sie dir.«

»Danke. Aber willst du sie nicht lieber behalten? Als Andenken an deinen Vater?«

»Ich habe noch andere. Diese eine ist für dich.«

Ich starrte auf die verpackte Schallplatte mit der Schleife darauf. Schon bald verklangen alle Geräusche um mich her – das Stimmengewirr in der Bar, die Musik des Klaviertrios – in der Ferne, als sei die Flut gewichen. Nur Shimamoto und ich blieben zurück. Alles übrige war Illusion, Kulisse, Pappmaché-Requisiten auf einer Bühne. Was existierte, was *wirklich* war, das waren wir beide.

»Shimamoto-san«, sagte ich, »was hieltest du davon, wenn wir irgendwo hingingen und uns das zusammen anhörten?«

»Das wäre wunderbar«, sagte sie.

»Ich habe ein Ferienhäuschen in Hakone. Im Augenblick ist niemand dort, und es gibt da eine Stereoanlage. Um diese Uhrzeit könnten wir in anderthalb Stunden dort sein.«

Sie blickte auf ihre Uhr, dann sah sie mich an. »Du willst jetzt dort hinfahren?«

»Ja«, sagte ich.

Sie kniff die Augen ein wenig zusammen. »Aber es ist schon

nach zehn. Wenn wir jetzt nach Hakone fahren, sind wir erst sehr spät wieder zurück. Ist das kein Problem für dich?«

»Nein. Für dich?«

Wieder sah sie auf ihre Uhr. Dann schloß sie die Augen und hielt sie für gut zehn Sekunden geschlossen. Als sie sie wieder aufschlug, war ihr Gesicht verwandelt, als sei sie weit, weit fort gewesen, habe dort etwas abgelegt und sei dann wieder zurückgekehrt. »Gut«, sagte sie. »Fahren wir.«

Ich rief den stellvertretenden Geschäftsführer zu mir und bat ihn, sich in meiner Abwesenheit um alles Nötige zu kümmern – die Registrierkasse abzuschließen, die Belege abzuheften und die Einnahmen im Nachttresor der Bank zu deponieren. Ich ging zu unserem Apartmenthaus und holte den BMW aus der Tiefgarage. Und rief von der nächsten Telefonzelle aus meine Frau an, um ihr zu sagen, daß ich jetzt nach Hakone fahren würde.

»Um diese Uhrzeit?« sagte sie überrascht. »Warum mußt du um diese Zeit nach Hakone?«

»Ich muß über einiges nachdenken«, sagte ich.

»Du kommst also heute nacht nicht mehr nach Hause?«

»Wahrscheinlich nicht.«

»Schatz, ich hab nachgedacht über das, was passiert ist, und es tut mir wirklich leid. Du hattest recht. Ich habe das ganze Aktienpaket abgestoßen. Warum kommst du also nicht nach Hause?«

»Yukiko, ich bin dir nicht böse, überhaupt nicht. Vergiß die ganze Sache. Ich brauche nur Zeit zum Nachdenken. Gib mir eine Nacht, okay?«

Sie sagte eine Weile nichts. Dann: »Na gut.« Sie klang erschöpft. »Dann fahr eben nach Hakone. Aber fahr vorsichtig. Es regnet.«

»Ich paß schon auf.«

»Es gibt so vieles, was ich nicht verstehe«, sagte meine Frau. »Sag mir eins: Bin ich dir im Weg?«

»Überhaupt nicht«, erwiderte ich. »Mit dir hat es nichts zu tun. Wenn überhaupt, liegt das Problem bei mir. Mach dir also deswegen keine Sorgen, ja? Ich brauch nur ein bißchen Zeit zum Nachdenken.«

Ich legte auf und fuhr zur Bar. Yukikos Stimme war anzuhören gewesen, daß sie lange über unser mittägliches Gespräch nachgedacht hatte; sie war müde und verwirrt. Das machte mich traurig. Noch immer regnete es stark. Ich ließ Shimamoto einsteigen.

»Mußt du noch irgendwo anrufen, bevor wir losfahren?« fragte ich.

Sie schüttelte wortlos den Kopf. Und wie sie es auf der Rückfahrt vom Flughafen Haneda getan hatte, preßte sie das Gesicht gegen die Glasscheibe und starrte in die Nacht hinaus.

Es gab wenig Verkehr in Richtung Hakone. Bei Atsugi fuhr ich von der Autobahn ab und nahm die Schnellstraße nach Odawara. Ich hielt konstant eine Geschwindigkeit zwischen hundertdreißig und hundertvierzig Stundenkilometern. Stellenweise kamen Wände von Regen herunter, aber ich kannte jede Kurve und jeden Buckel entlang der Strecke. Seit wir auf die Autobahn gefahren waren, hatten Shimamoto und ich kaum ein Wort gewechselt. Ich spielte leise die Kassette mit einem Mozart-Quartett und hielt die Augen auf die Straße gerichtet. Shimamoto sah gedankenverloren aus dem Fenster. Von Zeit zu Zeit blickte sie zu mir herüber, und jedesmal bekam ich eine trockene Kehle. Dann schluckte ich ein paarmal und zwang mich zur Ruhe.

»Hajime«, sagte sie. Wir waren in der Nähe von Kouzu. »Du hörst wohl nicht viel Jazz, wenn du nicht in der Bar bist?«

»Nein. Vor allem klassische Musik.«

»Wie kommt das?«

»Vermutlich, weil ich Jazz als Teil meiner Arbeit empfinde. Wenn ich nicht im Club bin, höre ich mir gern etwas anderes an. Manchmal auch Rock, aber fast nie Jazz.«

»Und was für Musik hört deine Frau?«

»Meistens das, was ich gerade höre. Von sich aus legt sie so gut wie nie Platten auf. Ich bin mir nicht einmal sicher, ob sie weiß, wie der Plattenspieler funktioniert.«

Shimamoto griff nach dem Kassettenbehälter und holte ein paar MCs heraus. Auf einer waren die Kinderlieder, die meine Töchter und ich im Auto immer zusammen sangen. »Der Hündchen-Polizist«, »Tulip« – die japanische Entsprechung von »Barney's Greatest Hits«. Wenn man das Gesicht sah, mit dem Shimamoto die Kassette und das Snoopy-Bild auf der Hülle betrachtete, hätte man meinen können, sie habe Überreste einer außerirdischen Zivilisation entdeckt.

Wieder wandte sie sich mir zu. »Hajime«, sagte sie nach einer Weile. »Wenn ich dich ansehe, wie du so fährst, möchte ich manchmal nach dem Lenkrad greifen und es herumreißen. Wir würden bestimmt sterben, nicht?«

»Sicher. Wir fahren hundertdreißig.«

»Würdest du lieber nicht mit mir zusammen sterben?«

Ich lachte. »Ich kann mir angenehmere Todesarten vorstellen. Und außerdem haben wir uns die Platte noch nicht angehört. Dafür sind wir doch losgefahren, oder?«

»Keine Angst«, sagte sie. »Ich tue es schon nicht. Mir geht nur der Gedanke von Zeit zu Zeit durch den Kopf.«

Wir hatten erst Anfang Oktober, aber in Hakone waren die Nächte kalt. Als wir am Ferienhaus angekommen waren, machte ich Licht und schaltete den Gasofen im Wohnzimmer ein. Und ich holte eine Flasche Brandy und zwei Schwenker aus dem Regal. Wir setzten uns nebeneinander auf das Sofa, wie wir es vor so vielen Jahren immer getan hatten, und ich legte die Nat-King-Cole-Platte auf. Der rote Feuerschein des Ofens spiegelte sich in unseren Brandy-Gläsern. Shimamoto saß mit untergeschlagenen Beinen da. Einen Arm hatte sie auf die Rückenlehne des Sofas gelegt, der andere lag in ihrem Schoß. Genau wie in den alten Zeiten. Damals hatte sie wahrscheinlich ihr Bein verbergen wollen; dann war es ihr zur Gewohnheit geworden. Nat King Cole sang »South of the Border«. Vor wie vielen Jahren hatte ich dieses Lied zum letztenmal gehört?

»Wenn ich als Junge dieses Stück hörte, habe ich mich immer gefragt, was ›südlich der Grenze‹ denn wohl läge«, sagte ich.

»Ich mich auch«, sagte sie. »Als ich älter wurde und den englischen Text verstehen konnte, war ich enttäuscht. Es war einfach nur ein Lied über Mexiko. Ich hatte immer gedacht, südlich der Grenze müsse etwas ganz Herrliches liegen.«

»Was denn zum Beispiel?«

Shimamoto strich sich das Haar zurück und faßte es locker im Nacken zusammen. »Ich bin mir nicht sicher. Etwas Schönes, Großes und Weiches.«

»Etwas Schönes, Großes und Weiches«, wiederholte ich. »War es eßbar?«

Sie lachte. Ihre weißen Zähne schimmerten auf. »Das bezweifle ich.«

»Etwas, was man anfassen kann?«

»Wahrscheinlich.«

»Womit wir wieder bei den *Wahrscheinlichs* wären.«

»In einer Welt voller *Wahrscheinlichs*«, sagte sie.

Ich streckte die Hand aus und legte sie auf ihre Finger, die auf der Rückenlehne lagen. Ich hatte ihren Körper so ewig lange nicht mehr berührt – seit dem Rückflug aus Ishikawa nicht mehr. Als meine Finger die ihren streiften, sah sie kurz zu mir auf, dann schlug sie die Augen wieder nieder.

»South of the border, west of the sun«, sagte sie.

»West of the sun?«

»Hast du schon mal von einer Krankheit namens Sibirische Hysterie gehört?«

»Nein.«

»Ich hab davon vor langer Zeit einmal irgendwo gelesen, auf der Mittelschule vielleicht. Ich kann mich beim besten Willen nicht mehr erinnern, in was für einem Buch. Jedenfalls, diese Krankheit befällt sibirische Bauern. Versuch dir das Folgende vorzustellen: Du bist ein Bauer und lebst ganz allein in der sibirischen Tundra. Tagein, tagaus pflügst du deine Felder. Ringsum nichts, soweit das Auge reicht. Im Norden der Horizont, im Osten der Horizont, im Süden, im Westen das gleiche. Jeden Morgen, wenn die Sonne im Osten aufsteigt, gehst du hinaus auf deine Felder und arbeitest. Wenn sie direkt über deinem Kopf steht, machst du Mittagspause. Wenn sie im Westen untergeht, gehst du nach Hause und legst dich schlafen.«

»Nicht gerade die Lebensweise eines Barbesitzers aus Aoyama.«

»Kaum.« Sie lächelte und neigte den Kopf ganz leicht zur Seite.

»Jedenfalls geht es so immer weiter, Jahr um Jahr.«

»Aber in Sibirien arbeiten sie im Winter nicht auf den Feldern.«

»Im Winter ruhen sie sich aus«, sagte sie. »Im Winter bleiben sie zu Hause und erledigen andere Arbeiten. Wenn der Frühling kommt, gehen sie wieder hinaus auf die Felder. Du bist so ein Bauer. Stell es dir vor.«

»Ich hab's«, sagte ich.

»Und dann, eines Tages, stirbt etwas in dir.«

»Wie meinst du das?«

Sie schüttelte den Kopf. »Ich weiß es nicht. Irgend etwas stirbt. Tagein, tagaus siehst du die Sonne im Osten aufgehen, über den Himmel ziehen, dann im Westen untergehen, und etwas zerbricht in dir und stirbt. Du wirfst den Pflug beiseite und gehst, ohne einen Gedanken im Kopf, in Richtung Westen. Auf ein Land zu, das westlich der Sonne liegt. Wie ein Besessener wanderst du immer weiter, Tag um Tag, ohne zu essen oder zu trinken, bis du irgendwann zusammenbrichst und stirbst. Das ist die sibirische Hysterie.«

Ich versuchte, mir einen sibirischen Bauern vorzustellen, der tot auf der Erde liegt.

»Aber was ist dort, westlich der Sonne?« fragte ich.

Wieder schüttelte Shimamoto den Kopf. »Ich weiß es nicht. Vielleicht nichts. Oder vielleicht doch etwas. Jedenfalls etwas anderes als südlich der Grenze.«

Als Nat King Cole begann, »Pretend« zu singen, sang Shimamoto, wie sie es vor langer, langer Zeit immer getan hatte, leise mit.

Pretend you're happy when you're blue
It isn't very hard to do

»Shimamoto-san«, sagte ich, »nachdem du verschwunden warst, habe ich sehr lange über dich nachgedacht. Sechs Monate lang, jeden Tag, von früh bis spät. Ich habe versucht, damit aufzuhören, aber ich konnte es nicht. Und ich bin zum folgenden Schluß gelangt. Ich kann ohne dich nicht leben. Ich will dich nie wieder verlieren. Ich will nie wieder die Worte *eine Zeitlang* oder *wahrscheinlich* hören. Du wirst wieder sagen, wir können uns eine Zeitlang sehen, und dann wirst du verschwinden. Und keiner kann sagen, wann du wiederkommst. Es könnte auch sein, daß du nie mehr zurückkommst und daß ich dich bis zum Ende meines Lebens niemals wiedersehe. Und das könnte ich nicht ertragen. Ein solches Leben wäre sinnlos.«

Shimamoto sah mich schweigend an, noch immer mit einem leisen Lächeln. Mit einem stillen Lächeln, dem nichts etwas anhaben konnte, das mir nichts von dem verriet, was sich dahinter verbarg. Angesichts dieses Lächelns meinte ich, alle Empfindungen würden mir genommen. Für einen Moment verlor ich die Orientierung, jegliches Gefühl dafür, wer ich war und wo ich mich befand. Nach einer Weile jedoch fand ich die Worte wieder.

»Ich liebe dich«, sagte ich zu ihr. »Nichts kann je etwas daran ändern. Ein so besonderes Gefühl dürfte einem nie, nie genommen werden. Ich habe dich viele Male verloren. Aber ich hätte dich niemals gehen lassen dürfen. Diese letzten Monate haben mir das gezeigt. Ich liebe dich, und ich will nicht, daß du mich je verläßt.«

Als ich verstummte, schloß sie die Augen. Im Ofen brannte das Feuer, und Nat King Cole sang weiter seine alten Songs. Ich sollte noch etwas sagen, dachte ich, aber mir fiel nichts weiter ein.

»Hajime«, sagte sie, »das ist jetzt sehr wichtig, hör also bitte genau zu. Wie ich dir schon gesagt habe, gibt es bei mir kein Dazwischen, keine Halbheiten. Du nimmst mich entweder ganz oder gar nicht. So läuft das bei mir. Wenn es dich nicht stört, wie bisher weiterzumachen, wüßte ich nicht, was uns daran hindern sollte. Ich weiß zwar nicht, wie lange wir so weitermachen könnten, aber ich würde alles dafür tun, was in meiner Macht steht. Wann immer ich dich besuchen kann, werde ich es tun. Aber wenn ich nicht kann, dann kann ich nicht. Ich kann nicht einfach jedesmal zu dir kommen, wenn mir gerade danach ist. Vielleicht befriedigt dich dieses Arrangement nicht, aber wenn du nicht willst, daß ich wieder fortgehe, mußt du mich ganz nehmen. Alles an mir. Das ganze Gepäck, das ich mit mir herumschleppe, alles, was an mir haftet. Und ich werde dich ganz nehmen. Verstehst du das? *Verstehst du, was das bedeutet?*«

»Ja«, sagte ich.

»Und du willst immer noch mit mir zusammensein?«

»Ich habe mich schon entschieden, Shimamoto-san«, sagte ich. »Ich habe darüber nachgedacht, während du verschwunden warst, und ich habe meine Entscheidung getroffen.«

»Aber du hast eine Frau und zwei Kinder, Hajime. Und du liebst sie. Du willst tun, was für sie richtig ist.«

»Natürlich liebe ich sie. Sehr sogar. Und ich will für sie sorgen. Aber etwas fehlt. Ich habe eine Familie, einen Beruf, und ich kann über beides nicht klagen. Man könnte mich als glücklich bezeichnen. Und doch weiß ich, seitdem ich dich wiedergetroffen habe, daß etwas fehlt. Die wichtige Frage ist, *was* fehlt. Etwas, was dasein müßte, ist nicht da. In mir und meinem Leben. Und deshalb ist ein Teil von mir ständig hungrig, ständig durstig. Weder meine Frau noch meine Kinder können diesen Mangel ausfüllen. Es gibt auf der ganzen Welt nur einen Menschen, der das kann. Du. Erst jetzt, da dieser Durst gestillt ist, begreife ich, wie leer ich war. Und wie sehr ich, so viele Jahre lang, gehungert und gedürstet habe. Ich kann nicht dorthin zurück.«

Shimamoto schlang die Arme um mich und legte den Kopf an meine Schulter. Ich spürte die Weichheit ihres Körpers. Er drängte sich an mich, warm, fordernd.

»Ich liebe dich auch, Hajime. Du bist der einzige Mensch, den ich je geliebt habe. Ich glaube nicht, daß dir bewußt ist, wie sehr ich dich liebe. Seit ich zwölf war, liebe ich dich. Wann immer mich jemand anders in den Armen hielt, dachte ich an dich. Und das ist der Grund, warum ich dich nie wiedersehen wollte. Wenn ich dich auch nur ein einziges Mal sähe, würde ich es nicht länger ertragen. Aber ich habe es nicht fertiggebracht, mich von dir fernzuhalten. Zuerst dachte ich, ich würde mich nur vergewissern, daß du es wirklich bist, und gleich wieder gehen. Aber sobald ich dich gesehen hatte, mußte ich auch mit dir sprechen.« Sie ließ den Kopf an meiner Schulter. »Schon damals, als ich zwölf war, habe ich mir gewünscht, du würdest mich in die Arme nehmen. Das hast du nicht gewußt, oder?«

»Nein.«

»Seit ich zwölf war, habe ich mir gewünscht, dich nackt in den Armen zu halten. Das hast du vermutlich nicht geahnt.«

Ich drückte sie an mich und küßte sie. Sie schloß die Augen, ohne sich sonst zu bewegen. Unsere Zungen wanden sich umeinander, und ich spürte ihren Herzschlag nah unter ihren Brüsten, einen leidenschaftlichen, warmen Herzschlag. Ich schloß die Augen und dachte an das rote Blut, das durch ihre Adern floß. Ich streichelte ihr weiches Haar und sog seinen Duft ein. Ihre Hände wanderten über meinen Rücken. Die Schallplatte endete, und der Tonarm schwenkte zu seiner Ausgangsposition zurück. Wieder hüllte uns nur das Geräusch des Regens ein. Nach einer Weile öffnete sie die Augen. »Hajime«, flüsterte sie, »bist du dir ganz sicher, daß du das Richtige tust? Daß du meinetwegen alles abwerfen willst?«

Ich nickte. »Ja. Ich habe mich entschieden.«

»Aber wenn wir uns nie begegnet wären, hättest du in Frieden leben können. Ohne Zweifel, ohne Unzufriedenheit. Glaubst du nicht?«

»Mag sein. Aber wir *sind* uns begegnet und können das nicht ungeschehen machen«, sagte ich. »Genau wie du mir einmal gesagt hast: Bestimmte Dinge kann man nicht rückgängig machen. Man kann nur vorwärtsgehen. Shimamoto-san, es ist mir gleich, wohin dieser Weg führt; ich weiß nur, daß ich ihn mit dir gehen will. Und wenn wir angekommen sind, noch einmal von vorn anfangen.«

»Hajime«, sagte sie, »würdest du dich ausziehen und mich deinen Körper anschauen lassen?«

»Du willst nur, daß ich mich ausziehe?«

»Ja. Zieh dich zuerst ganz aus. Ich will deinen Körper sehen. Oder magst du nicht?«

»Ich habe nichts dagegen. Wenn du's so willst«, sagte ich. Ich stellte mich vor den Ofen und zog mich aus. Ich streifte die Segeljacke ab, dann Polohemd, Blue-jeans, Socken, T-Shirt, Unterhose. Shimamoto hieß mich auf dem Boden niederknien. Mein Penis war schon hart, was mich ein bißchen verlegen machte. Sie rückte ein Stückchen von mir ab, um das ganze Bild erfassen zu können. Sie hatte noch immer ihre Jacke an.

»Ein merkwürdiges Gefühl, als einziger nackt zu sein.« Ich lachte auf.

»Er ist sehr schön, Hajime«, sagte sie. Sie kam nah an mich heran, nahm meinen Penis liebevoll in die Hand und küßte mich auf die Lippen. Sie legte ihre Hände auf meine Brust, und dann leckte sie mir sehr lange die Brustwarzen und streichelte mein Schamhaar. Sie legte das Ohr an meinen Bauchnabel und nahm meine Hoden in den Mund. Sie bedeckte mich mit Küssen. Sogar meine Fußsohlen küßte sie. Es war, als gehe sie mit der Zeit um wie mit einem Schatz. Als streichle sie, liebkose sie, lecke sie die Zeit.

»Willst du dich nicht ausziehen?« fragte ich.

»Später«, erwiderte sie. »Zuerst möchte ich deinen Körper betrachten können, ihn nach Herzenslust kosten und berühren. Wenn ich mich jetzt auszöge, würdest du mich doch berühren wollen, stimmt's? Selbst wenn ich es dir verbieten würde, du könntest dich nicht beherrschen.«

»Da hast du recht.«

»So will ich es aber nicht. Wir haben so lang gebraucht, um diesen Punkt zu erreichen, und ich möchte es schön langsam angehen lassen. Ich will dich ansehen, dich mit diesen Händen berühren, dich mit meiner Zunge lecken. Ich will alles ausprobieren ... aber *langsam*, sonst kann ich nicht zur nächsten Phase übergehen, Hajime. Auch wenn es dir ein bißchen verrückt vorkommt, was ich tue, stör dich bitte nicht daran, ja? Ich muß es tun. Sag nichts, laß es mich einfach tun.«

»Ich habe nichts dagegen. Tu, was immer du möchtest. Aber ein bißchen komisch fühle ich mich schon, wenn ich so angestarrt werde.«

»Aber du gehörst mir doch, nicht?«

»Ja.«

»Also gibt es keinen Grund, verlegen zu sein.«

»Wahrscheinlich hast du recht«, sagte ich. »Ich muß mich nur daran gewöhnen.«

»Hab einfach noch ein bißchen Geduld. Ich habe so lange davon geträumt.«

»Davon, dir meinen Körper anzusehen? Mich überall zu berühren, während du noch völlig angezogen bist?«

»Ja«, antwortete sie. »Seit Ewigkeiten habe ich mir deinen Körper vorgestellt. Wie dein Penis aussehen mochte, wie hart er wohl werden würde, wie groß.«

»Warum denn?«

»Warum?« fragte sie ungläubig. »Ich habe dir doch gesagt, daß ich dich liebe. Was ist so merkwürdig daran, wenn man an den Körper des Mannes denkt, den man liebt? Hast du denn nicht an meinen Körper gedacht?«

»Doch«, sagte ich.

»Ich möchte wetten, du hast an meinen Körper gedacht, während du masturbiert hast.«

»Ja. Die ganze Schulzeit hindurch«, sagte ich. Dann korrigierte ich mich: »Na ja, ehrlich gesagt, auch noch vor kurzem.«

»Genau so war's bei mir. Ich habe an deinen Körper gedacht. Das tun Frauen auch, weißt du.«

Ich zog sie wieder an mich und küßte sie langsam. Ihre Zunge glitt träge in meinen Mund. »Ich liebe dich, Shimamoto-san«, sagte ich.

»Ich liebe dich, Hajime«, sagte sie. »Ich liebe niemanden außer dir. Darf ich deinen Körper noch ein bißchen ansehen?«

»Nur zu«, erwiderte ich.

Sanft wölbte sie ihre Hand um meinen Penis und meine Hoden. »Er ist so schön«, sagte sie. »Ich würde ihn am liebsten aufessen.«

»Und was tue ich dann?«

»Aber ich will ihn wirklich aufessen«, sagte sie. Lange hielt sie meine Hoden in der offenen Hand. Und leckte und sog, sehr langsam, sehr behutsam, an meinem Penis. Sie sah mich an. »Darf ich es das erste Mal so tun, wie ich es möchte? Auf meine Art? Darf ich?«

»Ich habe nichts dagegen. Tu, was immer du möchtest«, sagte ich. »Außer mich aufessen, natürlich.«

»Ich geniere mich ein bißchen, also sag bitte nichts, okay?«

»Versprochen«, sagte ich.

Während ich auf dem Boden kniete, legte sie ihren linken Arm um meine Hüften. Mit der anderen Hand streifte sie Strümpfe und

Höschen ab, ohne ihr Kleid auszuziehen. Dann nahm sie meinen Penis und meine Hoden in die rechte Hand und leckte sie ab. Ihre andere Hand glitt unter ihr Kleid. Während Shimamoto an meinem Penis sog, begann ihre andere Hand sich langsam zu bewegen.

Ich sagte kein Wort. Das war offenbar ihre Art. Ich beobachtete die Bewegungen ihrer Lippen und ihrer Zunge, und das träge Auf und Ab ihrer Hand unter dem Rock. Plötzlich erinnerte ich mich wieder an die Shimamoto, die ich auf dem Parkplatz der Bowling-Halle gesehen hatte – erstarrt und weiß wie ein Laken. Deutlich erinnerte ich mich an das, was ich tief in ihren Augen gesehen hatte: einen dunklen Raum, hartgefroren wie ein unterirdischer Gletscher. Eine Stille, so tief, daß sie jegliches Geräusch verschluckte und nie wieder herausließ. Absolutes, vollkommenes Schweigen.

Es war das erste Mal gewesen, daß ich dem Tod von Angesicht zu Angesicht gegenüberstand, deswegen hatte ich noch keine klare Vorstellung davon, was der Tod wirklich ist. Doch da war er, unmittelbar vor meinen Augen, wenige Zentimeter von meinem Gesicht entfernt. Das also ist das Gesicht des Todes, hatte ich gedacht. Und der Tod hatte zu mir gesprochen und gesagt, auch meine Zeit werde eines Tages kommen. Zuletzt stürze jeder in diese unendlich einsamen Tiefen, diesen Ursprung aller Finsternis, dieses Schweigen ohne jeden Widerhall. Von erstickender, lähmender Angst ergriffen, hatte ich in den bodenlosen dunklen Abgrund gestarrt.

Diesen schwarzen, gefrorenen Tiefen ausgesetzt, hatte ich ihren Namen gerufen. *Shimamoto-san*, hatte ich immer wieder gerufen, aber meine Stimme war in dem unendlichen Nichts verhallt. Wie sehr ich auch schrie, nichts veränderte sich in den Tiefen ihrer Augen. Ihr Atmen blieb befremdlich, wie das Geräusch des Windes, der durch Mauerrisse peitscht. Die Gleichmäßigkeit ihrer

Atemzüge sagte mir, daß sie sich noch diesseits der Grenze befand. Aber ihre Augen sagten mir, daß sie bereits dem Tod verfallen war.

Und während ich tief in ihre Augen blickte und ihren Namen rief, wurde auch mein Körper in diese Tiefen hinabgezogen. Als hätte ein Vakuum alle Luft um mich herum abgesaugt, zerrte mich jene andere Welt immer näher. Selbst jetzt spürte ich noch ihre Macht. Sie wollte *mich*.

Ich schloß fest die Augen. Und verscheuchte diese Erinnerungen.

Ich streckte die Hand aus und strich Shimamoto über das Haar. Ich berührte ihre Ohren, legte ihr meine Hand auf die Stirn. Ihr Körper war warm und weich. Sie saugte an meinem Penis, als versuchte sie, nichts weniger als das Leben aus mir herauszusaugen. Ihre Hand, weiterhin zwischen ihren Schenkeln in Bewegung, redete in einer geheimen Gebärdensprache. Kurz darauf kam ich in Shimamotos Mund; ihre Hand unter dem Rock hielt inne, und ihre Augen schlossen sich. Sie schluckte meinen Samen bis zum allerletzten Tropfen.

»Es tut mir leid«, sagte Shimamoto.

»Es braucht dir nichts leid zu tun«, sagte ich.

»Beim ersten Mal wollte ich es auf diese Weise tun«, sagte sie. »Es ist peinlich, aber irgendwie mußte ich es tun. Es ist wohl so etwas wie ein Übergangsritual für uns beide. Weißt du, wie ich das meine?«

Ich zog sie an mich und rieb meine Wange an ihrer. Ihre Wange war warm. Ich strich ihr Haar beiseite und küßte sie aufs Ohr. Und ich sah ihr in die Augen. Ich sah mein Gesicht darin gespiegelt. Tief in ihren Augen, in ihren stets bodenlosen Tiefen, gab es eine Quelle. Und, gerade noch zu erahnen, ein schwaches Licht. Das Licht des Lebens, dachte ich. Eines Tages wird es verlöschen, aber einstweilen ist es noch da. Sie lächelte mich an. Wie immer bildeten sich an ihren Augenwinkeln kleine Fältchen. Ich küßte diese feinen Linien.

»Jetzt bist du dran, mich auszuziehen«, sagte sie, »und zu tun, was immer du willst.«

»Vielleicht bin ich ein wenig phantasielos, aber ich mag's einfach ganz normal. Hast du was dagegen?«

»Gar nicht«, sagte sie. »Ich mag das auch.«

Ich zog ihr Kleid und Büstenhalter aus, legte Shimamoto aufs Bett und bedeckte sie mit Küssen. Ich betrachtete jeden Quadratzentimeter ihres Körpers, berührte ihn überall, küßte ihn überall. Alles versuchte ich zu erforschen und in meinem Gedächtnis zu speichern. Es war eine gelassene Erkundungsreise. Wir hatten sehr, sehr lang gebraucht, um an diesen Punkt zu gelangen, und ebensowenig wie sie wollte ich mich übereilen. Ich hielt mich so lange zurück, wie ich nur konnte – bis ich es nicht länger ertrug. Dann glitt ich langsam in sie hinein.

Kurz vor Sonnenaufgang schliefen wir ein. Ich weiß nicht, wie oft wir uns während dieser Nacht liebten, manchmal zärtlich, manchmal leidenschaftlich. Irgendwann mittendrin wurde sie zur Besessenen, während ich in ihr war, stieß wilde Schreie aus und trommelte mit den Fäusten auf meinen Rücken. Ich hielt sie die ganze Zeit fest an mich gepreßt. Wenn ich sie nicht festhielt, schien mir, würde sie zerrissen. Immer wieder streichelte ich beruhigend ihren Rücken, küßte sie auf den Hals und strich ihr das Haar aus dem Gesicht. Sie war nicht mehr die kühle, beherrschte Shimamoto, die ich kannte. Stück für Stück schmolz die gefrorene Härte in ihrem Inneren ab und schwebte an die Oberfläche; ich spürte es an einem Eishauch, an entlegenen Zeichen. Ich hielt Shimamoto fest und ließ ihr Beben in mich einsickern. So würde sie nach und nach ganz mein werden.

»Ich will alles wissen, was es über dich zu wissen gibt«, sagte ich zu ihr. »Wie dein Leben bisher verlaufen ist, wo du wohnst. Ob du verheiratet bist oder nicht. Alles. Keine Geheimnisse mehr, denn ich ertrage keine mehr.«

»Morgen«, sagte sie. »Morgen werde ich dir alles erzählen. Frag also jetzt bitte nicht weiter, bleib so, wie du heute bist. Wenn ich es dir jetzt erzählte, könntest du nie wieder so sein wie zuvor.«

»Das habe ich sowieso nicht vor. Und wer weiß, vielleicht wird es auch niemals morgen, und dann erfahre ich es am Ende nie.«

»Ich wünschte, es würde niemals morgen«, sagte sie. »Dann würdest du es nie erfahren.«

Ich wollte etwas sagen, aber sie verschloß mir den Mund mit einem Kuß.

»Ich wollte, ein Glatzkopfgeier würde den kommenden Tag verschlingen«, sagte sie. »Kann man das vernünftigerweise von einem Glatzkopfgeier erwarten?«

»Absolut. Glatzkopfgeier fressen Kunst auf und auch kommende Tage.«

»Und normale Geier fressen –«

»– die Leichen namenloser Menschen«, sagte ich. »Mit Glatzkopfgeiern überhaupt nicht zu verwechseln.«

»Glatzkopfgeier fressen also Kunst und kommende Tage?«

»Genau.«

»Eine nette Kombination.«

»Und zum Nachtisch genehmigen sie sich einen Happen vom *Verzeichnis lieferbarer Bücher*.«

Shimamoto lachte. »Also bis morgen«, sagte sie.

Und es wurde morgen. Als ich aufwachte, war ich allein. Es hatte aufgehört zu regnen, und durch das Fenster fiel helles, klares Morgenlicht ins Schlafzimmer. Ich sah auf die Uhr: Es war nach neun. Shimamoto lag nicht im Bett; nur eine leichte Vertiefung im Kissen neben mir zeigte, wo sie gelegen hatte. Sie selbst war nirgends zu sehen. Ich stand auf und ging in die Küche, ins Kinderzimmer und ins Bad. Nichts. Ihre Kleider waren verschwunden, auch ihre Schuhe. Ich atmete tief durch und versuchte, mich in die Wirklichkeit zurückzuversetzen. Aber diese Wirklichkeit unterschied sich von jeder, die ich bis dahin erlebt hatte: es war eine unstimmige Wirklichkeit.

Ich zog mich an und ging nach draußen. Der BMW stand noch da, wo ich ihn in der Nacht geparkt hatte. Vielleicht war sie früh wach geworden und ein bißchen spazieren gegangen. Ich suchte die Umgebung des Hauses nach ihr ab, dann stieg ich ins Auto und fuhr bis zur nächsten Ortschaft. Von Shimamoto keine Spur. Ich fuhr zum Ferienhaus zurück, aber sie war nicht wieder aufgetaucht. Dann fiel mir ein, sie könnte mir eine Nachricht hinterlassen haben, und ich durchsuchte das ganze Haus. Aber es war nichts zu finden. Nichts, was darauf hingewiesen hätte, daß sie jemals dagewesen war.

Ohne sie wirkte das Haus leer und erstickend. Grobkörniger Staub hing in der Luft, der mir bei jedem Atemzug in der Kehle hängenblieb. Die Schallplatte fiel mir ein, die alte Nat-King-Cole-Platte, die sie mir geschenkt hatte. Aber sosehr ich auch danach suchte, sie war nicht zu finden. Sie mußte sie mitgenommen haben.

Wieder einmal war Shimamoto aus meinem Leben verschwunden. Diesmal jedoch, ohne irgend etwas zurückzulassen, woran ich meine Hoffnungen hätte hängen können. Kein *Wahrscheinlich* diesmal. Kein *eine Zeitlang* mehr.

15

Kurz vor vier am Nachmittag war ich wieder in Tokio. Wider alle Hoffnung hoffend, daß Shimamoto zurückkäme, war ich bis Mittag im Ferienhaus in Hakone geblieben. Das Warten war eine Qual, darum hatte ich die Zeit totgeschlagen, indem ich die Küche putzte und alle Kleider im Haus hervorholte und neu einräumte. Die Stille war bedrückend; die gelegentlichen Geräusche von Vögeln oder Autos erschienen mir unnatürlich, falsch synchronisiert. Jedes Geräusch war verbogen, erdrückt unter dem Gewicht einer unaufhaltsamen Macht. Und inmitten von alldem wartete ich darauf, daß etwas geschähe. *Irgend etwas* muß geschehen, versicherte ich mir. So kann es nicht enden.

Aber nichts geschah. Shimamoto war nicht die Frau, die einen einmal gefaßten Entschluß wieder umstieß. Ich mußte nach Tokio zurück. Die Wahrscheinlichkeit war zwar verschwindend gering, aber wenn sie doch versuchen sollte, sich mit mir in Verbindung zu setzen, dann würde sie es über die Bar tun. Jedenfalls hatte es keinen Sinn, noch länger im Ferienhaus zu bleiben.

Auf der Rückfahrt hatte ich die größte Mühe, mich zu konzentrieren. Ich verpaßte Abfahrten, überfuhr beinahe rote Ampeln und geriet immer wieder auf die falsche Spur. Nachdem ich endlich auf dem Parkplatz des Clubs angekommen war, rief ich von einer Telefonzelle aus zu Hause an. Ich sagte Yukiko, ich sei wieder da und werde gleich zur Arbeit gehen.

»Ich hab mir Sorgen gemacht. Du hättest ja wenigstens anrufen können.« Ihre Stimme klang hart und spröde.

»Es ist alles in Ordnung. Kein Grund zur Sorge«, sagte ich. Keine Ahnung, wie meine Stimme in ihren Ohren klang. »Es ist schon ziemlich spät, deswegen gehe ich jetzt gleich ins Büro und sehe die Bücher durch und gehen dann direkt in den Club.«

Im Büro setzte ich mich an den Schreibtisch und schaffte es irgendwie, die Zeit bis zum Abend herumzubringen. Ich ging die Ereignisse der vergangenen Nacht durch. Shimamoto mußte aufgestanden sein, während ich schlief – sie selbst hatte offenbar kein Auge zugetan –, und das Haus noch vor dem Morgengrauen verlassen haben. Wie sie in die Stadt zurückgekommen sein mochte, war mir ein Rätsel. Bis zur Hauptstraße war es ein ganzes Stück, und zu dieser frühen Morgenstunde mußte es nahezu unmöglich gewesen sein, in den Hügeln um Hakone einen Bus oder ein Taxi zu finden. Und außerdem hatte sie Schuhe mit hohen Absätzen angehabt.

Warum hatte mich Shimamoto so verlassen müssen? Während der ganzen Rückfahrt nach Tokio hatte diese Frage mich gepeinigt. Ich hatte ihr gesagt, daß ich mich für sie entschieden hatte, und sie hatte gesagt, sie habe sich für mich entschieden. Und dann hatten wir uns geliebt – rückhaltlos, ohne Vorbehalte. Trotzdem hatte sie mich verlassen, ohne auch nur ein Wort der Erklärung. Sogar die Schallplatte hatte sie mitgenommen, ihr Geschenk an mich. Es mußte einen Grund für ihre Handlungsweise geben, aber zu logischem Denken war ich nicht mehr fähig. Jeder Pfad, den ich einschlug, endete im Morast. Mit meinen Bemühungen, mich zum Nachdenken zu zwingen, erreichte ich nur, daß mir der Kopf dumpf dröhnte. Erst jetzt merkte ich, wie ausgelaugt ich war. Ich setzte mich auf das Bett, das in meinem Büro stand, lehnte mich gegen die Wand und machte die Augen zu. Als ich sie erst einmal geschlossen hatte, bekam ich sie nicht wieder auf. Ich konnte nur noch eins: mich erinnern. Wie in einer Endlosschleife liefen Erinnerungen an die vergangene Nacht in mir ab, immer und immer wieder. Shimamotos

Körper. Ihr nackter Körper, mit geschlossenen Augen vor dem Ofen liegend, und jedes Detail: ihr Hals, ihre Brüste, ihre Flanken, ihr Schamhaar, ihre Vulva, ihr Rücken, ihre Taille, ihre Schenkel. All dies sah ich übernah, überdeutlich. Deutlicher und näher, als wenn sie Wirklichkeit gewesen wären.

In dem kleinen Raum allein, spürte ich bald, daß diese überklaren Halluzinationen mich in den Wahnsinn trieben. Ich flüchtete ins Freie und streifte ziellos umher. Schließlich ging ich in den Club und rasierte mich auf der Herrentoilette. Ich hatte mir den ganzen Tag nicht das Gesicht gewaschen. Und ich trug immer noch die Sachen vom Vortag. Meine Angestellten sagten nichts, aber ich spürte ihre befremdeten Blicke. Würde ich jetzt nach Hause fahren und Yukiko gegenüberstehen, dann würde ich alles gestehen, das wußte ich. Daß ich Shimamoto liebte, die Nacht mit ihr verbracht hatte und im Begriff gewesen war, ihretwegen alles wegzuwerfen – mein Heim, meine Töchter, meine Arbeit.

Ich hätte Yukiko alles erzählen sollen, das wußte ich. Aber ich konnte nicht. Nicht in dem Zustand. Ich war nicht mehr fähig, richtig von falsch zu unterscheiden oder auch nur zu begreifen, was mit mir geschehen war. Also fuhr ich nicht nach Hause. Ich ging in den Club und wartete auf Shimamoto, obwohl mir völlig klar war, daß ich vergeblich warten würde. Zuerst vergewisserte ich mich, daß sie nicht in der anderen Bar war, dann setzte ich mich an die Theke des *Robin's Nest* und wartete, bis die Bar schloß. Ich sprach mit ein paar Stammgästen, aber ihre Stimmen waren nicht mehr als ein Rauschen im Hintergrund. Ich gab die Laute von mir, die sich für einen Zuhörer geziemten, und hatte währenddessen nur Shimamotos Körper im Sinn. Ihre Vagina, die mich so sanft empfangen hatte. Ihre Stimme, als sie meinen Namen geschrien hatte. Jedesmal, wenn das Telefon klingelte, hämmerte mein Herz.

Auch nachdem die Bar geschlossen hatte und alle heimgegangen waren, blieb ich an der Theke sitzen und trank. Aber wieviel ich auch trank, ich wurde einfach nicht betrunken. Je mehr ich trank, desto klarer wurde sogar mein Kopf. Als ich nach Hause kam, war es zwei, und Yukiko war auf und hatte auf mich gewartet. Ich konnte unmöglich schlafen. Ich setzte mich allein an den Küchentisch und trank Whisky. Yukiko kam mit ihrem eigenen Glas herein und setzte sich zu mir.

»Leg Musik auf«, sagte sie. Ich nahm die erstbeste Kassette, schob sie in den Recorder und drehte die Lautstärke herunter, damit die Kinder nicht wach wurden. Eine Zeitlang saßen wir uns am Tisch schweigend gegenüber und tranken Whisky.

»Du hast eine andere, die du magst, stimmt's?« fragte Yukiko und sah mir in die Augen.

Ich nickte. Ihr Ton war ernst und entschieden. Wie oft mochte sie sich diese Worte im Geist vorgesagt haben, um sich auf diesen Augenblick vorzubereiten?

»Und du magst diese andere wirklich. Du vergnügst dich nicht nur mit ihr.«

»Das stimmt«, sagte ich. »Es ist kein bloßer Seitensprung. Aber es ist auch nicht das, was du dir vorstellst.«

»Woher weißt *du* denn, was ich mir vorstelle?« fragte sie. »Glaubst du etwa tatsächlich, du wüßtest, was ich denke?«

Ich brachte kein Wort hervor. Auch Yukiko schwieg. Die Musik spielte leise vor sich hin. Vivaldi oder Telemann, einer von den beiden. Das Stück kam mir nicht bekannt vor.

»Ich glaube eher, du ahnst nicht einmal, was ich denke«, sagte Yukiko. Sie sprach langsam und artikulierte deutlich jedes Wort, wie wenn sie den Kindern etwas erklärte. »Ich glaube, du hast nicht die blasseste Ahnung.«

Als sie sah, daß ich darauf nichts erwidern würde, hob sie ihr Glas und trank. Und schüttelte ganz langsam den Kopf. »So dumm bin ich nicht, und ich hoffe, das weißt du. Ich lebe mit dir zusammen, schlafe mit dir. Mir ist schon seit einiger Zeit klar, daß du eine andere magst.«

Ich sah sie schweigend an.

»Ich mach dir keine Vorwürfe«, fuhr sie fort. »Wenn du eine andere liebst, läßt sich daran nicht viel ändern. Wen man liebt, liebt man nun einmal. Ich bin dir nicht genug, das weiß ich. Wir sind gut miteinander ausgekommen, und du hast gut für mich gesorgt. Ich bin mit dir sehr glücklich gewesen. Ich glaube, du liebst mich noch immer, aber um die Tatsache, daß ich dir nicht genug bin, kommen wir nicht herum. Ich wußte, daß es einmal so kommen würde. Ich mach dir also keinen Vorwurf daraus, daß du dich in eine andere Frau verliebt hast. Ich bin auch nicht wütend. Ich sollte es sein, aber ich bin's nicht. Ich empfinde nur Schmerz. Einen gewaltigen Schmerz. Ich dachte immer, ich könnte mir vorstellen, wie weh das tun würde, aber ich habe mich getäuscht.«

»Es tut mir leid«, sagte ich.

»Du brauchst dich nicht zu entschuldigen«, sagte sie. »Wenn du mich verlassen willst, in Ordnung. Ich werde nichts dagegen sagen. Willst du mich verlassen?«

»Ich weiß es nicht«, erwiderte ich. »Darf ich dir erklären, was passiert ist?«

»Du meinst, mit dir und dieser Frau?«

»Ja.«

Sie schüttelte entschieden den Kopf. »Ich will nichts über sie hören. Laß mich nicht noch mehr leiden, als ich schon gelitten habe. Es ist mir gleichgültig, was für eine Beziehung ihr miteinander habt oder was für Pläne ihr geschmiedet habt. Ich will nur wissen, ob du mich verlassen willst. Ich brauche das Haus nicht, auch kein Geld oder sonstwas. Wenn du die Kinder haben willst, nimm sie. Das ist mein Ernst. Wenn du mich verlassen willst, brauchst du es nur zu sagen. Das ist alles, was ich wissen will. Sonst will ich nichts hören. Nur ja oder nein.«

»Ich weiß es nicht«, sagte ich.

»Du meinst, du weißt nicht, ob du mich verlassen willst?«

»Nein. Ich weiß nicht, ob ich überhaupt imstande bin, dir eine Antwort zu geben.«

»Wann wirst du das wissen?«

Ich schüttelte den Kopf.

»Na gut, dann denk in Ruhe darüber nach.« Sie seufzte. »Ich kann warten. Laß dir soviel Zeit, wie du möchtest.«

Von dieser Nacht an schlief ich auf dem Sofa im Wohnzimmer. Manchmal standen die Mädchen mitten in der Nacht auf und fragten mich, warum ich da schliefe. Ich erklärte ihnen, ich würde neuerdings so laut schnarchen, daß ihre Mutter und ich beschlossen hätten, in getrennten Zimmern zu schlafen, sonst käme Mama überhaupt nicht mehr zum Schlafen. Eins der Mädchen kuschelte sich dann immer neben mich aufs Sofa, und ich schloß es fest in die Arme. Manchmal hörte ich Yukiko im Schlafzimmer weinen.

Während der nächsten beiden Wochen verbrachte ich jeden Tag damit, endlos Erinnerungen neu zu durchleben. Jedes Detail der Nacht, die ich mit Shimamoto verbracht hatte, beschwor ich mir herauf, und dann versuchte ich, ihm eine Bedeutung zu entlocken, eine Botschaft darin zu entdecken. Ich erinnerte mich an Shimamotos Wärme an meiner Brust. An ihre Arme, die aus den Ärmeln ihres weißen Kleids hervorgesehen hatten. An die Nat-King-Cole-

Songs, das Feuer im Ofen. Jedes einzelne Wort, das sie in jener Nacht gesprochen hatte, rief ich mir in Erinnerung.

Aus der Fülle der Worte, diese aus ihrem Mund: *Mit mir gibt es kein Dazwischen. Es gibt keine Zwischendinge, und wo es solche Dinge nicht gibt, existiert auch kein Dazwischen.*

Und diese Worte aus meinem Mund: *Ich habe mich schon entschieden, Shimamoto-san. Ich habe darüber nachgedacht, während du verschwunden warst, und ich habe meine Entscheidung getroffen.*

Ich erinnerte mich an ihre Augen, als sie im Auto zu mir herübergesehen hatte. Dieser starre, glühende Blick hatte sich in meiner Wange eingebrannt. Es war mehr als ein bloßer Blick gewesen; der Geruch des Todes hatte sie umschwebt. Sie hatte vorgehabt zu sterben. Deswegen war sie nach Hakone mitgekommen – um zu sterben, gemeinsam mit mir.

»Und ich werde dich ganz nehmen. Verstehst du das? *Verstehst du, was das bedeutet?*«

Shimamoto hatte mein Leben gewollt, als sie das gesagt hatte. Erst jetzt verstand ich.

Ich war zu einer endgültigen Entscheidung gelangt, und sie ebenso. Wie hatte ich nur so blind sein können? Nach einer leidenschaftlichen Liebesnacht hätte sie auf der Rückfahrt nach Tokio das Lenkrad des BMW herumgerissen und uns beide getötet. Das hatte sie vorgehabt. Sie hatte keine andere Möglichkeit mehr gesehen. Aber irgend etwas hatte sie zurückgehalten. Und ohne ein Sterbenswort zu sagen, war sie verschwunden.

An welchem Abgrund der Verzweiflung war sie angekommen? Warum? Und wichtiger noch, wer hatte sie in eine solche Verzweiflung getrieben? Und schließlich: warum war der Tod für sie der einzig mögliche Ausweg gewesen? Ich spielte Detektiv und tastete nach Indizien, griff aber immer nur ins Leere. Sie war einfach verschwunden, samt ihren Geheimnissen. Kein *Wahrscheinlich*, kein *eine Zeitlang* diesmal – still und heimlich hatte sie sich davongeschlichen. Unsere Körper hatten sich vereint, und doch hatte sie sich am Ende geweigert, mir ihr Herz zu öffnen.

Wenn sich bestimmte Dinge erst in Bewegung gesetzt haben, Hajime, können sie nie wieder zu ihrem Ausgangspunkt zurück, hätte sie mir gewiß gesagt. Wenn ich mitten in der Nacht auf meinem Sofa lag, konnte ich ihre Stimme diese Worte sagen hören. *Wie du selbst gesagt hast – es wäre wunderschön, wenn wir beide zusammen fortgehen und irgendwo ganz von vorn anfangen könnten. Leider komme ich da, wo ich bin, nicht wieder heraus. Es ist schlechthin unmöglich.*

Und dann war Shimamoto wieder ein sechzehnjähriges Mädchen, das in einem Garten vor Sonnenblumen stand und scheu lächelte. *Ich hätte damals wirklich nicht in deine Bar kommen dürfen. Das war mir von Anfang an klar. Ich wußte von vornherein, daß es so enden würde. Aber ich konnte nicht anders. Ich mußte dich einfach sehen, und als ich dich sah, mußte ich mit dir sprechen. Hajime – so bin ich. Ich tue es nicht mit Absicht, aber alles, was ich berühre, geht am Ende in die Brüche.*

Ich würde sie nie wiedersehen, außer in der Erinnerung. Sie war hier, und nun ist sie fort. Dazwischen gibt es nichts. *Wahrscheinlich* ist ein Wort, das man vielleicht südlich der Grenze finden kann; niemals aber westlich der Sonne.

Jeden Tag suchte ich die Zeitungen nach Meldungen über Selbstmorde von Frauen ab. Eine Menge Leute brachten sich um, stellte ich fest, aber immer war es jemand anders. Soweit ich wußte, war diese schöne siebenunddreißigjährige Frau mit dem bezauberndsten Lächeln der Welt noch immer am Leben. Auch wenn sie mich für immer verlassen hatte.

Nach außen hin verliefen meine Tage wie immer. Ich fuhr die Mädchen in den Kindergarten und wieder nach Hause und sang unterwegs mit ihnen Kinderlieder. Manchmal entdeckte ich in der Reihe von Autos, die vor dem Kindergarten warteten, die junge Frau im 260E, und wir wechselten ein paar Worte. Mit ihr zu reden half mir zu vergessen – wenigstens für eine Weile. Unsere Gesprächsthemen waren so begrenzt wie immer. Wir tauschten die letzten Neuigkeiten aus Aoyama, Tips zu Naturkostprodukten, Mode. Das Übliche.

Auch bei der Arbeit lief alles wie gewohnt. Jeden Abend zog ich meinen Anzug an und ging in die Bars, plauderte mit den Stammgästen, hörte mir die Ansichten und Klagen des Personals an und dachte an Kleinigkeiten, wie etwa an ein Geburtstagsgeschenk für einen Angestellten. Ich lud Musiker, die zufällig vorbeikamen, zum Abendessen ein, kostete die Cocktails, um sicher zu sein, daß sie meinen Ansprüchen genügten, vergewisserte mich, daß das Klavier gestimmt war, hielt die Augen nach aggressiven Betrunkenen offen – ich tat meinen Job. Auftretende Probleme löste ich im Nu. Alles lief wie ein Uhrwerk, nur die Spannung war dahin. Von außen betrachtet war ich derselbe wie immer; ja, ich war sogar leutseliger, freundlicher, gesprächiger als je zuvor. Aber wenn ich auf meinem Barhocker saß und mich im Lokal umsah, erschien mir alles eintönig und glanzlos. Kein liebevoll gestaltetes, farbenfrohes Luftschloß mehr: was vor mir lag, war schlicht eine geräuschvolle Bar – künstlich, oberflächlich und schäbig. Eine Bühnendekoration, eine Kulisse, ausschließlich zu dem Zweck errichtet, Säufern das Geld aus der Tasche zu locken. Jede anderslautende Illusion war verpufft. Und alles nur, weil Shimamoto diese Räume nie wieder mit ihrer Anwesenheit schmücken würde. Nie wieder würde sie an der Theke sitzen; nie wieder würde ich sie lächeln sehen, wenn sie sich einen Drink bestellte.

Auch an meinem Leben zu Hause veränderte sich nichts. Ich aß mit meiner Familie zu Abend, und sonntags ging ich mit den Mädchen spazieren oder in den Zoo. Yukiko ging mit mir um wie immer, zumindest dem Anschein nach. Wir redeten über alle möglichen Dinge. Wir lebten nebeneinander her wie langjährige Freunde, die zufällig unter demselben Dach wohnen. Es gab bestimmte Worte, die wir nicht aussprechen konnten, bestimmte Tatsachen, die wir uns nicht eingestanden. Aber von offener Feindseligkeit war nichts zu spüren. Wir berührten einander nur nicht. Nachts schliefen wir jeder für sich – ich auf dem Sofa, Yukiko in unserem Schlafzimmer. Nach außen hin war das die einzige Veränderung in unserem Leben.

Manchmal ertrug ich es nicht mehr, wie wir die Form wahrten, die uns zugeteilten Rollen spielten. Etwas für uns Wesentliches war dahin, und doch machten wir weiter wie gehabt. Ich fühlte mich abscheulich. Dieses leere, bedeutungslose Leben kränkte Yukiko zutiefst. Ich wollte ihr eine Antwort auf ihre Frage geben, aber ich war dazu nicht imstande. Natürlich wollte ich sie nicht verlassen, aber wie hätte ich das sagen dürfen? Ich, der Kerl, der bereit gewesen war, seine ganze Familie im Stich zu lassen! Daß Shimamoto gegangen war und nie wieder zurückkehren würde, bedeutete noch lange nicht, daß ich unbeschwert in mein früheres Leben zurückhüpfen und so tun konnte, als wäre nichts gewesen. So simpel ist das Leben nicht, und ich finde auch nicht, daß es so sein sollte. Zudem hatte ich Shimamoto noch zu deutlich, zu plastisch im Sinn. Sobald ich die Augen schloß, schwebte jedes Detail ihres Körpers vor mir. Meine Handflächen wußten noch, wie ihre Haut sich angefühlt hatte, und ihre Stimme hörte nicht auf, mir ins Ohr zu flüstern. Ich konnte unmöglich mit Yukiko schlafen, solange diese Eindrücke in meinem Kopf noch so lebendig waren.

Ich hatte das Bedürfnis, allein zu sein, und da mir nichts anderes einfiel, ging ich jeden Morgen schwimmen. Anschließend ging ich in mein Büro, starrte an die Decke und verlor mich in Tagträumen über Shimamoto. Solange Yukikos Frage unbeantwortet im Raum hing, lebte ich in einem Vakuum. Ich konnte nicht ewig so weitermachen. Es war einfach nicht richtig. Ich mußte mich als Mensch, als Ehemann, als Vater meiner Verantwortung stellen. Doch solange mich diese Trugbilder umgaben, war ich wie gelähmt. Noch schlimmer wurde es sogar, wenn es regnete, denn dann befiel mich wieder die wahnhafte Hoffnung, Shimamoto könne jeden Augenblick hereinkommen: leise die Tür öffnen, den Duft des Regens mit sich hereintragen. Ich sah bereits ihr lächelndes Gesicht. Wenn ich etwas Falsches sagte, würde sie stumm den Kopf schütteln und dabei weiterlächeln. Alle meine Worte verloren ihre Kraft und lösten sich, wie an der Fensterscheibe herabrinnende Regentropfen, allmählich von der Wirklichkeit. An regnerischen Abenden konnte ich kaum atmen. Der Regen verzerrte die Zeit und die Wirklichkeit.

Wenn ich diese Innenbilder nicht länger ertragen konnte, starrte ich nach draußen. Ich war in einem leblosen, verdorrten Land ausgesetzt. Die Visionen hatten der Welt jegliche Farbe entzogen. Jede Szene vor meinen Augen, alles war flach, eine zweidimensionale Skizze. Jedes Objekt war körnig und sandfarben. Die Worte, mit denen sich mein alter Klassenkamerad von mir verabschiedet hatte, ließen mich nicht mehr los. *Jede Menge Lebensweisen. Und jede Menge Todesarten. Aber am Ende … bleibt nur eine Wüste.*

In der Woche darauf überrumpelte mich ein seltsames Ereignis nach dem anderen, als hätten sie mir aufgelauert. Am Montagvormittag fiel mir ohne besonderen Grund der Umschlag mit den hunderttausend Yen wieder ein, und ich beschloß, ihn hervorzuholen. Vor vielen Jahren hatte ich ihn in eine Schublade meines Büroschreibtischs gelegt, in eine abschließbare Schublade, die zweite von oben. Als ich in das Büro eingezogen war, hatte ich noch ein paar weitere Wertsachen zu dem Umschlag in diese Schublade gelegt; danach hatte ich mich nur gelegentlich vergewissert, daß er noch vorhanden war, ihn aber nie mehr angerührt. Doch jetzt war der Umschlag verschwunden. Das war merkwürdig, unheimlich sogar, denn ich konnte mich absolut nicht daran erinnern, ihn woandershin gelegt zu haben. Ich war mir da völlig sicher, und nur zur Bestätigung zog ich die übrigen Schubladen auf und durchsuchte sie systematisch. Kein Umschlag.

Ich versuchte mich zu erinnern, wann ich ihn zuletzt gesehen hatte. Auf den Tag genau brachte ich es nicht mehr zusammen. Es war nicht sehr lange her, aber auch nicht in allerletzter Zeit gewesen. Vor einem Monat, vielleicht vor zwei, allerhöchstens drei Monaten.

Bestürzt setzte ich mich auf meinen Stuhl und starrte die Schublade an. Vielleicht war jemand ins Büro eingebrochen, hatte die Schublade aufgeschlossen und den Umschlag mitgenommen. Das war allerdings nicht sehr wahrscheinlich – die Schublade enthielt noch mehr an Bargeld und Wertsachen, und nichts davon fehlte. Aber immerhin, es lag im Bereich des Möglichen. Oder vielleicht hatte ich den Umschlag gedankenlos fortgeworfen und die Erinnerung daran aus meinem Gedächtnis gelöscht, aus welchem Grund auch immer. Na gut, sagte ich mir, was spielt das schon für eine Rolle? Ich wollte ihn ja ohnehin eines Tages loswerden, nun kann ich mir die Mühe eben sparen.

Kaum hatte ich jedoch akzeptiert, daß der Umschlag verschwunden war, tauschten dessen Existenz und Nichtexistenz in meinem Bewußtsein die Plätze. Ein seltsames Gefühl überkam mich, das einem Anfall von Schwindel glich. In mir wuchs die Überzeugung, der Umschlag habe nie wirklich existiert, und sie verdrängte meine Überlegungen, zermalmte und verschlang gierig meine Gewißheit, daß der Umschlag real vorhanden gewesen war.

Da Erinnerungen und Sinneseindrücke so ungewiß sind, so vielen Einflüssen unterliegen, beziehen wir uns, um uns die Realität von Ereignissen zu beweisen, stets auf eine parallele Realität – nennen wir sie Meta-Realität. Inwieweit Tatsachen, die wir als solche anerkennen, *wirklich* so sind, wie sie uns erscheinen, und inwieweit sie nur darum Tatsachen sind, weil wir sie zu solchen erklären, läßt sich unmöglich entscheiden. Um also die Realität als *real* bestimmen zu können, brauchen wir eine zweite Realität, an der wir die erste messen. Diese zweite Realität jedoch bedarf zu ihrer Begründung einer dritten Realität, und immer so weiter. Auf diese Weise entsteht in unserem Bewußtsein eine unendliche Kette einander bedingender Realitäten, und gerade das Aufrechterhalten dieser Kette erzeugt in uns das Empfinden, daß wir tatsächlich hier sind, daß wir existieren. Es kann jedoch ein Ereignis eintreten, das diese Kette zerreißt, und prompt wissen wir nicht weiter. Was ist wirklich? Liegt die Realität diesseits des Bruchs in der Kette? Oder dort drüben, auf der anderen Seite?

Genauso fühlte ich mich also in dem Moment: abgeschnitten. Ich stieß die Schublade wieder zu und beschloß, das Ganze zu vergessen. Ich hätte das Geld fortwerfen sollen, sobald ich es erhalten hatte. Es aufzubewahren war ein Fehler gewesen.

Am Mittwochnachmittag derselben Woche fuhr ich gerade die Gaien Higashidori entlang, als ich eine Frau sah, die Shimamoto ähnelte. Sie trug eine blaue Baumwollhose, einen beigefarbenen Regenmantel und weiße Leinenschuhe. Und sie zog ein Bein nach.

Sobald ich sie sah, erstarrte alles um mich her. Ein Klumpen Luft zwängte sich mir vom Brustraum hinauf in die Kehle. *Shimamoto*, dachte ich. Ich fuhr an ihr vorbei, um sie mir im Rückspiegel anzusehen, aber ihr Gesicht ging im dichten Gewühl von Passanten unter. Ich trat abrupt auf die Bremse, was mir ein entrüstetes Hupen des Wagens hinter mir eintrug. Die Haltung der Frau, ihre Frisur – ganz Shimamoto. Ich wollte sofort anhalten, aber auf dem Parkstreifen stand ein Auto nach dem anderen. Rund zweihundert Meter weiter fand ich endlich eine Parklücke und schaffte es, meinen Wagen hineinzuquetschen; dann rannte ich sofort zurück, um die Frau zu finden. Aber sie war nirgendwo zu sehen. Ich rannte wie ein Wahnsinniger hin und her. Sie hat ein lahmes Bein, sagte ich mir, da kann sie unmöglich weit gekommen sein. Ich rempelte Leute an, schlängelte mich durch die fahrenden Autos auf die andere Straßenseite, rannte die Fußgängerüberführung hinauf und suchte den Passantenstrom von oben ab. Mein Hemd war naßgeschwitzt. Bald aber kam mir eine Erleuchtung. Die Frau hatte das andere Bein nachgezogen. *Und Shimamoto zog ihres überhaupt nicht mehr nach.*

Ich schüttelte den Kopf und seufzte tief auf. Anscheinend stimmte mit mir etwas nicht. Mir war schwindlig, und ich fühlte mich völlig entkräftet. Ich lehnte mich gegen die Fußgängerampel und starrte eine Zeitlang auf meine Füße. Die Ampel schaltete von Grün auf Rot, von Rot auf Grün. Leute überquerten die Straße, warteten, überquerten die Straße, während ich, in mich zusammengesunken, reglos am Pfosten lehnte und nach Luft rang.

Plötzlich blickte ich auf und sah Izumis Gesicht. Izumi saß in einem Taxi, das genau vor mir stand. Durch das hintere Fenster sah sie mich starr an. Das Taxi hatte vor der roten Ampel gehalten, und unsere Gesichter waren höchstens einen Meter voneinander entfernt. Sie war nicht mehr das siebzehnjährige Mädchen, mit dem ich einmal gegangen war, aber ich erkannte sie sofort. Das Mädchen, das ich vor zwanzig Jahren in den Armen gehalten hatte, das erste Mädchen, das ich je geküßt hatte. Das Mädchen, das sich an jenem Herbstnachmittag vor langer Zeit ausgezogen hatte und dann die Schließe ihres Strumpfhalters nicht mehr fand. Zwanzig Jahre mögen einen Menschen verändern, aber ich wußte, daß sie es war. *Die Kinder haben Angst vor ihr*, hatte mein alter Klassenkamerad gesagt. Als ich das hörte, hatte ich nicht verstanden, was er damit meinte; ich begriff nicht, was mir diese Worte mitteilen sollten. Nun aber, da ich Izumi direkt vor mir sah, verstand ich. In ihrem Gesicht war nichts, was man Ausdruck hätte nennen können. Nein, das trifft es nicht ganz. Ich sollte es so beschreiben: Wie ein Zimmer, das man restlos ausgeräumt hat, war ihr Gesicht von allem entkleidet, was man als ausdrucksvoll hätte bezeichnen können, und nichts war übriggeblieben. Nicht der leiseste Anflug einer Regung streifte ihr Gesicht; es war wie der Grund eines tiefen Ozeans, stumm und tot. Und mit diesem vollkommen ausdruckslosen Gesicht starrte sie mich an. Zumindest glaubte ich, daß sie mich ansah. Ihre Augen blickten starr in meine Richtung, doch in ihrem Gesicht zeichnete sich nichts ab. Oder was sich darin abzeichnete, war eine unendliche Leere.

Ich stand sprachlos da, wie betäubt. Kaum noch fähig, mich aufrecht zu halten, atmete ich langsam ein und aus. Für ein, zwei kurze Augenblicke brach mein Ichgefühl auseinander, zerliefen seine Konturen zu einer zähen, sirupartigen Schmiere. Unwillkürlich streckte ich die Hand aus, berührte das Fenster des Taxis, strich mit den Fingerkuppen über die Scheibe. Ich hatte keine Ahnung, warum ich das tat. Ein paar Passanten blieben verschreckt stehen und gafften. Aber ich konnte nicht anders. Durch das Glas hindurch streichelte ich langsam dieses gesichtslose Gesicht. Izumi bewegte keinen Muskel, blinzelte nicht einmal. War sie tot? Nein, nicht tot. Sie war noch am Leben, in einer reglosen Welt. In einer tiefen, stummen Welt hinter dieser Glasscheibe lebte sie. Und ihre unbewegten Lippen sprachen von einem unendlichen Nichts.

Die Ampel schaltete schließlich auf Grün, und das Taxi fuhr an. Izumis Gesicht blieb bis zuletzt unverändert. Ich stand wie angewurzelt da und starrte dem Taxi nach, bis die Flut von Autos es verschluckte.

Ich ging zu meinem Wagen zurück und ließ mich in den Sitz fallen. Ich mußte hier fort. Als ich gerade den Motor anlassen wollte, überkam mich plötzlich eine Woge von Übelkeit. Als müßte ich gleich meine Eingeweide auskotzen. Aber ich übergab mich nicht. Beide Hände am Lenkrad, saß ich gut eine Viertelstunde da. Meine Unterarme waren schweißnaß, und von meinem Körper stieg ein ekelerregender Geruch auf. Dies war nicht der Körper, den Shimamoto so sanft geliebt hatte. Es war der Körper eines alternden Mannes, der einen ekelhaften, säuerlichen Gestank absonderte.

Einige Minuten darauf kam ein Polizist an mein Auto und klopfte gegen die Scheibe. Ich kurbelte das Fenster herunter. »Sie können hier nicht parken«, sagte er und ließ den Blick kurz durch das Wageninnere schweifen. »Fahren Sie Ihren Wagen hier weg.« Ich nickte und ließ den Motor an.

»Sie sehen furchtbar aus. Ist Ihnen übel?« fragte der Polizist.

Wortlos schüttelte ich den Kopf. Und fuhr los.

Ich brauchte mehrere Stunden, um mich zu erholen. Ich war restlos ausgelaugt, nur noch eine leere Hülse. Ein hohles Dröhnen hallte durch meinen Körper. Ich parkte das Auto auf dem Friedhof von Aoyama und starrte durch die Windschutzscheibe teilnahmslos in den fernen Himmel. Izumi erwartete mich dort. Sie war immer irgendwo und wartete auf mich. An irgendeiner Straßenecke, hinter irgendeiner Glasscheibe wartete sie darauf, daß ich auftauchte. Beobachtete mich. Ich hatte es nur bislang nicht bemerkt.

Danach konnte ich mehrere Tage lang nicht sprechen. Ich öffnete den Mund, um etwas zu sagen, aber jedesmal verschwanden die Worte, als habe das reine Nichts, das Izumi war, die Macht übernommen.

Dafür begannen nach dieser seltsamen Begegnung die Nachbilder von Shimamoto allmählich zu verblassen. Die Welt nahm wieder Farbe an, und ich hatte nicht mehr das beklemmende Gefühl, über die Mondoberfläche zu tappen. Undeutlich, als beobachtete ich durch ein Glasfenster, was mit jemand anderem geschah, bemerkte ich eine winzige Verschiebung der Schwerkraft, und etwas, das an mir gehaftet hatte, schien langsam von mir abzufallen.

Etwas in mir wurde gekappt und verschwand. Lautlos. Für immer.

Als das Trio eine Pause einlegte, ging ich zu dem Pianisten hinüber und sagte ihm mit dem freundlichsten Lächeln, das ich aufbieten konnte, er brauche »Star-Crossed Lovers« nicht mehr zu spielen. »Du hast es oft genug für mich gespielt. Langsam wird es Zeit, damit aufzuhören.«

Er sah mich an, als wäge er etwas ab. Wir beide waren Freunde, hatten schon so manche Flasche miteinander geleert und waren dabei über die übliche höfliche Konversation hinausgelangt.

»Ich verstehe nicht ganz«, sagte er. »Willst du nicht mehr, daß ich das Stück eigens deinetwegen spiele? Oder willst du, daß ich es überhaupt nicht mehr spiele? Das ist ein großer Unterschied, und ich wüßte es schon gern genau.«

»Ich möchte nicht, daß du es spielst«, sagte ich.

»Gefällt dir nicht, wie ich es spiele?«

»Damit habe ich keine Probleme. Du spielst es großartig. Es gibt nicht viele Musiker, die mit diesem Stück so umgehen können wie du.«

»Dann ist es das Stück selbst, das du nicht mehr hören willst?«

»So kann man es sagen«, erwiderte ich.

»Klingt für mich ein bißchen nach *Casablanca*«, sagte er.

»Ist wohl so«, sagte ich.

Seitdem spielt der Pianist gelegentlich, wenn er mich sieht, ein paar Takte von »As Time Goes By«.

Daß ich das Stück nicht mehr hören wollte, hatte nichts mit Erinnerungen an Shimamoto zu tun. *Der Song gab mir einfach nicht mehr, was er mir früher einmal gegeben hatte.* Warum, kann ich nicht sagen. Das besondere Etwas, das ich vor Ewigkeiten in dieser Melodie entdeckt hatte, war nicht mehr da. Es war immer noch eine schöne Ballade, aber eben nicht mehr als das. Und ich hatte nicht die Absicht, mich an den Leichnam eines schönen Songs zu klammern.

»Woran denkst du?« fragte mich Yukiko, als sie ins Zimmer kam.

Es war nachts um halb drei. Ich lag auf dem Sofa und starrte an die Decke.

»An eine Wüste«, sagte ich.

»An eine Wüste?« Sie hatte sich ans Fußende gesetzt und sah mich an. »Was denn für eine Wüste?«

»Nur eine ganz normale Wüste. Mit Sandhügeln und ein paar Kakteen. Da ist eine Menge los, eine Menge Leben.«

»Komme in dieser Wüste auch ich vor?« fragte sie.

»Natürlich«, sagte ich. »Wir alle leben dort. Aber im Grunde ist es die Wüste selbst, die lebt. Wie in dem Film.«

»In welchem Film?«

»In dem Disney-Film *Die Wüste lebt*. Einem Dokumentarfilm über die Wüste. Hast du den als Kind nicht gesehen?«

»Nein«, sagte sie. Das wunderte mich ein bißchen. Zu meiner Grundschulzeit waren wir klassenweise ins Kino getrieben worden, um ihn zu sehen. Aber Yukiko war fünf Jahre jünger als ich. Vielleicht war sie noch zu klein gewesen, als der Film herausgekommen war.

»Wollen wir uns am nächsten Wochenende das Video besorgen und es uns alle zusammen ansehen? Es ist ein guter Film. Die Landschaftsaufnahmen sind umwerfend, und man sieht alle möglichen Tiere und Blumen. Den Mädchen gefällt er bestimmt.«

Yukiko lächelte mich an. Ich hatte sie entsetzlich lange nicht mehr lächeln sehen.

»Willst du mich verlassen?« fragte sie.

»Yukiko, ich liebe dich«, sagte ich.

»Das mag sein, aber ich frage dich, ob du mich verlassen willst. Die Antwort lautet entweder ja oder nein. Eine andere akzeptiere ich nicht.«

»Ich will dich nicht verlassen«, sagte ich. Ich schüttelte den Kopf. »Vermutlich habe ich nicht das Recht, das zu sagen, aber ich will dich nicht verlassen. Ich weiß nicht, was aus mir würde, wenn ich dich jetzt verließe. Ich will nie wieder einsam sein. Lieber würde ich sterben.«

Sie streckte eine Hand aus und legte sie mir auf die Brust. Und sah mir tief in die Augen. »Vergiß das mit dem Recht. Ich glaube, niemand hat ein Recht von dieser Art«, sagte sie.

Als ich die Wärme ihrer Hand auf meiner Brust spürte, dachte ich an den Tod. Ich hätte an diesem Tag leicht zusammen mit Shimamoto auf der Autobahn sterben können; dann würde mein

Körper nun nicht mehr existieren. Ich wäre nicht mehr da, für immer verloren. Wie so viele andere Dinge. Aber hier bin ich. Und hier ist Yukikos warme Hand auf meiner Brust.

»Yukiko«, sagte ich, »ich liebe dich sehr. Ich habe dich vom allerersten Tag an geliebt, und so ist es geblieben. Wenn ich dir nicht begegnet wäre, hätte ich mein Leben nicht ertragen. Dafür bin ich dir unsäglich dankbar. Und dennoch tue ich dir weh. Weil ich ein egoistischer, hoffnungsloser, wertloser Mensch bin. Ohne ersichtlichen Grund tue ich den Menschen, die mir nahestehen, weh und damit letztlich mir selbst. Ich zerstöre das Leben eines anderen, und mein eigenes dazu. Nicht, weil ich es möchte, aber darauf läuft es hinaus.«

»Da sind wir einer Meinung«, sagte Yukiko leise. An ihren Mundwinkeln waren noch Spuren ihres Lächelns zu sehen. »Du bist eindeutig ein egoistischer, hoffnungsloser Mensch, und ja, du hast mir weh getan.«

Ich sah sie eine Zeitlang an. Ihre Worte schienen keinen Vorwurf zu enthalten. Sie war weder wütend noch traurig; sie stellte lediglich das Offenkundige fest.

Ich antwortete langsam, bemüht, die richtigen Worte zu finden. »Für mein Gefühl versuche ich unentwegt, jemand anders zu werden, einen neuen Platz zu finden, mir ein neues Leben, eine neue Identität zu erobern. Zum Teil gehört das wohl zum Erwachsenwerden, aber es ist auch ein Versuch, mich neu zu erfinden. Indem ich ein anderer würde, könnte ich mich von allem befreien. Ich glaubte ernsthaft, ich könnte mir selbst entkommen – wenn ich mir nur genug Mühe gäbe. Aber jedesmal bin ich in einer Sackgasse gelandet. Wohin ich mich auch wende, immer bleibe ich derselbe. Das, was fehlt, ändert sich nie. Die Kulisse ändert sich vielleicht, aber ich bin immer noch derselbe unvollständige Mensch. Dieselben fehlenden Dinge quälen mich, und nie kann ich diesen Hunger stillen. Ich glaube sogar, gerade dieser Mangel definiert mich – genauer kann ich mich nicht beschreiben. Um deinetwillen würde ich gern ein neuer Mensch. Es mag nicht einfach sein, aber wenn ich mein Bestes gebe, schaffe ich es vielleicht doch, mich zu ändern. Die Wahrheit ist jedoch, daß ich in der gleichen Situation durchaus wieder genauso handeln könnte, dir wieder genauso weh tun würde. Ich kann nichts versprechen. Das meinte ich, als ich sagte, ich hätte kein Recht. Mir fehlt einfach die Zuversicht, daß es mir gelingen wird, diese Kraft in mir zu besiegen.«

»Und du hast schon immer versucht, dieser Kraft zu entrinnen?«

»Ich glaube ja«, sagte ich.

Ihre Hand ruhte noch immer auf meiner Brust. »Du armer Mann«, sagte sie. Als lese sie etwas vor, das in großen Lettern auf einer Wand geschrieben stand. Vielleicht steht es wirklich auf der Wand, dachte ich.

»Ich weiß nicht, was ich sagen soll«, sagte ich. »Ich weiß, daß ich dich nicht verlassen will. Aber ich weiß nicht, ob das die richtige Antwort ist. Ich weiß nicht einmal, ob es überhaupt von meiner Entscheidung abhängt. Yukiko, du leidest, das kann ich sehen. Ich kann deine Hand hier spüren. Aber jenseits des Sichtbaren und Spürbaren gibt es noch etwas. Nenn es Gefühle. Oder Möglichkeiten. Die quellen von irgendwo hervor und vermischen sich in mir. Sie sind nichts, wofür oder wogegen ich mich entscheiden könnte – nichts, wozu ich eine Antwort geben könnte.«

Yukiko schwieg sehr lange. Manchmal ratterte draußen ein Lastwagen vorbei. Ich blickte aus dem Fenster, konnte aber nichts sehen. Nur den namenlosen Zeit-Raum zwischen Nacht und Morgengrauen.

»Die letzten paar Wochen dachte ich wirklich, ich würde sterben«, sagte Yukiko. »Ich sag das nicht, um dir zu drohen. Es ist eine Tatsache. So einsam und so traurig war ich. Zu sterben ist gar nicht so schwer. Wie Luft, die aus einem Zimmer gesaugt wird, ist mein Lebenswille dahingeschwunden. Wenn man sich so fühlt, kommt einem der Tod gar nicht mehr so schlimm vor. Ich habe nicht mal an die Kinder gedacht, mich nicht mal gefragt, was nach meinem Tod aus ihnen werden würde. So einsam habe ich mich gefühlt. Das hast du nicht gewußt, oder? Du hast dir nie ernstlich Gedanken darum gemacht, stimmt's? Wie ich empfand, was ich dachte, was ich tun könnte.«

Ich sagte nichts. Sie nahm die Hand von meiner Brust und legte sie in ihren Schoß.

»Jedenfalls bin ich nur darum nicht gestorben, weil ich dachte, wenn du zu mir zurückkämst, wäre ich imstande, dich wieder anzunehmen. Nur darum lebe ich noch. Es ist keine Frage von Rechten, auch nicht von richtig oder falsch. Vielleicht bist du wirklich ein hoffnungsloser Fall, ein wertloser Mensch. Und es ist gut möglich, daß du mir erneut weh tust. Aber das ist hier das wichtigste. Du verstehst überhaupt nichts.«

»Absolut möglich«, sagte ich.

»Und du fragst nie nach«, sagte sie.

Ich öffnete den Mund, um etwas zu sagen, aber ich brachte kein Wort heraus. Sie hatte recht: Ich fragte sie nie etwas. Warum eigentlich nicht? Ich wußte es nicht.

»Rechte sind etwas, was man sich erwirbt«, sagte Yukiko. »Oder besser gesagt, was *wir* erwerben. Wir meinten, wir hätten gemeinsam vieles geschaffen, aber in Wirklichkeit haben wir nichts zustande gebracht. Das Leben verlief zu glatt. Wir waren zu glücklich. Meinst du nicht auch?«

Ich nickte.

Yukiko verschränkte die Arme über der Brust und sah mich an. »Ich hatte auch einmal Träume, weißt du. Aber irgendwo unterwegs sind sie mir abhanden gekommen. Das war, bevor ich dich kennenlernte. Ich habe sie getötet, sie zerdrückt und weggeworfen. Wie ein inneres Organ, das man nicht mehr braucht und sich aus dem Leib reißt. Ich weiß nicht, ob es richtig war, aber damals konnte ich nicht anders ... Manchmal habe ich so einen Traum, immer wieder denselben: Jemand trägt etwas in den Händen und kommt auf mich zu und sagt: ›Hier, Sie haben etwas vergessen.‹ Ich war sehr glücklich mit dir. Es hat mir nie an etwas gefehlt, und ich hatte nie einen Grund zur Klage. Und trotzdem verfolgt mich etwas. Ich wache mitten in der Nacht schweißgebadet auf. Was ich weggeworfen habe, verfolgt mich. Du glaubst, du seist der einzige Gehetzte, aber du irrst dich. Du bist nicht der einzige, der etwas weggeworfen, etwas verloren hat. Verstehst du, was ich sage?«

»Ich glaube schon«, sagte ich.

»Vielleicht wirst du mir wieder weh tun. Ich weiß nicht, wie ich dann reagieren werde. Oder vielleicht werde das nächste Mal ich dir weh tun. Niemand kann etwas versprechen. Wir können beide nichts versprechen. Aber ich liebe dich noch.«

Ich nahm sie in die Arme und strich ihr über das Haar.

»Yukiko«, sagte ich, »laß uns morgen neu anfangen. Heute ist es zu spät dafür. Ich möchte auf die richtige Weise neu anfangen, mit einem ganz neuen Tag.«

Yukiko sah mich eine Zeitlang an. »Ich glaube, du hast mich immer noch nichts gefragt.«

»Ich möchte morgen ein neues Leben anfangen. Was hältst du davon?« fragte ich.

»Ich halte das für eine gute Idee«, sagte sie mit einem leichten Lächeln.

Nachdem Yukiko ins Schlafzimmer zurückgegangen war, lag ich auf dem Sofa noch eine Weile wach und starrte an die Decke. Es war eine ganz gewöhnliche Zimmerdecke, überhaupt nichts Besonderes; dennoch betrachtete ich sie aufmerksam. Ab und zu wurde sie von den Scheinwerfern eines vorbeifahrenden Autos gestreift. Ich hatte keine Sinnestäuschungen mehr. Die Glätte und Konsistenz von Shimamotos Brüsten, ihre Stimme, der Duft ihrer Haut – alles war verschwunden. Izumis ausdrucksloses Gesicht ging mir durch den Sinn. Und wie sich das Taxifenster, das uns trennte, angefühlt hatte. Ich schloß die Augen und dachte an Yukiko. Immer wieder dachte ich über das nach, was sie gesagt hatte. Mit geschlossenen Augen horchte ich auf die Vorgänge in meinem Körper. Es konnte durchaus sein, daß ich mich gerade veränderte. Und ich *mußte* mich ändern.

Ich weiß nicht, ob ich die Kraft habe, für Yukiko und die Kinder zu sorgen, dachte ich. Keine Visionen mehr, die mir mit eigens für mich zusammengesponnenen Träumen helfen könnten. Leere, soweit das Auge reicht, und nichts als Leere. Ich habe mich auch schon früher in dieser Leere befunden und mich gezwungen, mich ihr anzupassen. Und nun ende ich schließlich genau dort, wo ich angefangen habe, und ich sollte zusehen, daß ich mich daran gewöhne. Niemand wird Träume für mich weben – jetzt ist es an mir, Träume für andere zu erfinden. Das ist nun meine Aufgabe. Mag sein, daß diese Träume keine Macht besitzen, aber wenn mein Leben irgendeinen Sinn haben soll, muß ich es dennoch tun.

Wahrscheinlich.

Als der Morgen graute, gab ich die Versuche, einzuschlafen, auf. Ich warf mir eine Wolljacke über den Pyjama, schlurfte in die

Küche und machte mir Kaffee. Dann setzte ich mich an den Küchentisch und sah zu, wie der Himmel von Minute zu Minute heller wurde. Es war lange her, daß ich die Sonne hatte aufgehen sehen. Am einen Ende des Himmels erschien eine blaue Linie, und wie blaue Tinte auf einem Löschblatt breitete sie sich langsam über den Horizont aus. Wenn man alle Blautöne der Welt zusammentrüge, um das blaueste Blau, den Inbegriff von Blau zu finden, wäre dies die Farbe, die man wählen würde. Ich stützte die Ellenbogen auf den Tisch und betrachtete das Schauspiel ohne weitere Gedanken. Als die Sonne sich am Horizont zeigte, wurde dieses Blau von gewöhnlichem Sonnenlicht aufgesogen. Eine einzelne Wolke schwebte über dem Friedhof, eine reine, weiße, gestochen klare Wolke, so scharf umrissen, daß man darauf hätte schreiben können. Ein neuer Tag hatte begonnen; aber ich hatte keine Vorstellung von dem, was er bringen würde.

Ich würde meine Töchter in den Kindergarten fahren und dann schwimmen gehen, wie jeden Tag. Ich erinnerte mich an das Hallenbad, in dem ich in den Jahren der Mittelschule immer schwimmen gegangen war; an den Geruch dort, an die hallenden Stimmen. Damals war ich im Begriff gewesen, mich zu verwandeln. Wenn ich vor dem Spiegel stand, nahm ich die Veränderungen an meinem Körper wahr. Nachts, wenn es ganz still war, glaubte ich ihn wachsen zu hören; ich hätte darauf geschworen. Ich war dabei, eine neue Hülle zu empfangen und einen Ort zu betreten, an dem ich noch nie gewesen war.

Von meinem Platz am Küchentisch aus beobachtete ich die einzelne Wolke über dem Friedhof. Sie rührte sich nicht vom Fleck, als wäre sie dort festgeheftet. Zeit, meine Töchter zu wecken. Die Sonne stand schon über dem Horizont, und sie mußten aufstehen. Sie waren es, die diesen neuen Tag brauchten – weit mehr, als ich ihn je brauchen würde. Ich würde in ihr Zimmer gehen, die Decken zurückschlagen, eine Hand auf ihre warmen Körper legen und den Beginn eines neuen Tages verkünden. Das hatte ich jetzt zu tun. Doch aus irgendeinem Grund konnte ich nicht aufstehen. Alle Kraft war aus meinem Körper gewichen, als wäre jemand leise von hinten an mich herangetreten und hätte mir unbemerkt den Stecker herausgezogen. Die Ellbogen noch auf den Küchentisch gestützt, schlug ich mir die Hände vors Gesicht.

In dieser Dunkelheit sah ich Regen auf den Ozean fallen; Regen, der leise auf eine unendliche Meeresfläche niederging, und niemand war da, der es gesehen hätte. Der Regen prallt auf die Meeresoberfläche, doch nicht einmal die Fische wissen, daß es regnet.

Bis jemand kam und mir sacht eine Hand auf die Schulter legte, kreisten meine Gedanken über dem Meer.

Die Wirklichkeit eines Romans

Jay Rubin zu »Gefährliche Geliebte«

Hajime ist Inhaber eines erfolgreichen Jazzclubs und einer Bar. Wir begegnen ihm im Alter von sechsunddreißig (er wird bald siebenunddreißig). Er ist glücklich verheiratet und Vater zweier Töchter, von denen er die ältere jeden Tag in seinem BMW in einen Privatkindergarten fährt. Während er nachmittags vor dem Kindergarten wartet, um sie abzuholen, plaudert er mit einer wohlhabenden Mutter und Mercedes-Fahrerin über Wein-Sonderangebote und Parkprobleme in und vor den Supermärkten. Wenn seine Tochter in der Schule ist, schwimmt er und trainiert, um seinen nicht mehr ganz jungen Körper in Form zu halten. Er besitzt ein Wochenendhaus in Hakone. In Hajimes Leben läuft alles so gut, dass er sich sogar mit seinem Schwiegervater versteht! Das Geld des älteren Mannes hat ihm dazu verholfen, dass er aus seinem aussichtslosen Verlagsjob ausbrechen und sich in einen eleganten, erfolgreichen, weltgewandten Barbesitzer verwandeln konnte, der ganz ähnlich wie Humphrey Bogart in *Casablanca* abends im feinen Anzug sein elegantes Etablissement leitet.

Allerdings ist *Gefährliche Geliebte* ein eindringlicher Roman über die Midlife-Krise eines Yuppies. So perfekt Hajimes Leben nicht nur uns, sondern auch ihm selbst erscheinen mag, es fehlt etwas darin, eine ideelle, undefinierbare Qualität, die ihn in einer halb fiktiven Welt »südlich der Grenze« oder noch unmöglicher »westlich der Sonne« erwartet. Wie zu erwarten, liegt dieses Reich in Hajimes Vergangenheit und steht in Beziehung zu einer frühen sexuellen Erfahrung.

Den ersten Hinweis auf Hajimes Unbehagen erhalten wir, als er sich seine Schuldgefühle wegen des abgekürzten Weges zu finanzieller Unabhängigkeit eingesteht, die das Geld seines Schwiegervaters ihm so ohne weiteres ermöglicht hat. Als Mitglied der 68er Generation, die der »spätkapitalistischen Logik ein schallendes ›Nein!‹ entgegengebrüllt hatte«, lebt er nun in einer Welt, die nach genau »dieser kapitalistischen Logik« funktioniert. Während er eines Tages in seinem BMW Schubert hört, wird ihm klar, dass er »das Leben eines anderen führte, nicht mein eigenes.« Nie wieder würde er zwanzig sein.

Dann taucht plötzlich Shimamoto-san auf, seine beste Freundin aus der ersten Schulzeit, während der sich die beiden Kinder stark zueinander hingezogen fühlten. Die Freundschaft ging zwangsläufig auseinander, als beide verschiedene Mittelschulen besuchten. Hajime und Shimamoto-san sind einsame Außenseiter (sie ist durch einen angeborenen Gehfehler von vielen schulischen Aktivitäten ausgeschlossen), doch wenngleich die beiden eine Weile unzertrennlich waren, hatte es nie eine sexuelle Beziehung zwischen ihnen gegeben. Dagegen erinnert sich Hajime am liebsten daran, wie sie gemeinsam »South of the Border« von Nat King Cole gehört hatten. Für Shimamoto-san besaß das Lied so viele mysteriöse, unirdische Untertöne, dass sie später erzählt, wie enttäuscht sie war, als sie entdeckte, dass es darin um Mexiko geht.

Beinahe von dem Augenblick an, als sie an einem regnerischen Abend wieder in Hajimes Leben tritt, fordert Murakami die Frage heraus, ob Shimamoto-san »real« ist oder ein Produkt seiner Einbildung. Ihre buchstäblich unglaubliche Schönheit wird in schwärmerischen Hollywood-Bildern geschildert (sogar ihr Gehfehler ist inzwischen operativ behoben worden). Nach ihrem ersten Besuch »verschwindet« sie in der Nacht. Als einziger Beweis für ihre Anwesenheit stehen nur noch ihr Glas und ihr Aschenbecher auf dem Tresen. Hajime erinnert sich an ein weiteres traumähnliches Erlebnis, das er acht Jahre zuvor hatte. Er war einer Frau gefolgt, die ihn an Shimamoto-san erinnerte (und es auch war, wie sich später herausstellt), aber ein geheimnisvoller Mann hatte ihn davon abgehalten, sich ihr zu nähern. Der Mann, der Hajime offenbar für einen Privatdetektiv hielt, händigte ihm einen Umschlag mit 100 000 Yen aus und warnte ihn vor jeder weiteren Verfolgung. Schon damals hatte Hajime sich gefragt, ob sein Erlebnis Wirklichkeit gewesen sei, aber als Beweis, dass sein Verstand ihm keinen Streich gespielt hat, dient der noch unberührte Umschlag in seinem Schreibtisch.

Die ständigen Hinweise auf Träume und Illusionen sowie Shimamoto-sans Gebot, ihr keine Fragen über die vergangenen Jahre zu stellen, legen nahe, dass sie bis zum Schluss eine rätselhafte Figur bleiben wird. Sie ist zu einer schönen, verführerischen Frau herangewachsen, doch Hajimes nahezu gesamtes Wissen über sie stammt aus seiner Kindheit. Von Anfang bis Ende bleibt sie »Shimamoto-san«, in der rückblickenden Erzählung wie auch in dem Moment, als Hajime ihr leidenschaftlich seine Liebe erklärt. »Shimamoto« ist ein Familienname und »-san« eine höfliche Anrede, die für so gut wie alle Personen beiderlei Geschlechts gebraucht wird, etwa wie »Herr« oder »Frau«. »Shimamoto-san« hatte man sie auch in der Schule genannt, und so liegt allein in dieser Anrede ein nicht unbeträchtliches Maß an Sehnsucht nach der Zeit, die die beiden damals zusammen verbracht haben.

Sie nennt ihn wie früher »Hajime-kun«. Bei dem Suffix »-kun« handelt es sich um eine weniger förmliche Anrede, die meist für männliche Kinder und Jugendliche benutzt wird. Selbst japanischen Rezensenten ist aufgefallen, dass die beiden über dreißigjährigen Liebenden einander anreden, als wären sie noch in der sechsten

Klasse. Hiermit unterstreicht Murakami jedoch die Bedeutung jener idealisierten Momente für den erwachsenen Protagonisten. Die unterschwellige Überlegenheit von »-san« gegenüber »-kun« reflektiert auch die sexuelle Beziehung der beiden, in der sie die aktivere Rolle übernimmt.

Immer wieder tritt Shimamoto-san unvorhergesehen in Hajimes Leben, und doch erfährt er kaum etwas über ihre Vergangenheit. In einer Szene begleitet er sie auf ihre Bitte an einen Fluss, in dem sie die Asche ihres Babys versenkt, das offenbar im Jahr davor einen Tag nach seiner Geburt gestorben war. Die Umstände der Empfängnis bleiben jedoch im Dunkeln. Als der Roman schließlich seinen kritischen Höhepunkt erreicht und sie Hajime das Original von Nat King Coles »South of the Border« schenkt, fahren die beiden in Hajimes Wochenendhaus, wo sie erstmals miteinander schlafen. Als er danach verlangt, »alles« über sie zu erfahren, damit es keine Geheimnisse mehr zwischen ihnen gäbe, vertröstet sie ihn auf »morgen«. Doch ebenso wie sie darauf besteht, dass ihr erster Liebesakt als Masturbation stattfindet (womit sie die sexuelle Beziehung einfordert, die sie als Teenager versäumt haben), wird es keinen »Morgen danach« mit Shimamoto-san geben, nur die Vergangenheit. Sogar die Nat-King-Cole-Platte ist fort, auf ebenso geheimnisvolle Art verschwunden wie der Elefant in der Geschichte »Ein Elefant verschwindet«.

Murakami legt dem Leser den Schluss nahe, dass sich die Affäre mit Shimamoto-san in Hajimes Kopf abgespielt hat. Die »Wirklichkeit«, zu der Hajime erwacht, »unterschied sich von jeder, die ich bis dahin erlebt hatte.« »Ich würde sie nie wiedersehen, außer in der Erinnerung.« Und nicht nur die Schallplatte ist verschwunden, sondern auch der Umschlag mit dem Geld, den er all die Jahre in einer verschlossenen Schreibtischschublade aufbewahrt hat.

War das alles nur in seiner Einbildung geschehen? Haben wir das Bekenntnis eines Mannes vor uns, der im Begriff war, den Verstand zu verlieren? Wenn ja, dann ist keine der »Tatsachen« im Roman verlässlich. Besitzt er wirklich eine Bar und einen Jazzclub? Hat er wirklich zwei kleine Töchter? Allmählich verliert Hajime selbst den Faden: »Kaum hatte ich jedoch akzeptiert, dass der Umschlag verschwunden war, tauschten dessen Existenz und Nichtexistenz in meinem Bewusstsein die Plätze … Inwieweit Tatsachen, die wir als solche anerkennen, *wirklich* so sind, wie sie uns erscheinen, und inwieweit sie nur darum Tatsachen sind, weil wir sie zu solchen erklären, lässt sich unmöglich entscheiden.«

»Tatsachen« sind das, was Hajime sich am meisten von Shimamoto-san wünscht, und gerade die verweigert sie ihm energisch. Sie wird ein Rätsel für ihn bleiben. Doch was weiß er überhaupt von anderen Menschen – besonders von seiner Frau Yukiko, über die er bisher alle notwendigen »Tatsachen« zu wissen glaubte? »Woher weißt *du* denn, was ich mir vorstelle?«, fragt sie ihn, nachdem er ihr (seine möglicherweise eingebildete) Affäre mit Shimamoto-san gestanden hat. Ein großer Teil des letzten Kapitels ist sogar einem Thema gewidmet, an das Hajime bisher kaum einen Gedanken verschwendet hat: das Innenleben seiner eigenen Frau.

Yukiko entpuppt sich auf einmal als starker Charakter mit einem Innenleben, das er nie vermutet hätte. (Hier wird eine deutlich feministische Tendenz erkennbar, ebenso wie in Shimamotos aggressiver Sexualität: *Sie* entkleidet *ihn*.) Shimamoto-san bleibt ein Rätsel. Sie ist aber nur eine extreme Verkörperung aller anderen Menschen, einschließlich unserer selbst. Das Bild aller, die wir zu »kennen« vermeinen, besteht aus einer Ansammlung unserer erinnerten Wahrnehmungen von ihnen. Wie Bokus Frau in *Wilde Schafsjagd* sagt: »Und deshalb ist fast alles, was du von mir zu wissen glaubst, nichts als Erinnerung.« Wir bilden uns ein, andere zu »kennen«, wenn wir ein paar oberflächliche Fakten über sie wissen, wenn wir glauben, sie hätten keine Geheimnisse vor uns, besonders wenn wir ihnen emotional so nahe stehen – sie so innig lieben, dass wir ihre Existenz für das eine unentbehrliche Element halten, das unserem Leben seinen Sinn gibt und es vervollständigt. Dies ist das eine, von dem Hajime glaubt, dass er es von Shimamoto bekommen kann, und für das er bereit ist, seine Familie und seinen Yuppie-Lebensstil zu opfern. Ohne dieses eine ist sein gesamter materieller Wohlstand nicht mehr als die »luftlose Oberfläche des Mondes«. Doch Vollständigkeit findet sich nur »südlich der Grenze« oder »westlich der Sonne«, in einer anderen Welt, die so tief im Inneren liegt, dass wir vielleicht niemals Zugang zu ihr erlangen.

Shimamoto-san ist nicht mehr und nicht weniger eine Halluzination als jeder andere: Sie existiert »wirklich« in der Welt des Romans; Hajime ist nicht verrückt. Existierte der Elefant in der Geschichte »wirklich«? Wenn wir davon ausgehen, dass die Bewohner der Stadt seine Ankunft »wirklich« gefeiert haben und die Zeitung »wirklich« über sein Kommen und Gehen berichtet hat, müssen wir annehmen, dass Boku sich das Ganze nicht nur eingebildet hat. Erfunden wurde alles jedoch von Haruki Murakami. Shimamoto-san ist – und bleibt – ebenso ein großes Geheimnis wie der Elefant. Sie, Yukiko und Hajime sind Konstrukte, Ideen, die sich Haruki Murakami ausgedacht hat. Die »Lösung« des Geheimnisses liegt außerhalb der fiktionalen Welt des Romans. Murakami hat ihn absichtlich innerlich widersprüchlich gestaltet. Als reines Kunstprodukt aus Worten steht der Roman außerhalb des »Lebens« und schleudert uns selbstzerstörerisch aus seinem hermetischen Universum hinaus in unser eigenes. Die Frage, was für Hajime »wirklich« ist, fordert den Leser dazu heraus, nach seiner eigenen »Wirklichkeit«

zu fragen. Eine Antwort, die Gewissheit bringen könnte, gibt es jedoch nicht.

Gefährliche Geliebte ist ein kühnes Buch. Murakami wagt darin, dem Helden und der Heldin beinahe anstößig süßliche Liebesworte einzugeben und damit jenes eine Element zu versprechen, den »Sinn«, der dem Leben Hajimes noch fehlt, um seinen Erfolg vollkommen zu machen. Schließlich wird der Held dieses unerreichbaren Ideals beraubt und bleibt in der Wüste seiner glücklichen Ehe und materiellen Sicherheit zurück (und wie bei Walt Disney: *Die Wüste lebt!*). Hajime-Humphrey Bogart und seine Ingrid Bergman werden getrennt. Doch Hajime bleibt keine höhere Liebe, die er für den Rest seines Lebens idealisieren kann: Ihm bleibt »nur« eine perfekte Ehe, der es an einem undefinierbaren »Etwas« fehlt. »So kann es nicht enden«, denkt er, doch natürlich tut es das. Der Held bleibt in seiner ausgewachsenen Midlife-Krise, erfüllt von der »Leere «, die sich in dem Gesicht von Izumi abzeichnet, einer Frau, die er in seiner Oberschulzeit verraten hat.

Ebenso wie Boku aus seiner Begegnung mit der geheimnisvollen anderen Welt des verschwundenen Elefanten als besserer Werbefachmann für Kühlschränke hervorgeht, aber das Gefühl hat, dass zwischenmenschliche Beziehungen »eigentlich gleichgültig« sind, stellt Hajime nach seiner Affäre mit Shimamoto-san fest, dass in seinen Clubs »alles lief wie ein Uhrwerk. Nur die Spannung war dahin.« Und er bemerkt: »Nach außen hin verliefen meine Tage wie immer.« Doch innerlich hat er sich verändert.

Hajime bittet seinen Pianisten, nie mehr »Star-crossed Lovers« von Duke Ellington für ihn zu spielen. »Klingt für mich ein bisschen nach *Casablanca*!«, sagt der Mann und spielt hin und wieder mit einem verschmitzten Blick »As Time Goes By« für seinen Chef. Doch Hajime verbannt sein altes Lieblingslied nicht deshalb, weil es ihn an Shimamoto-san erinnert, sondern weil es ihn nicht länger berührt. Am Ende des Buches tragen die mittleren Jahre ihren Sieg davon. Hajime erkennt, um es mit Wordsworth zu sagen, »There hath passed away a glory from the earth.«

(Auszug aus: Jay Rubin: *Murakami und die Melodie des Lebens. Die Geschichte eines Autors*. DuMont Literatur und Kunst Verlag, Köln 2004)

Haruki Murakami bei DuMont

HARUKI MURAKAMI (HG.). BIRTHDAY STORIES
187 Seiten, gebunden, 2004

Haruki Murakami vereint in dieser Sammlung Stories, die an Geburtstagen spielen, an Wendetagen, an denen das Vertraute fremd wird und Fremdes plötzlich vertraut. Und Haruki Murakami fügt diesem Geschichtenstrauß zum Happy Birthday seine neue Erzählung ›Birthday Girl‹ hinzu.

Viel literarische Prominenz nimmt an Haruki Murakamis Geburtstagstafel Platz: Russell Banks, Ethan Canin, Raymond Carver, Denis Johnson, Claire Keegan, Andrea Lee, Daniel Lyons, Lynda Sexson, Paul Theroux, William Trevor und David Foster Wallace.

HARUKI MURAKAMI. GEFÄHRLICHE GELIEBTE
Roman. 230 Seiten, gebunden, 2000

»Ein hocherotischer, sich steigernder Roman von ungewöhnlicher Zartheit und größter Intensität. Ich habe eine solche Liebesszene seit Jahren nicht mehr gelesen.« MARCEL REICH-RANICKI

HARUKI MURAKAMI. KAFKA AM STRAND
Roman. 637 Seiten, gebunden, 2004

»Ein himmelsstürmerisch romantischer Liebesroman … Ein fantastisches Jugendbuch … « DER TAGESSPIEGEL

HARUKI MURAKAMI. MISTER AUFZIEHVOGEL
Roman. 684 Seiten, gebunden, 1998

»In Murakamis Büchern kann man sich wie in wundersamen Träumen verlieren.« DER SPIEGEL

HARUKI MURAKAMI. NACH DEM BEBEN
Erzählungen. 187 Seiten, gebunden, 2003

Nach dem Beben, sechs Erzählungen, die Haruki Murakami schrieb, als die japanische Insel bebte und ein Giftgasanschlag die Gesellschaft erschütterte. Beide Ereignisse – das Erdbeben von Kobe mit Tausenden von Toten und die Terrorakte in der U-Bahn von Tokyo – bewogen ihn 1995 aus dem ›Exil‹ zurückzukehren, um, wie er sagte, seinem Land beizustehen.

HARUKI MURAKAMI. NAOKOS LÄCHELN
Nur eine Liebesgeschichte. Roman. 428 Seiten, gebunden, 2001

Naokos Lächeln ist der weise, oft wunderbar sentimentale und »meisterhafte Roman« (*New York Times*), der mit seiner Millionenauflage Haruki Murakami zum erfolgreichsten Autor der japanischen Nachkriegsliteratur machte.

HARUKI MURAKAMI. SPUTNIK SWEETHEART
Roman. 233 Seiten, gebunden, 2002

»Eine schöne, verspielt-verspiegelte Liebesgeschichte, eine Geschichte vom Erwachsenwerden, das Murakamis Helden und seinen Romanen auf sympathische Weise niemals ganz gelingt.« DIE ZEIT

HARUKI MURAKAMI. TANZ MIT DEM SCHAFSMANN
Roman. 461 Seiten, gebunden, 2002

»Murakamis wunderbare Romane sind melancholische Trips ins Grenzland zwischen Realem und Imaginärem.« DER TAGESSPIEGEL